默片时代

何湘林 著

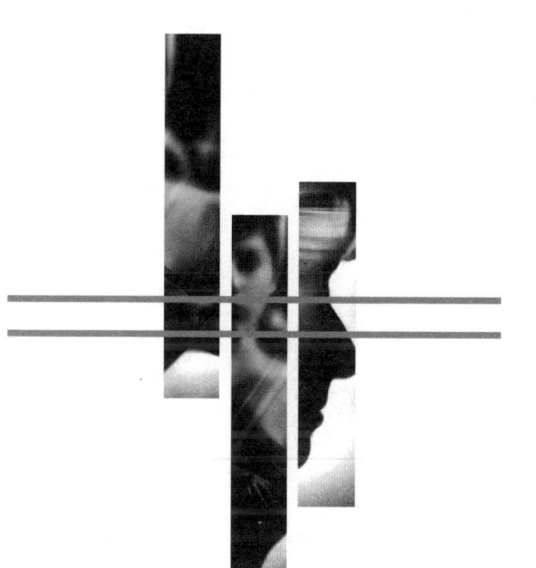

南方出版传媒
花城出版社
中国·广州

图书在版编目（CIP）数据

默片时代 / 何湘林著. -- 广州：花城出版社，2021.9
ISBN 978-7-5360-9406-2

Ⅰ. ①默… Ⅱ. ①何… Ⅲ. ①长篇小说－中国－当代 Ⅳ. ①I247.5

中国版本图书馆CIP数据核字(2021)第157468号

出 版 人：肖延兵
责任编辑：梁宝星　揭莉琳　林　菁
技术编辑：凌春梅
封面设计：拙朴设计

书　　名	默片时代 MO PIAN SHI DAI
出版发行	花城出版社 （广州市环市东路水荫路11号）
经　　销	全国新华书店
印　　刷	佛山市浩文彩色印刷有限公司 （广东省佛山市南海区狮山科技工业园A区）
开　　本	880毫米×1230毫米　32开
印　　张	9.5　1插页
字　　数	220,000字
版　　次	2021年9月第1版　2021年9月第1次印刷
定　　价	59.80元

如发现印装质量问题，请直接与印刷厂联系调换。
购书热线：020－37604658　37602954
花城出版社网站：http://www.fcph.com.cn

序一

胡海泉

湘林跟我推荐这本小说的时候有点小得意,跟之前写了一首自认为不错的歌发小样给我听的时候不一样,作为一个优秀音乐人,写歌对他来说是爱好和工作的结合,而写出一本都市爱情悬疑小说,这个就让我有些惊讶了。

不过他本来就是一个想象力极为丰富的人,做娱乐公司,做音乐,写剧本,做综艺,做制片人,很多事情他都能应付得来,多一个作家的身份也就不奇怪了,我细细将小说原稿看了一遍,情节真的非常特别。

小说以自称为都市故事猎人的向霖开始,我们常常感叹于命运,相信世间或许有神秘的力量,比如轮回。在《默片时代》中神话故事中神秘的诅咒,如同宿命一般在轮回着,向霖作为一个旁观者、记录者和一个误入这场诅咒宿命的人,带着读者在错综复杂的人物和时间中去寻找真相。而读者如同观看默片的观众,看着无声的故事,只能无声的感叹。麦子、麦冬、陈墨、陈振风、张云天、巴彦活佛……他们每个人身上都背负着破碎而扭曲的灵魂,是罪恶的执念让诅咒轮回着,而这一轮回从传说开始,以这本小说作为完结。

《默片时代》是一本非常适合改编成影视剧的小说,期待有能看到被改编的一天,这是一本值得你细细品味的小说,希望大家可以跟我一起看看这个充满奇幻的故事,一本来自我的朋友何湘林创作的都市爱情悬疑小说《默片时代》。

寻找故事的人

——何湘林长篇小说《默片时代》序

千夫长

在广州的朋友圈里,湘林是一个鲍勃·迪伦式的人物。兴趣广泛,才华跨界。剧本写作、编词作曲、综艺节目制作、网剧制作、网络小说写作等无不涉猎,获得过中国广告最高奖项艾菲奖。

去年五月,我还在洛杉矶的时候,湘林发微信问候,同时抑制不住兴奋地说,写完了一部长篇小说要发给我看看。看了书稿,我意识到这是一部很好的小说,就推荐给了花城出版社的副总编辑张懿老师。张懿是我在花城出版社出版的三部作品《草原记》《马的天边》《千页书》的责任编辑,张老师眼光好,责任强,在她的手里编辑过众多好书,相信湘林这本书也不会错过。

果然,进入五月,花城即将出版《默片时代》了,约我写序,我也有兴致谈谈读后感。

《默片时代》文字干净利落,叙事节奏很快,抓住了小说最具魅力的元素,好看。我和湘林同为客居广州的外乡人,正如评论家江冰教授所说的是新岭南人,虽然对都市各有不同的观察切入角度,但是,书中恍惚一些熟悉的人物,熟悉的环境,熟悉的情景,熟悉的时代,施施然展现出来了,似乎体验了一场对往事的温故。

小说故事以号称都市故事猎人、专栏作家向霖作为主线,上下左右回旋穿引,狩猎出了一串串人物来。这些人物,貌似是有心理疾患,其实都是带有原罪的罪人。就连创造主给人的最宝贵的恩典——爱，在人间也成了罪。人不知道，人是不能解决人的问题的，更化解不了一幅画上的诅咒。这个诅咒如果真需要用一个轮回的概念，那就是罪恶在家族中世代轮回。其实把轮回说传承更合适，诅咒就是罪的传承。人的命运一旦被邪恶的灵掌控，就是罪上加罪。

作者写法独特，不断地把人物关系拿出来追问。陈建州、陈振风、陈墨、央金卓玛、麦子等等，这对于那些囿于小说做法的人是回避的，他们喜欢让人物慢慢显露，最后露出小说写作者耍小聪明的狡黠和得意。其实，那样的小说没意思，强加给小说太多艺术的负担和意识形态的企图，反而丢掉了小说传统中好看的下回分解的悬念。

小说中的奇幻元素确实比那些所谓苦难命运的弯曲叙事看得让人酣畅，其实，在这个世界，苦难命运未必是真相，奇幻世界也未必是不存在的。

这是一部很靠近电视剧的小说，相信，凭湘林跨界的才华和丰富的人脉，《默片时代》也很快会走向荧屏成为一部每天被追的电视剧或院线票房很炸的电影。但是，喜欢阅读文字的朋友，相信沉浸在书里的感觉更幸福。

现在那些所谓的专业写小说的人，多已误入歧途，把小说写成了非小说，虽然学得了一些工匠般的技术，却早已枯竭了讲故事的本事。一个没有故事的人写小说，甚是可悲。

这部小说故事迷人，几代人的故事勾连，用专栏故事做衬托，告诉我们这些都是故事，是寻找来的故事。当今世道，可谓故事铺天盖地。那么，哪一个是你的故事呢？哪一个是小说家的故事呢？不妨学学湘林，做个寻找故事的人。

2021 年 5 月 5 日于番禺南村

目录

第一章　神秘的油画　　1
第二章　奇幻的梦境　　10
第三章　痛苦的灵魂　　14
第四章　这不可能是幻觉　　19
第五章　深夜酒吧的偶遇　　27
第六章　你为何叫麦子　　32
第七章　17号画室　　38
第八章　关于麦子的传闻　　46
第九章　《藏地天魂》藏着什么　　51
第十章　我找到你了　　54
第十一章　秘密花园　　58
第十二章　陈墨的故事　　61
第十三章　美好的过往　　67
第十四章　我眼中的麦子　　71

第十五章　陈墨的死讯	77
第十六章　故事的终结	84
第十七章　西藏寻秘	91
第十八章　转湖节的传说	95
第十九章　巴彦活佛的故事	98
第二十章　活佛的女儿	101
第二十一章　纳木错的篝火	106
第二十二章　关于陈墨的另外一个故事	113
第二十三章　宗巴噶大师	120
第二十四章　宗巴噶大师的身份	126
第二十五章　1983年的故事	129
第二十六章　那就是央金卓玛	134
第二十七章　第一个疯狂的人	138
第二十八章　寻找央金卓玛	142
第二十九章　1984年的故事	147
第三十章　央金卓玛的结局	150
第三十一章　陈墨故事的开始	155
第三十二章　麦冬的消息	163
第三十三章　永嘉巷	169
第三十四章　宿醉的告白	174
第三十五章　刘靖的要求	181
第三十六章　张云天的故宅	185
第三十七章　故居往事	190
第三十八章　日本求学	195
第三十九章　红叶谷哀歌	201
第四十章　冷酷的悲剧	205
第四十一章　麦冬的身世	210
第四十二章　深秋夜凉	214

第四十三章	突如其来的消息	220
第四十四章	麦冬的愤怒	226
第四十五章	猎人的眼睛	232
第四十六章	陈墨之死	236
第四十七章	麦冬之死	242
第四十八章	向霖的自问	247
第四十九章	简单的生活	251
第五十章	陈振风的突然到来	257
第五十一章	麦子的离去	262
第五十二章	麦子留下的信	268
第五十三章	一本日记	272
第五十四章	日记中的故事	276
第五十五章	陈振风的心理阴影	280
第五十六章	新书签售会	282
第五十七章	麦子的死讯	287
第五十八章	新生的结局（终章）	291

第一章　神秘的油画

洛杉矶、谢尔曼奥克斯

洛杉矶郊外的一处著名的富人社区，这里有众多的高端商场和时尚餐厅，开车去洛杉矶国际机场只要26分钟，去市区只需要40分钟，一栋栋的别墅毗邻而建，加州的阳光和棕榈树，让整个社区充满了时尚与活力。

社区里有一栋纯白色外墙的别墅，属于全球知名的华裔画家陈振风，别墅内的陈设现代而典雅，摆放着极简主义的北欧家具、零散装饰着一些现代抽象艺术雕塑，墙上挂着不少当代油画，不乏一些现代派大师的作品。最中心的客厅位置挂着六幅西藏主题的油画，这是陈振风的成名作《藏地天魂》组画。

客厅旁边是一个玻璃房子搭建起来的巨大工作室，一个六十多岁穿着白色衬衣、黑色休闲西裤，看上去有些儒雅的男子，正叼着烟斗，静静地看着自己眼前的画布，手里拿着画笔，一旁摆放着调色盘。

男子的眼神带着深深的忧郁，发白的头发微微盖住他发红的双眼。此刻他眼前的画布上画了一片金色的湖面，远处是延绵不尽的皑皑雪山；玛尼堆上经幡飞舞，一条白色的哈达飘向空中，这是一幅极美的西藏风景画，只是画面中并没有人物。

男子放下笔,探出一只手在画面湖中心的位置轻轻触摸着,他的眼中有点点粼光,许久,他放下手,走到一旁的靠椅上坐下,靠椅旁边的小茶几上摆放着一本书,封面上一片金色的麦田,书的旁边放着一把左轮手枪和一杯威士忌。

男子端起了威士忌一口饮下,用手轻轻抚摸着那本书的封面,拿起了枪,颤抖着缓缓塞进了自己的口中,手的剧烈抖动,让枪管颤动着撞击着他的牙齿。

"砰!"

一声枪响过后,血水沿着地面渗透到了画架下,与画布上的金色呼应着,窗外的夕阳照射进来,躺椅上的男人仿佛熟睡了一般,整个工作室被染成了金黄,这画面居然有一种恬静。

……

时间回到两年前,江南省省会长州市,暗夜酒吧。

在迷乱的灯光和震耳欲聋的低音轰鸣中,人的思维会慢下来,对空间和时间的概念也会慢下来,在你的眼中镜头总是摇晃的,那些喝酒的人、调情的人、争吵的人、划拳的人、吹牛的人、拼酒的人,在这里你会觉得任何人做出任何事情,说出任何话都是合情合理的,这里让你大脑不需要思考,只须跟随本能行动。

向霖喜欢躲在这个城市最热闹的酒吧里,用清醒的头脑去看那些不清醒的人,无论他们的内心藏着多少秘密、多少故事,在这里他们都愿意向陌生人吐露一切。向霖可以将这些形形色色都市男女的故事记录在自己的头脑里,最后变成文字,写进他的小说中,然后用这些小说赚来的钱来支持自己继续做一个故事的猎人。

当然作为都市情感小说家,向霖狩猎的目标大多数的时候,不是美丽的女人,而是那些或感人或狗血或无聊的故事。

此刻他正坐在吧台上,和一个穿着黑色短裙、身材性感的短发女子说着什么。

"这城市有一千两百万人,从来不缺有故事的人,但是能被我看到的人,少之又少,我只对特别的故事和特别的人感兴趣!"

女人用手指轻轻拨动着鸡尾酒杯里的红樱桃,抬头略带挑逗地笑道:"想泡我?不用这么文艺!俗。"

向霖微微一歪头,脸上带着坏坏的笑:"算不上,刚才看了不少人,觉得他们的故事可能没你的精彩。"

向霖这样说,反而让女人有了一些兴趣,她转过来正面看着向霖问道:"你干吗的?"

向霖喝了一口杯中的威士忌,淡淡地开口说道:"故事猎人,都市爱情小说作家,收集故事,然后写成书,再卖掉,你或许也看过我的书!比如这本!"

向霖从身后的包里拿出一本书推到女孩面前,用手在书的封面上点了一下,书的名字叫作《草食男女》。

"今年上半年的十大畅销都市小说,不过现在的人不太爱看书,或许你没有看过。"

女人低头看了一眼封面,脸上多了一丝玩味的味道,女人将留着鲜红指甲的手放在封面上,在"草"字上用手轻轻地敲打着。

"我看过,不错,不过如果你愿意今天把'草'字换一个同音字,我就告诉你我的故事,保证让你激情澎湃、欲罢不能,这个交易如何?"

向霖脸色微微一变,站起来笑着摇摇头,边往后退,边轻轻晃动自己的食指:"这个恐怕不行,我可以花钱买故事,但是不能拿身体换,算了,今晚没有听故事的心情了,书送你了。"

"再会!"

向霖说完转身往酒吧外走去。

"喂!喂!你等等!"

女孩在后面喊着,向霖举起手摇了摇,没有回头。

向霖在人群中伴随着变换的灯光穿梭着,他从休闲的意式灰色西装口袋里拿出一个雕花烟盒,拿出一支烟给自己点上,烟雾缭绕在他棱角分明的脸,略有些微卷凌乱的中长发挡住了他有些颓废的双眼,胡子没有过多修饰,但是挺好看的,他穿过形形色色的人群,推开了另一家酒吧的门。

可以正式介绍一下这个男人了:

向霖,32岁,三流的小说家,如果不经常出来狩猎故事,恐怕他的脑袋早就空了,毕竟那些爱情的故事,每个人都大同小异,没什么意思,向霖只对特别的经历有兴趣,最好是想象不出来的经历,不过遇到的概率很低,对了,他是单身,不想谈恋爱,觉得无聊。

......

向霖走出酒吧,沿着老旧石板路的中英街往下走,这里曾经是英租界,一条有着一百多年历史的老街,两边都是19世纪的西欧建筑风格,清末曾经是英国租界,一排排的白墙黑瓦的西式洋楼,挂着前凸帽檐般的黑木边框窗口,顺着斜下来的水泥路一直往下走,路的两边还有殖民地风格的煤油路灯,当然早已经不亮了,成了装饰这条古朴异国风情的街道的饰物。

不少房子的墙壁上还镶嵌着老旧的铜牌,写着某某洋行的名字,只是现在已经成了某个时尚品牌的橱窗或者高端的西餐厅或咖啡吧。这里既不媚俗也不张扬,不过骨子里还是有点当年大英帝国鼎盛时期的严谨艺术风貌,所以吸引了大量追求英伦风情生活的男男女女。

下雨天如果穿着大衣、踏着皮鞋走过老旧街道,手里打着伞,路过煤油路灯的时候,想到了《雨中曲》的经典桥段,真的会有一种如穿梭在诺丁山小镇的感觉。

他低头抽着烟,虽然无数次走过这条街,但是无论什么时候来,他都会被这条风情老街吸引,总觉得这里有着无数的故事,燃烧的微微红光映照在他的脸上,有些百无聊赖。

"真没劲!"

他将没有抽完的烟头弹到路边,摸了摸下巴,低头看向地面,在这深夜中,上演着各种每天都会上演的场景,喝醉了胡言乱语的人;呕吐的男女;还没有打到车去酒店开房就当街拥吻的人;女孩扇了想占便宜男人的耳光;也有醉倒在地上昏睡的女人,长相猥琐的男人假装认识上去想要将女人带走。

"你是谁!我都不认识你!"

"你怎么醉成这样,你喝多了,我送你回去!"

"救命啊,我不认识他!"

……

女人意识还没有完全失去,拼命地想要挣脱,可是喝醉了没有力气,很快被男人架起,而男人正在招手拦出租车。

周围的人对这样的场景见怪不怪,自然也懒得理会。

猥琐的男人拦下了一辆车,刚向上前拉开车门,被向霖上前抓住了手。

"你认识她吗?"

向霖冷冷地问了一句。

"你他妈谁啊,我送我女朋友回家要你多管闲事!"

猥琐男人的表情凶恶,虚张声势!

"我不认识他,我不认识他!"

被他架住的女人嘴里还在嘟哝着，迷离的眼神开始有了一些期望。

向霖一把将女孩夺过来，目光中带着寒意。

"滚！"

猥琐男想要说些什么，但是看到眼前这个身高超过一米八、高大魁梧的男人，他眼睛一转，自认是打不过的。

"给我滚！"

向霖再次冷冷地说了一声，脸上有了一些杀气，那男人不敢多说什么，悻悻离去了。

向霖扶着醉酒的女人在路边坐下，从一旁的自动售卖机里买了一瓶水递给她。

"你记得你家住哪里吗？"

女人点点头，将地址说了出来。

"我给你叫辆车！"

片刻之后，向霖将女人送上车，又给司机多拿了五十块钱，吩咐一句："师傅，你送她到家后，麻烦送她上一下楼吧，我记得你的车牌号，多谢！"

司机点头答应下来，向霖目送车缓缓离开，用手机拍下了车牌号。

他从烟盒中再次拿出烟点上，转身继续走着，今晚他就想自己走走。

向霖走过一个转角，看到路边有一个新装修的酒吧，看外墙风格应该是一个藏族风情的酒吧。

向霖看了一眼，转过头又看到马路对面坐着一个身穿青色藏袍，有些不修边幅、满脸胡须的中年流浪汉，流浪汉就这样直接坐在地上，静静地看着对面还在装修的酒吧。

那男人注意到向霖在打量自己，露出一个和善的微笑，将双手合十，点了点头。

"扎西德勒！"

向霖笑了，也做了一个双手合十的动作，点头回礼。

"扎西德勒！"

向霖觉得这个人有点意思，他没有离开，反而走过去，就在流浪汉的身边坐了下来，身子靠在围墙上，打开烟盒递给流浪汉，流浪汉也不客气，直接接过烟，自己给自己点燃，又给向霖点上。

两人就这样抽着烟，看着街面。

向霖好奇流浪汉在看什么，忍不住问了一句："你看什么呢？"

流浪汉用手指向街对面的酒吧说道："看到那幅画了吗？"

向霖抬头看过去，发现酒吧入口门廊上方挂着一幅画，被轻纱覆盖着，隐约可以看出画里面是一个女人。

向霖缓缓站了起来，仔细看着那幅画，感觉有一种莫名的吸引力，他缓缓走过街道，想要去摘下那画上的轻纱。

流浪汉在身后大叫一声提醒道："你最好不要那么做！"

向霖回头有些疑惑地问道："为什么？"

流浪汉笑了笑，有些故作神秘："别人看没事，你看就有事，他们看到的是画，你看到的是故事，而且你会不停地去想！"

向霖略微有些惊讶，这是他今天遇到的最有意思的一件事，他开口问道："你是谁？"

流浪汉摇摇头，抬抬手没再多说什么。

向霖没有犹豫，直接扯下了那块轻纱。

"哇噢！"

向霖一声惊呼,脸色一下有些复杂,他用手捂住嘴,眼神中闪现一丝迷离。

画面中是一个美丽且纯净的藏族少女,十六七岁的光景,少女正缓缓地走入一片金色的湖水中,远处的雪山在夕阳的映照下,显出一片火红的金色,那金色覆盖住少女雪白的肌肤,她微微转过头,眼神清澈透明,脸上有一丝惊恐、迷惑、爱恋的情绪,非常复杂,正如那个流浪汉所说的,这幅画一定有故事,向霖深呼吸,拿出自己的手机,打算将那幅画拍下来。

"你最好不要那么做?这幅画有诅咒,虽然不是原作,但是同样会让一些人沉迷其中!"

那流浪汉在身后又提醒了一句,可是眼神居然有些像怂恿。

向霖放下手机,回头大声问道:"你知道这幅画的故事?"

流浪汉点点头,但是他什么也不说,向霖有些无奈,转身又走到流浪汉身边,跟流浪汉一起坐下,看着对面的画。

"告诉我这幅画的故事吧,它确实吸引了我,我可以给你钱。"向霖从钱包中数出几张百元钞票,想要知道这个答案。

那流浪汉摇摇头,用手指了指对面的酒吧。

"不用,我是那家藏地酒吧的老板,我叫魏文斌,不是西藏人,我是汉族,不过我也是一个吟游诗人,那幅画确实有故事,我本来想挂出来看看,不过看了今天你的反应,我想我可能会把这幅画收起来,毕竟传说这幅画不祥,带有诅咒。"

向霖听完马上说道:"那幅画很好,我很有兴趣,如果你舍得,我可以买下来!"

魏文斌摇摇头,很肯定地说道:"对不起,不行,虽然这幅画不是真品。"

"这幅画叫什么名字？"

"央金卓玛。"

"谁画的？那画里的人是谁？"

向霖继续追问着

魏文斌苦笑道："不知道，我在拉萨的一个野市上买到的，卖画的人告诉我画里的人名字叫作央金卓玛。"

向霖看着那幅画，眼中充满了渴望，他的直觉告诉他，这个故事一定很吸引人，一定是一个自己从未听闻过的奇幻故事，他迫切地想要听到一些什么："跟我说说她的事情，她在哪里，有过什么故事！"

魏文斌笑了笑，看着向霖的眼睛，好像可以看穿他的心："我一点都没有看错，你就是一个好奇的人，不过我也不知道她在哪里，是否真的存在，你最好把手机里的照片删了，对你有好处，好了，我走了，有空过来坐。"

魏文斌站起来，拍拍身上的尘土，走到门口，取下那幅画，夹在腋下，放在停在旁边的一辆古董越野车上，回头冲向霖挥挥手。

"哥们儿，早点回去吧，酒吧三天后开张，你可以来坐坐，不过我可能在西藏，不会留在这里，有缘再会。"

魏文斌上车发动车子，走了。

向霖还坐在地上，看着门廊上刚才放画的位置，那个位置已经空了，他重新点燃了一支烟，然后拿出手机，看了看那幅画，他将手指放在了删除的位置，但是终于还是没有按下删除键。

第二章 奇幻的梦境

那天夜里向霖做了一个非常奇幻的梦。

他梦见了一座由黑色岩石雕刻建成的宏伟神殿,神殿上方神座上坐着一个身穿金甲的神明,旁边坐着一个身穿丝袍长裙,神秘而绝美的女子,那女子的模样很熟悉,好像在那里见过,但是他看不清楚那个女人的脸。

金甲神明对他说了一句话:"勇敢的战士,你要什么?"

那一刻向霖的脑海中一阵迷乱,不知为何他好像看到了那个女人对自己微笑着,那笑无比纯净而美丽,他脱口而出:"我就要她!"

向霖走上了那层层的黄金台阶,向那美丽的少女伸出了自己的手。

……

月光中的宁静湖面,粼粼的波光,湖畔美丽的女子,跳着神秘而诱人的舞蹈,带着欣喜而绝望的笑。

"你是谁?"

那个看不清脸庞的女子并不回答,只是像是从遥远地方传过来的一句话。

"你若爱我,我定一生相随;你若背弃我,苦入万世轮回。"

在温暖的火光中,他吻了那个女人,抱住了那个女人,拥有了那个女人无与伦比的温柔。

"你是谁?"

"你叫什么名字!"

当清晨的雾气散去,金色的阳光照落在湖面。

向霖睁开了眼睛,他面前已经空无一人,他焦急地在湖边呼喊寻找!

"你在哪儿?"

"你是谁!你到底是谁!"

可是她走了,消失了。

……

又好像过了很久,向霖只感觉自己像丢失了魂魄,心痛得几乎要被撕裂。

他缓缓走到湖边,泪水滴落在湖边的七色河卵石上,冰冷而刺眼。

他拿起手中的羽箭刺入了自己的心脏。

……

"啊!"

伴随着胸口的一阵剧烈的疼痛,向霖惊醒过来。

他坐起来,用手扶着自己的额头,另外一只手放在隐隐作痛的胸口,那种疼痛很真,痛彻心扉一般。

他脑海中突然闪现,晚上那个流浪汉跟自己说的话。

"你最好不要那么做?这幅画有诅咒。"

"我其实是一个吟游诗人。"

"卖画的人告诉我画里的人名字叫作央金卓玛。"

……

他站起来,走到窗边,拉开窗子,灯火闪耀的城市车水马龙。他喝了一口威士忌,又点燃一支烟,他轻声地自言自语,像对自己说的话，又像对梦中的那个女人说。

"你是谁？你会是她吗？央金卓玛？"

向霖回头看着工作台上依然亮着的笔记本电脑，他拿起手机翻开相册，看到那张照片的时候，才觉得晚上藏地酒吧外的那一幕并不是自己的梦境。

"这不是幻觉，我确实见到了那幅画，那幅叫作央金卓玛的画！这个女人一定存在。"

"我要找到你！我要知道你的故事。"

向霖的脸上十分确定，也有些倔强，更有些迷茫，但是他笑了。

他走到电脑旁边，打开了搜索引擎，输入一行字：央金卓玛的传说。

搜索引擎上真的出现了一个传说故事，就是关于勇士与唐古拉山神和纳木错女神央金卓玛的。

"唐古拉山神寻找一名勇士帮他杀掉自己领地内的一匹千年雪域苍狼……"

"可以答应勇士的任何一个要求……"

"勇士完成任务后，什么都不要，只要唐古拉的妻子纳木错女神央金卓玛……"

"山神震怒，但还是答应了勇士的请求，让勇士跟央金卓玛度过一个晚上……"

"勇士和央金卓玛度过了一晚，央金卓玛告诉勇士第二年的这个时候再来纳木错，但是不要带弓箭，勇士答应了……"

"第二年这个时候，勇士再次来到了纳木错，但是他忘记了自己的承诺，带了弓箭，那天早晨他看到一匹幼狼在湖边饮水，他拉弓射死了那匹幼狼，但是幼狼化作了一个婴儿……"

"央金卓玛流着泪水从湖水中走出来，将婴儿抱起，潜入湖水时候回头诅咒了勇士……"

"你若爱我，我定一生相随；你若背弃我，苦入万世轮回。"

"勇士无比懊悔，在纳木错湖边用羽箭刺入了自己的心脏……"

向霖一把将笔记本合上，周身发寒。

这故事和自己的梦境有着莫名其妙的吻合，甚至连结局都一样！

勇士用自己的羽箭刺穿了自己的心脏。

向霖被惊出了一身冷汗，他瞪大了眼睛，双手插入自己凌乱的头发中，满脸惊骇之色。

"这不可能，不可能！"

"央金卓玛，你真的存在吗？"

"那个梦，那个诅咒！"

他再次打开电脑，开始在搜索栏中不断搜索这个名字，所有跟这个名字相关的信息他都没有放过。

突然屏幕上跳出一个画展的推荐广告页面，画家名字叫作陈墨，画展的名字叫作《痛苦的灵魂》。

向霖留意到画展的广告主页上的那幅画，那幅画有着和自己看到的央金卓玛那幅画一样的构图，只是场景不一样，画面中的女孩没有转过身来，但是看身形很相似，两幅画有着相似的意境，无形中吸引住他的目光。

"9月15日—9月18日，三一美术馆。"

向霖马上记下这个信息，将便签贴在了电脑上，然后又点了一支烟，将身体深深陷入工作椅子上，抬头看着天花板，烟头火光映照着他的脸，一种莫名的亢奋，眼中闪出的光芒有些恐怖。

窗外是城市忽明忽暗的灯光。

第三章　痛苦的灵魂

三一美术馆，由著名当代先锋艺术家郭辉所建，位于长州市国际大剧院的一楼，是国内当代艺术品的一个著名的展览地点，差不多每年会有上百位著名的全球知名艺术家在这里举办展览。

向霖在美术馆中独自游走，仔细看着陈墨笔下每一幅画中的女人。

那些画中的女人或惊恐或神秘或迷惑或痛苦，看着让人心中有一种诡异的情绪，有一种说不出的不自在和恐惧，仿佛那些画中的女人正在经历着真正的痛苦和死亡，一个个都活生生地受尽折磨。

向霖的表情越发沉重，他的目光定格在画面中一个个女人的脸上和身体上。

"那双眼睛。"

当向霖看到一幅画上女人的眼睛的时候，他的脑海中闪过了那天晚上看到的央金卓玛的眼睛。

"这里是鼻子。"

"还有这嘴。"

"头发。"

向霖一幅幅画看下来，只觉得周身不寒而栗，所有的画作中都会有那么一部分让他似曾相识，这种感觉让他触摸到了恐惧的大门。

向霖隐约觉得这些画好像都跟那天看到的央金卓玛的油画有关，但是又不是那么清晰和明确，他在一幅幅油画中寻找着，每幅油画都有那么一点点相似的地方。

"难道那个画家在寻找什么？"

向霖的心中有一层迷雾升起，朦朦胧胧地指引着他。

"她们都不存在了！"

突然一个女人的声音从背后传来。

向霖一转身，眼前站着一个美丽的长发女子，穿着白色的衬衣和牛仔裤，头发就简单地束缚在脑后，那双眼睛清澈而迷离，紧致小巧的五官，散发出一种青春但是迷惑的魅力，让向霖挪不开眼睛。

向霖呆在了那里，他的脑海中突然闪过了那幅画，这个女孩和央金卓玛很像，但是细看又明显可以看出两个人的不同之处，相似的地方不在五官，而在感觉。

向霖好奇女人所说的话，反问一句："她们不存在？她们都是画家虚构出来的人吗？"

女人冷冷地摇摇头："不是，她们都死了。"

女人说完这句话，直接从向霖身边走过，往美术馆门外走去，向霖还在琢磨着女孩所说的话是什么意思，这话里透露出来的信息，让他不敢去想象。

待向霖反应过来，女人已经从自己眼前消失，他急忙着追出美术馆，女人正准备上车离开。

"喂，你等一等！"

向霖大声地呼喊着，女人回转身冲他笑了笑。

"有缘再见吧！"

向霖追上前大喊道："喂，你叫什么名字，等等，我有话想问你。"

女孩摇摇头，上车走了，留下向霖一个人站在美术馆门口，周围的人三三两两走过，犹如慢动作回放。

向霖无奈地返回美术馆，找到了那幅封面海报上的画，画中的女人并没有回过头。

他拿出自己的手机，打开自己照下的央金卓玛的油画，一点点往后移动着比对着两幅画，越看越熟悉，越看越心惊，画中的女孩没有回头，但是那背景有些眼熟。

向霖喃喃自语："构图完全一样，这个叫作陈墨的人一定见过央金卓玛这幅画。"

向霖脑海中浮现出刚才自己追出美术馆看到的女孩的背影，和这幅画上的背景如此相像。

"这个女人就是你吗？"

向霖轻声说了一句，有些想法开始不由自主地产生了。

"如果她们都死了，唯一活着的人是你吗？我的天啊，我到底在干什么？"

想到这里，向霖周身泛起一层寒冰，他用手抱住自己的身体，长长地呼出了一口气，这样也没能让自己暖和一些。

……

向霖工作室，窗外已经灯火阑珊，偶尔有车辆飞驰的声音在这寂静的夜里十分突兀地响起。

向霖坐在工作台上开始了自己的写作，他打下几行字，又很快删除掉，一阵烦乱扰乱他的心，最后他干脆停下来，拿出一支烟点燃，转过椅子静静地看着窗外的车水马龙。

工作台上的手机响了。

来电显示：方小艾。

向霖看了看，拿起电话。

"喂!"

"向老师,你该交稿了,明天你的专栏故事就要发布了,记得下午六点之前,否则赶不上排版了,你这次再断稿,估计丽人都市那边要中止跟我们的合作了。"

"知道了,你等会儿收一下邮件吧。"

向霖挂断电话,打开电脑里面的一个叫作"废稿"的文件夹。

他从之前废掉的稿件中选了一个勉强可用的故事发了过去。

向霖有些无所谓地自言自语。

"其实也不错,就是故事俗了点,先应付一下吧!"

说完向霖又拿起电话,想了想,从电话簿里找出一个号码:王鑫。

电话拨打过去,不过响了两声就被接了起来。

"大作家,你怎么想到要给我打电话,喝醉了,打人了,还是去了风云场所被抓了?让我来捞你?"

向霖无奈地笑笑:"王鑫,我没那么不靠谱,我有点事情问你!"

王鑫干脆地回了两个字:"你说!"

向霖想了想问道:"这几年是不是有一些年轻漂亮的女性失踪的案子?"

电话那边王鑫沉默了片刻,小心问道:"你问这个干什么?不写爱情小说,改写悬疑侦探小说啦?"

向霖轻描淡写地承认道:"你就当我找素材,有没有?"

王鑫停留了片刻,说道:"有倒是有,不过这种事情每年都有一定的概率发生,被人拐卖的、奸杀的、自己失踪的,虽然警方会尽力去查,但是有的案子线索太少,拖上几年也是常事。"

向霖试探地问道:"王鑫,你能给我这几年失踪女孩的照片吗？放心，我没有别的用途，最近确实打算创作一些新的东西，想找找灵感。"

电话那边王鑫犹豫了片刻，然后十分小心地说道："嗯，按理说不行，不过我们发布的寻人协查也会公开这些照片，这样吧，我给你邮箱发一些，希望对你有用，不过你不能真的写到书里去，除非你想让我脱了身上这身皮。"

向霖连忙保证："放心，你是我妹夫，我绝对不害你。"

王鑫笑道："嗯，你记得就行，否则向颖不会饶了你，就这样吧，挂了。"

电话那边响起了嘟嘟的声音。

向霖又点燃了一支烟，在搜索引擎上搜索起来。

"陈墨。"

"痛苦的灵魂。"

他没有搜索到任何一张陈墨的照片，只是网上资料显示这个画家很年轻，大概三十岁，毕业于江南美院，之后一直到处旅行绘画创作，这个《痛苦的灵魂》系列在业界很有名，但是每次画廊办画展他都不出席，所有的作品，都是定期快递给三一美术馆，由三一美术馆来安排策展。

电脑"嘟"了一声，邮件发送过来了，向霖点开邮件，打开里面的照片，一一翻开，越看向霖的脸色越发惨白。

"这，这是真的！"

向霖忍不住惊呼一声，张大了嘴，嘴里的烟掉在了地上，这些照片中，真的有几张面孔与画展中的面孔一模一样，而且她们失踪的时间都在五年之内，年龄都在十八至三十岁之间，而且分布在全国各地不同的城市。

向霖合上笔记本电脑，手微微有些发抖，嘴里嘟囔着："我打开了不该打开的东西！我应该继续下去吗？"

第四章 这不可能是幻觉

三天过去了,向霖强迫自己不去想那个惊人的推论,但是好奇心又不断地侵蚀着他,驱使着他去寻找那个答案,寻找那个自己梦寐以求的故事。

这天夜里,向霖来到了藏地酒吧,他来到的时候是晚上八点,酒吧里没什么客人,向霖径直走到吧台前。

酒保抬头看来了客人,笑着抱歉道:"晚上好,我们差不多九点才会正式开门营业,你来得有点早,不过今天第一天开张,酒水八折,喝点什么?"

向霖坐下后向酒保问道:"我想找下你们老板魏文斌。"

酒保表情有些疑惑,想了想说道:"魏文斌?我们酒吧的老板不叫这个名字,先生,你是不是搞错了。"

向霖拿出手机,打开照片给酒保看:"三天前,他告诉我酒吧今天开业,那天晚上他取走了你们门外挂着的那幅油画,就是这幅《央金卓玛》。"

酒保看了看手机上的画,显得更加困惑:"先生,你可能真的搞错了,我们酒吧老板姓李,就是那边那位!"

酒保用手指了指不远处的一个有些发福、穿着黑色藏袍的人说道。

向霖看了一眼,那个身穿藏袍的男人显然不是魏文斌,是一个看上去年轻一些的人。

酒保又说道："而且，我们酒吧外面从来没有挂过什么画，你要不去其他地方问问。"

酒保边说边把调好的一杯酒递到向霖面前。

酒是金黄色的，泛着一种奇异的幽蓝，有些神秘的感觉。

酒保看着向霖笑了笑："这杯圣湖我请你了，你是今天的第一个顾客，这杯酒还有另外一个名字，叫作轮回，快乐也好，悲伤也罢，苦也好，痛也好，入了轮回，前尘皆忘。"

向霖看了看酒杯，又抬头看了看酒保，端起来一饮而尽，上层的酒味有些甜，而下面带着一种苦涩，但是当那酒咽下去回甘居然有一种说不出的味道，向霖眉头一紧，放下酒杯的时候淡淡地笑了笑，点头谢过。

"谢谢。"

向霖转身出了酒吧，走出门口的一瞬间，他用手比画着放在门廊上的位置，想起那天看到的那幅画，有些好奇酒保跟自己说的话。

"就是挂在这里的啊？"

他拿出手机打开相册，想找到那天自己照的那张照片。

"唉！照片呢？"

向霖手机里的那张照片竟然消失了，就像从来没有存在过一样，他再次仔细确认了一下，相片根本就不在相册里，没有了。

向霖狠狠扇了自己一巴掌，周围的人都异样地看着这个突然发疯一般的人。

"疼，靠，我真的不是在做梦。"

"难道这一切真的只是我的幻想？"

……

离开藏地酒吧,向霖大病了一场,在家里躺了一周,他没有再打开过电脑,夜深人静的时候在阳台抽抽烟,看着这个他熟悉又陌生的城市发呆。

"梦也好,现实也罢,跟我有什么关系呢?我记录下来的那些男欢女爱都不过是用来换钱的道具罢了。有的人麻木了,需要一些东西来唤醒他们的记忆,然后自己告诉自己,我还能被爱情打动,我还相信爱情,浑然不知向他们灌输这一切的人,也许是一个连自己都无法拯救的可怜的人。"

向霖放弃了,因为真相对他来说也许不那么重要,自己也不过是疯狂都市的一片落叶而已,无足轻重,自己的故事依然是无病呻吟,是维持自己生命运转的工具罢了。

工作台上的电话又响起了,是方小艾打来的。

"喂!"

"向老师,你在家吗?"

"在!"

"开门!"

"你到我家门口了?"

"向老师,你都一周没出门了,你说作为你的助理,我能不担心吗?给你买了点吃的,还有用品。"

"好吧!你等等!"

向霖刚挂了电话,门口就响起了铃声。

向霖打开门,一个穿着体恤、牛仔裤、戴着黑圆框眼镜的短发女孩提着两大包东西进了门,女孩看上去二十三四岁的样子,模样谈不上多漂亮,不过看上去也有些可爱。

方小艾调皮地眨眨眼,关心地问道:"向老师,你病好点了吗?"

向霖微微一笑,点点头:"差不多好了!进来吧。"

方小艾一边往里走，一边四处打量，抱怨地说道"老师，你不出门可不行，主编说了，你这两期的稿子质量有所下降呢？再不用点心，他可能要扣你稿费了。"

方小艾有些担心，将买来的东西往冰箱摆放。

向霖裹着毯子，窝在沙发上，看着方小艾忙上忙下，苦笑一声："好，我明天就出门，一定偷几个好故事回来！"

方小艾回头眨巴眼镜后面的眼睛说道："这才对嘛，要不我就该失业了。"

向霖无奈地点点头，看到方小艾已经在收拾自己的脏衣服准备洗，连忙道："小艾，还是我自己来洗吧。"

方小艾回头调侃道："你洗衣服经常柔顺剂、消毒液都忘记放了，算了还是我来吧，我洗完衣服再给你做点吃的，向老师你该给自己找个媳妇，这样日子还能过得好一些。"

向霖开玩笑道："我有你就够了！"

方小艾眼中一道寒光射过来，有些假装生气："向老师，我可不是你媳妇，你得加油去外边找才行。"

向霖装得有些无奈地问："小艾，我不好吗？"

方小艾摇摇头，斩钉截铁地回答："好是好，不过我可伺候不起，做你助理就够我受的了，我可不想给你当老妈子。"

向霖无奈地摇摇头，干脆瘫倒在沙发上。

突然他又坐了起来，想了想，跟方小艾提议。

"小艾，我们出去吃吧，你想吃什么都成，我请！"

方小艾笑了，有些开心点头道："这还差不多，我陪你走走，就吃海底捞吧！"

向霖一翻身，往洗漱间走去："好！我先去洗个澡，换件衣服。"

……

收拾妥当，两人下了楼，沿着街道往最近的一间海底捞走去，向霖又给自己点了一支烟，有些悠闲地深吸了一口，方小艾有些嫌弃地抬头看了一眼。

"向老师，你应该少抽一点烟？对身体不好。"

向霖苦笑一声，说道："熬夜赶稿子，时间长了，不好戒。"

方小艾突然提了一个建议："其实我觉得你应该写长篇，你写都市短篇虽然有固定的读者，但是那种文章很难做版权运作，电影、电视剧都没有办法运作。"

向霖有些愣住了，显然没有料到方小艾居然会说这个话题。

片刻后他才点点头，笑道："我就是怕自己坚持不下来，状态不稳定，长篇可能要耗费一年多的时间，你知道我这个人懒，而且也没什么存款，需要用字换钱。"

方小艾依然继续着话题："向老师，你如果做长篇，我可以帮你跑出版和版权运作的事情，运作好了，你再给我佣金？"

向霖突然停下来，笑着看着方小艾。

方小艾眼睛微微一眯，调皮地问道："你看着我干吗！"

向霖露出恍然大悟的表情说道："方小艾，我明白了，你是想做我经纪人对吧？不满足只是做我的助理了？"

方小艾笑着点点头，非常肯定地回答："嗯，不行吗？向老师你写的东西都挺好的，我觉得会有大量读者的，只不过受限于篇幅，除了在杂志上开设短篇专栏，出版个故事合集什么的，没有其他的更大的发展，空间太小了。"

方小艾说到了点子上，有些得意地一推自己的眼镜框，继续自己的长篇大论："我也不想一直做你的助理，我前几天跟东方文艺出版社的韩主编吃过饭，沟通了一下，他说如果你愿意做长篇，他愿意支持，还有腾飞影业的一个自制剧部门的主管是我男朋友的大学同学，如果你的长篇出版了，我可以跟他谈运作改编电视剧的事情。"

方小艾抛出了一系列的规划，显然有备而来，而向霖静静地听着，眼神中有些许的意动。

向霖突然笑了，抬头看了看远方，然后再回头看着方小艾："我没想到你做了这么多工作，我会考虑的，你认为我应该写什么题材。"

向霖给自己点了一支烟继续往前走去。

方小艾想了想，追上前说道："纯爱类的小说太多了，我觉得爱情不仅有美好的一面，也许也有很残酷的一面，你觉得呢？"

向霖点点头肯定这个说法："你继续！"

方小艾继续说道："我觉得现在都市人都或多或少有心理疾病，所以一些边缘的爱情，还有悬疑的剧情、黑暗的心理描写或许更有市场。"

向霖笑了，有些认同，他反问一句："你是觉得我这个人阴暗面比较多是吧？"

方小艾头一歪，调皮地笑道："难道不是吗？"

向霖居然无言以对，自己的内心确实不太阳光。

突然向霖停下了脚步，眼睛直直地看着马路对面一个身穿深蓝色短裙的女人，那女人的身影很熟悉，正是自己那天在三一美术馆遇见的女人。

女人和一个年纪五六十、身穿西装的男人上了一辆奔驰轿车。

"向老师，你怎么了，遇见熟人了？"

身旁的方小艾忍不住问了一句，也顺着向霖的目光看过去，当看到那个女人，她露出意味深长的微笑。

"小艾,你等我一下。"

向霖说了一声,不顾马路上的车流,往马路对面跑去,这个举动倒是让方小艾一惊。

"向老师,你小心!"

好几辆车连续急刹车,有一辆车甚至就停在了向霖的脚边,一时间骂声四起。

"喂!你不要命啦!"

"你看不看路啊!"

"你疯啦,找死啊!"

司机们恼羞成怒,向霖连忙举手低头抱歉:"对不起!"

他快速跑过去,对着马路对面的女人大喊道:"喂,等一下,是我!"

马路对面的女人看到了发生的一幕,也看到了向霖冲自己走来,她微微一笑,并没有接话。

一旁的男人问道:"怎么了?"

女人摇摇头:"没事。"

男人拉开车门,两人上了车,男人对前面的司机说了一声:"走吧!"

司机发动车,缓缓地驶离了酒店的门口。

方小艾带着看戏的表情看着向霖,摇摇头自言自语:"看来又是一场感情债了,向老师,你欠的债太多了。"

向霖跑到了马路对面,可是车已经开远,他深吸一口气,有些无奈地看着远去的车,脸上一阵苦笑,嘴里骂了自己一句:"妈的,说了不理了,我他妈在干吗!"

向霖一跺脚,暗自有些自恼。

对面马路的方小艾招了招手,大喊道:"向老师,我们还去不去吃火锅了?"

向霖回头大喊一声:"来了!"

等到了绿灯,向霖缓缓地走了回来,嘴里嘟囔着:"这不可能是幻觉。"

方小艾有些调侃地问了一句:"向老师,你遇到前前前女友啦?人家都不理你,看来你以前伤人家伤得深啊!"

向霖白了她一眼,矢口否认:"想什么呢,我认错人了。"

方小艾撇了撇嘴:"随你,走吧!"

两人继续往前走,而向霖看了一眼酒店的大门,脸色有些不悦。

向霖突然略有些认真对方小艾说道:"小艾,我想写长篇了,不过如果我写长篇,可能就没有固定收入给你了,你不怕损失吗?"

方小艾笑着摇摇头:"我怕什么,我又不只你这一份收入,只要你愿意做,我就有信心帮你运作版权的事情。"

向霖点点头:"行,我想想!"

方小艾好奇地问一句:"你想写什么题材!"

向霖看着前方,淡淡一笑:"保密!"

第五章　深夜酒吧的偶遇

一个月后,暗夜酒吧。

向霖在这个月里一直在寻找灵感,酒吧依然还是那样的场景,一样的酒醉迷乱的人群,一样的混合着香水、汗味、酒味、烟味的空气,一样轰鸣不止的电子音乐。

吧台上,向霖正和一个身穿吊带衫、超短牛仔裤,身材火爆长发美女搭讪。

套路还是没有变,向霖拿出一本自己的小说,翻开扉页,推到了女孩面前。

他笑着凑到女孩的耳边说道:"你说你不想忘记,最好的办法就是让你的故事变成书里的故事,让你变成书里的人物,而我恰好就是能帮你的人,这本书我签了名,上面还有我的联系方式,你想好了,可以打给我。"

长发女孩略有些挑逗地反问道:"你确定你不是想撩我?因为你的方法挺有意思的,我有兴趣了。"

向霖摊开双手耸耸肩,在她耳边笑道:"我确定,这里太吵了,我觉得你的故事未必说得完,明天可以来我工作室,给我电话。"

向霖站起身来,一边往后退,一边用手比画着一个打电话的手势。

"我手机号码在扉页上。"

女孩笑着冲他竖了个中指。

"你这个浑蛋!"

女孩合上书,看了看书封上的《草食男女》四个字,突然大声问道:"喂,我可以去,不过我想问你,你工作室没有床吧?"

向霖摇摇头大声说道:"没有,不过沙发很舒服!"

女孩做了一个 OK 的手势:"好!明天我去找你!"

向霖回了一个 OK 的手势:"行,明天联系。"

向霖边说边往后退,并没有看后面的情况,随着一声女人的惊呼声,他感到有一个柔软的身体撞在了自己身上。

向霖回头急忙抓住女子的手,关切地问道:"对不起,你没事吧。"

女子没有抬头,显然有一些微醺,她重新穿好高跟鞋,低头说道:"没事!"

女子挣脱向霖的手,开始往门外走去,向霖看着女子离去的背影,突然一个画面闪回到他的脑海里。

"这背影很像那天三一美术馆遇见的那个人。"

向霖不敢确定,待那个女子马上就要离开酒吧的瞬间,突然回头笑着冲他点了一下头,他在闪烁昏暗的灯光中很快认了出来,她真的就是那天三一美术馆遇到的女子。

向霖急忙呼喊着追了出去:"喂,你等等。"

待向霖跑出酒吧门口,四下张望,街道上有形形色色的人群,车来车往,但是唯独不见那个女孩的身影,向霖有些失望用手梳着自己的头发。

"我靠!又不见了?"

他低下头,懊恼地将手撑在自己的双腿上,表情满是懊恼!

"喂,你在找我?"

突然背后一个女人的声音传来

向霖猛地回头一眼,双眼瞬间点亮。

"真的是你!"

此刻女子正倚靠在酒吧旁边的墙上抽着烟,脸色红红的,目光迷离,鲜红的嘴唇,修长的手指拿着细支的香烟,轻轻地吐出一口烟来,样子有些诱惑、有些危险。

向霖走过去,在她旁边同样倚靠着墙,从口袋里翻出烟盒拿起一支烟,四处摸口袋找打火机,样子有些好笑。

"啪!"

女孩在用极其潇洒的动作打着了一只美人鱼纹饰的Zippo,将火送到向霖嘴边。

向霖点好了火,深深地吸了一口,吐出烟来,两人一时间都没有说话,彼此看了两眼,都笑了。

"你叫什么名字。"

"麦子!"

"真名?"

"真名。"

向霖职业病又犯了,一阵寒暄后又开始问。

"有故事?"

麦子转头看了看向霖,那目光如此神秘,足以让向霖迷失在里面。

"有,你想听。"

向霖点点头:"嗯!"

"陪我走走吧。"

麦子转身往江边步行道慢慢走着,转身挥挥手示意向霖跟上。

向霖灭了烟，跟了过去，两个人在江边慢慢走着。

向霖开口自我介绍道："我叫向霖，小说家，所以原谅我的好奇，职业习惯。"

麦子笑了笑，不在意地轻声说道："没事，我也有点想说。"

"抽吗？"

麦子递过去一支细烟，向霖翻出自己的烟盒。

"我抽自己的吧。"

深夜的望城河畔人不多，但是两侧的灯光很好看，两个人就这样边走边聊着。

"那天在三一美术馆，你说的话……"

终于向霖还是忍不住问了自己一直想知道的问题，但是话说到嘴边又收了回来。

麦子回头问道："你这么想知道那些画和画里女人的事情，你不怕吗？"

向霖想了想，摇摇头，回答道："不想，那是我不能背负的东西，我的生活很简单，猎奇一些小故事换成钱就好了。"

麦子轻笑一声，略带挑衅地说道："我以为你会是一个有个性的人。"

向霖无奈摆了个鬼脸："我害怕危险，害怕麻烦。"

麦子转头看着他，笑着问道："那你追出来找我，没准我更危险。"

向霖突然停下来，麦子走了两步发现向霖没有跟上，回头两人四目相对，仿佛都想从对方的眼睛里读出一些东西。

麦子挑衅地笑道："怎么？怕啦？"

向霖看着如此俏皮的一个女人，心中不由得有一些悸动，他往后慢慢退了一步，然后双手举起做投降状，好像要逃走，但是很快又无奈摇着头重新走向麦子。

"我想试试，我想了解你。"

向霖握住了麦子的手，那手有些冰冷，麦子笑了笑，也没有挣开来。

就这样两个人牵着手如同情侣一般在江边路上慢慢走着。

"你为什么叫麦子？"

"有一个故事，你想听吗？"

"你说我就听！"

"未必是真的？"

"如果是假的，我就当真的听。"

步行道上形形色色的人群，看着向霖和麦子，居然都带着羡慕的目光看着他们，显然他们都误会两人的关系了，不过看到路人的目光，不知为何，向霖的心中阵阵窃喜。

第六章　你为何叫麦子

"我出生在一个叫作红叶谷的小山村,四面环山,但是中间的平地有一大片麦田,每年六七月的时候,可以看到金色麦浪。"

麦子缓缓地说着,她说得很平淡,仿佛说的并不是自己的故事。

"二十四年前,我爷爷最后的一段日子,他把在县城里念书的儿子叫回了家,我父亲放弃了高考,和一个完全不认识的陌生女人结婚了,那个女人来自另外一个山村,皮肤有点黑,圆圆的脸,病态地发白,并不漂亮,唯一的好处就是屁股大,介绍人告诉我爷爷,说这样好生养,于是我爷爷用积攒了十几年的钱当了聘礼,父亲娶了我妈。"

麦子说的故事马上吸引住了向霖,他没有打断麦子,就让麦子这样慢慢地说着。

"我父亲本来不愿意,他想上大学,不想在那个山沟里待着,他想出去看看外面的世界。"

"不过我爷爷说他没几天好活了,是癌症晚期了,想临死前看到我父亲成家。"

向霖脸色有些凝重,问道:"你父亲答应了?"

麦子点点头:"当然,否则也就没我了,不过那天我父亲哭了很久，将所有课本扔进灶膛里烧了，他没法继续学业了。"

"后来呢？"向霖被故事吸引着追问道。

麦子并没有特别的情绪变化，只是淡淡地继续说下去："我父亲只跟我母亲过了一个晚上，因为那天夜里我爷爷就守在门外，听到里面有动静了才走，第二天他就死了，死的时候脸上居然还带着笑。"

这个故事让向霖有些沉默了，那是他从未有过的经历和世界，他无法体会那样的生活，但是有一种特别的感觉在他心中堆积着，他更加渴望去了解这个叫作麦子的女人。

麦子往下继续说："我父亲办完爷爷的后事，一个月孝满了就和村里的赵大叔去城里打工，那是我母亲最后一次见到我父亲。"

向霖听到这里已经察觉到这将是一个悲剧："这是一个悲伤的故事！"

麦子手里的烟就要烧到手指了，麦子将烟在一旁的垃圾桶的烟灰缸里掐灭，回头冷冷笑道："不算吧，每个人都有自己的命运，谈不上悲伤，悲伤只是过程，不是结果。"

"悲伤只是过程，不是结果？"

向霖默默说着这句话，竟然无从反驳。

麦子继续往下说："才一个月的时间，我妈竟然怀孕了，我妈托人将消息带给了我父亲，我父亲回了信，里面还有五百块钱，但是我父亲说他不会回来了。"

说到这里麦子居然笑了起来，笑得真个身子发颤，声音冰冷。

"后来跟我父亲一起出去的赵大叔回来了，他告诉我母亲，父亲在外面已经有女人了。"

"可是我妈不相信，她拿出几封信给赵大叔看，说父亲每个月都寄几百块钱回来，说他心里有我们。"

"可是除了这些钱，那些信里什么都没有！"

麦子说完看了看向霖，平静地问道："你觉得我娘可悲吗？"

向霖摇摇头："我不知道该怎么说，你说这个故事的时候，我渴望这是个真实的故事，可是现在我渴望这个故事是假的。"

麦子问："你还想继续听吗？"

向霖没有说话，只是默默地点点头。

"我母亲天天看着村口，等着那个男人回来，每次看到有人走进山谷口，就站起来看看，发现不是父亲又有些失望地坐下，继续为那个男人织毛衣，当真很傻。"

"那年秋天，麦子又熟了，我妈的肚子越来越大了，她托村里王会计写了封信，说孩子快要出生了，想让我爹回来。那个男人没有回来，回信里多了一千块钱，信上只有一句话：孩子我会养大，但是我不会回来了，我在这边找了人。"

"我妈拿着信哭到抽搐，她拿着信挺着大肚子就往山谷外跑，好像这样就能找到那个让她心心念念的男人，那个只在她生命中出现过一个月的男人，那个心里根本没有她的男人。"

"一阵阵痛，她跌倒在麦田里，麦浪声掩盖了她一阵阵的惨叫，她用牙咬断了脐带，满嘴的血，身下的血水渗入了麦地里。就这样我出生在麦田之中，哭喊的声音特别响亮，远处的太阳斜晒下来，将透过麦穗的条条阳光在我红色的皮肤上映出了一条条血色的麦穗影子来，那天我有了这个名字，麦子。"

麦子说完这段，长长地吸了一口气说道："所以我的名字就叫作麦子了，因为我就出生在那片麦田里，像麦子一样迎着阳光诞生。"

向霖感到鼻子有一阵的发酸，眼眶中突然蓄满了泪水，他相信这个故事是真的，他相信麦子就出生在那片金色麦海里，而太阳给了这个女孩印记，给了这个女孩名字，只是他的心中一阵发闷，痛得有些揪心。

麦子说完这个故事的时候，脸上没有了笑容，只有一种说不出的伤感。

向霖突然不知道该如何去安慰她，他静静地看着麦子，轻声说道：

"故事很美，但是不知为何，我很难过，很难过！"

麦子突然上前紧紧抱住向霖，将头深深埋在向霖的怀中，向霖手轻轻放在她的头发上，也紧紧抱住她，两个人就在路灯下这样静静地待着。

向霖突然无比渴望这一刻就是永恒，最好永远地停下来。

"现在我们已经彼此知道了对方的名字。"向霖从麦子的故事中走入了她的内心，他们不再是陌生人了。

两人不远处一辆出租车停了下来，一个人下了车。

麦子突然松开向霖，向后挥挥手，轻声说道："向霖，我该走了！"

向霖还没有想好要如何留下她，麦子就已经拉开了车门。

向霖跑上前拉住了麦子的手："麦子，你能不走吗？我想你留下来！"

麦子摇摇头，微微一笑："你留不住任何人，我也一样！"

向霖脸上有了一丝愧疚和无奈，他的手慢慢松开，麦子坐上了车，车开动了，缓缓地离开了向霖的视线。

向霖看着车离去的方向，自言自语道："麦子，我还能再遇见你吗？"

此刻他想起，自己甚至没有留下麦子的手机号码和任何联系方式，这个女人又一次从他的眼前走了，而这一次，他的心中不是疑惑，而是深深的悲伤。

……

　　向霖拦下了一辆车，上了车，将头轻轻靠在车窗上，车开动了，整个城市在他的眼中快速倒退着，犹如他以往的那些记忆。

……

　　"你留不住任何人，我也一样！"
　　向霖一阵发酸的苦笑。
　　"向霖，你真的不留我吗？"
　　那个即将离开自己的女人，在最后进入机场安检时回头问了他一句。
　　"你不会回来了对吗？"
　　向霖轻声问了一句。
　　女人点了点头。
　　"一路顺风！"
　　当向霖说出这四个字，那女人突然笑了，脸上带着放弃后的释怀，她上前轻轻抱了抱向霖，在他耳边轻声说了一句话。
　　"你留不住任何人！"
　　然后女人转身义无反顾地走入了安检处，那一刻的向霖居然脸上也有了一丝轻松。
　　向霖苦笑一声，从回忆中醒来，他按下了车窗，将手伸出窗外，触摸着风，风顺着他的手吹在他的脸上，他总算感觉自己发涨的大脑清醒了一点。
　　出租车的电台里响起了声音：
　　"下面为听众带来的一首歌叫《她的生活与你无关》，来自林云。"

　　　　你把手伸出车窗触摸风

向不该告别的告别,说再见
向未知的生活妥协……
你把心藏在这漆黑的夜
关上门,所有的痛苦你都听不见
假装的,还和过去一样
都没有改变
醒来回到原点
……

夜晚,失眠的不止有一个人,有的人执着于过去,有人遗憾于未来。

第七章　17号画室

向霖的工作室中,电话响起。

向霖按下了免提键,从鱼食桶里抓起一把鱼食,走到鱼缸边,看着里面穿梭游走的热带鱼。

"喂,向老师,你的小说动笔开写了吗?我可是把宝都押你身上了,你可别给我开天窗!否则我对那些朋友可不好交代了。"

电话那头的方小艾有些担心地问道。

向霖小心地喂着鱼,几条热带鱼在鱼缸中争夺食物,而向霖也不着急回答,任由方小艾把怨气都发了,毕竟十天了,他一个字都没有写。

向霖丢下手中最后一颗鱼食,笑着答道:"放心吧,我在构思了,给你的助理工资,我照样给,可以了吧?"

方小艾严肃地说道:"向老师,我可不是看那些工资的啊,我可是指望着成为国内最当红小说家的经纪人的,你可别让我失望啊,否则朋友都没得做。"

向霖马上笑道:"行,那我省了。"

电话那头的方小艾一听急了,马上说道:"打我卡里,挂了!"

嘟嘟的声音传来,向霖无奈地笑了笑,转身将工作台上的免提电话按掉。

想想他又拿起电话，熟练地按下了一组号码，电话很快接通了。

王鑫的声音传来："老大，又有什么事情啊，上次给你照片害我担惊受怕好几天，生怕你给我整出什么事情来。"

向霖直接开口："王鑫，你得再帮我一次！"

王鑫一听，声音马上变得警惕起来："你又要搞什么啊！还来？"

"你给我查一下，一个叫作陈墨的人……"

向霖不管王鑫听不听，一股脑儿地把自己掌握的信息都说了出来。

向霖抛出了一个诱饵："你帮我最后一次，求你了，大不了我把我珍藏的限量版高达送给你！就是向颖一直不肯给你买的那款。"

"真的？"

电话那边那边的声音有些犹豫。

向霖马上说道："君子一言，驷马难追！"

王鑫沉默了一会儿，突然叹息道："我的大舅哥，你好好的小说家不做，非做私人侦探干吗，前几天是查失踪人口，这次让我给你查什么神秘画家，你不是福尔摩斯，我也不是华生啊。"

向霖连忙说道："这个事情对我很重要，我需要知道这个人在哪里，或者你可以告诉我一些有用的信息。"

"好吧，看在那限量版的高达的份上，我认了，你可别坑我！"

王鑫总算认输了，开始说起了关于陈墨的事情："这个陈墨的案子刚好在我手上，如果要说相似的地方，可能就是陈墨也失踪了，两年前陈墨工作的学校来报警，说学校的一个助教失去了联系，找不到人，不过由于这画家性格本来就怪异，局里只做了一个失踪人口报备，也没有去细查，那个失踪的人就是陈墨了。"

这个消息让向霖一怔，马上追问道："学校助教？哪个学校？"

王鑫想了想说道："江南美院，陈墨七年前从江南美院毕业，之后留校做了五年助教，直到两年前彻底失去了联络，之前他也曾经短暂地请假两三个月出去写生，所以初期大家也都没在意，一般开学之前会回来的，但两年前，他就这样突然失踪了，不过他也不能算作失踪人口。我们去调查过，他会定期快递自己的画作去三一美术馆，那里好像每年都会办他的画展，不过他本人从来不出席，我们判断他应该在某个地方隐居创作。"

这个信息与自己调查的信息吻合，向霖心中开始有脉络。

向霖又问道："王鑫，你有陈墨的照片吗？能否给我发一张。"

王鑫一听要照片，又是一阵沉默，许久才回答："行吧，只有一张，他们学校报警的时候，拿过来一张照片，我就把这张发给你吧，下次找人的事别找我了，我总觉得后脖颈发凉，预感不好。对了，那个高达，我过两天亲自来你家取啊。"

向霖笑着答应下来："行，你随时来。"

向霖挂了电话，放下威士忌酒杯，回到了工作台上打开了笔记本电脑，上面的搜索引擎正在搜索着陈墨的所有资料，他打印了几张照片，将照片挂在墙上的人物线索图板上，用一支彩色笔，在照片的角落里圈出一个身影，一个熟悉的身影，那个人正是麦子。

"麦子，你和他到底是什么关系？"

向霖将手捂住自己的下巴,略有思索的神色。

"麦子,你不是错觉,这一切不是错觉,那我没有疯!"

"陈墨,我就要看看你是人是鬼!"

……

第二天,向霖来到了江南美术学院。

"喂,你找哪位?"

入门的时候向霖被门卫拦下来。

向霖提前做了一些功课,很淡定地回了一句:"我找李易华教授,我曾经是他的学生,刚好来长州市出差,就过来看看他。"

门卫倒没有发现有什么问题,让向霖做了一个登记,就放行了。

向霖根据查找的线索,来到了油画系的办公室,陈墨任教的就是油画系。

他琢磨着找个人打听一下陈墨的事情,到处走走看看,刚好有一个年轻的男老师从办公室里出来。

向霖上前询问:"这位老师,我跟您打听个人。"

男老师回头答道:"您说。"

向霖问道:"你们这里是否有一个叫作陈墨的人?"

那男老师听到这个名字,露出警惕的表情,有些疑惑地反问向霖:"他现在不在学校,您找他有事吗?"

向霖假装随意地答道:"我是他的一个老朋友,这两三年都不在国内,跟他失去了联系,这次回国,就想来学校找找他,看能否联络上。"

听到向霖如此说,那个男老师紧张的表情稍微缓和了一点,解释道:"陈老师已经两年没有回学校了,不过一般一些画家出去待几年潜心创作也是有可能的,他还是有不断地办画展,那些作品还得到了业内一些人的关注,不过您可能要白跑一趟了,因为我们都不知道他在哪里。"

向霖点点头,又问道:"这样啊,那他还留了什么东西在学校吗?"

男老师想了想,说道:"17号画室是他以前的画室,您可以去看看。"

"谢谢您。"

"不用。"

向霖点头表示感谢,回身往17号画室方向走去。

……

向霖来到17号画室,画室从里面拉上了窗帘,向霖将头凑到窗子上也看不到里面的场景,干脆敲了敲门,没有听到有人应门。

他往四周看了看,看周围没有人走动,就从口袋里拿出一个开锁器,将锁打开,进入了画室,然后反手将门关上,将开锁器重新放进自己的口袋,又拿出一副白手套戴在手上。

画室并不凌乱,只有不少被白布盖住的画架和一些画框。

向霖一点点揭开白布,基本都是一些空白的画布,画架上也是空的,这里好像没有什么值得自己留意的东西,画室中间有一个小型的圆台,看上去好像是模特展示身体的舞台,小圆台后面用布盖住了一堆琐碎的东西。

向霖走过去,掀开了白布,是一些零散的被废弃的画,画面都被美工刀割得七零八落了,向霖将那些画摊开,然后再拼凑起来。

呈现出来的画面让他震惊了,他站起来,看向那些画,虽然画中的场景和《央金卓玛》不一样,但是构图还有场景很显然就是对那幅《央金卓玛》的临摹,问题是画中的人都没有脸，他又整理了另外一些碎片，发现那些画都一样，所有的割碎的画面中都没有女人的脸。

向霖拿出手机把这些画拍下来。

"陈墨，你要么见过那幅画，要么和画里的女人有什么关系？"

向霖继续在画堆里翻找着，终于，他在角落里有所发现。

他拼凑起那幅被剪碎了的画，没错，他认出了那个女人，一个裸体的女人，身上有无数的伤痕，像一条条丑陋的虫子爬在女人雪般的肌肤上，女人的脸上有着恐惧、羞涩、羞愧、幸福的表情。

此刻向霖突然有一种窒息感，像被人掐住了脖子一样无法呼吸。

他的心一阵狂跳，他握紧双拳，咬在嘴边，让牙齿咬得拳头发疼，他无比嫉妒。

因为画中的那个女人，正是麦子。

"你是谁，你怎么进来的？"

后面有人说话。

向霖马上转身，看到一个穿着白色 T 恤、蓝色牛仔裤的女生站在门口，愤怒地看着他，做着防备的姿势，好像向霖只要有所动作，就会马上呼救。

向霖微微举起手，笑道："别紧张，我是陈墨的朋友，刚回国，跟他失去了联系，过来找找他，不过他好像不在，有人说这是他的画室，我就过来看看，门没有关。"

说着向霖往门外走去，离那个女孩越来越近，女孩有些防备地往后退，向霖走出门，女孩也退到了门外，背靠着栏杆。

向霖轻声问道："你认识陈墨？"

女孩点点头："我是他的学生！"

向霖又小心地问:"你能跟我说说关于他的事情吗?"

女孩先摇摇头,然后又点点头,脸上的表情渐渐放松下来。

向霖笑了:"你想喝什么?我请客!"

女孩想了想说道:"嗯,奶茶!"

向霖也放松了一些,答应道:"好,那就喝奶茶。"

向霖往楼下走去,女孩没有马上跟上来,向霖回头招招手,唤了一声:"愣着干什么,走啊!我对这里不熟悉,你看去哪家奶茶店。"

女孩笑着追上来,紧跟着向霖说道:"我知道有一家不错。"

向霖看到女孩的情绪变化,开起了玩笑:"你不怕我是个骗子啊?"

女孩摇摇头,一双大眼睛忽闪忽闪地看着向霖,笑着回答:"你本来就是骗子啊!"

向霖有些疑惑:"你怎么知道我是骗子?"

女孩拿出自己的手机翻出一张向霖的照片,那是向霖签售会上的照片,她指着照片说:"我认识你,你笔名叫雨林,我看过你的书,也去过你的签售会,所以你不可能是我老师的朋友,也不可能刚刚从国外回来,不过我可以肯定,你对我老师的故事感兴趣。"

向霖有些无奈地摇摇头,只好承认下来:"好吧,我承认,那你还装得很害怕的样子。"

女孩也调皮地笑了:"对不起,我后来才认出来是你。"

向霖问:"你叫什么?"

女孩:"刘靖!"

向霖又解释一句:"我的名字不叫雨林,我叫向霖,雨林是把霖字拆开了。"

女孩笑着说了一句:"我知道!"

向霖又无奈地皱了半边眉,这个叫刘靖的女孩竟然是自己的粉丝。

第八章　关于麦子的传闻

校门口不远处的一家奶茶店。

向霖看了看招牌，回头问刘靖："你喝什么？"

刘靖看了一眼说道："布丁奶茶。"

向霖转身对店员说："一杯布丁奶茶，一杯红豆冰。"

很快奶茶做好了，向霖拿着，将布丁奶茶递给刘靖，刘靖接过来，喝了一口。

她略有些得意地说道："向老师，我大概能猜到你的来意？"

向霖好奇地问道："什么来意！"

刘靖说出自己的猜测："你大概是来找一些写作的线索，毕竟陈墨老师是很神秘的人，整个江南美院里他的故事最为传奇，可能你想从他身上挖出点什么故事来。"

向霖笑了笑，认可了这个说法，看着刘靖说道："如果我眼前这所学校不是江南美院，我真以为我到了政法大学，我看你学的不是油画，是刑侦吧？"

刘靖有些得意地微微一抬头说道："我也写小说啊，尤其喜欢写悬疑，所以也会做一些功课，你如果是来找素材的，问我就对了，这杯奶茶很好喝，所以你现在问我什么我都会告诉你。"

"你说真的？"向霖问。

"真的。"刘靖毫不犹豫地回答。

向霖拿出手机，翻到一张麦子的照片拿给刘靖看，然后问道："你见过她吗？"

刘靖看了看照片说："我认识她，她在我们学校做人体模特，之前是陈墨老师的私人模特，去年陈教授从美国回来任教，她又成了陈教授的私人模特，她在美院进修，好像画得也不错。"

向霖问道："那就跟我说说她和陈墨的事情。"

刘靖想想说道："大概五年以前吧，我那时候刚入学，陈老师出去写生，带回来一个非常漂亮的女孩，就是你照片里的那个女孩，当时这个事情在学校引起了不少人的关注，不过那个女孩基本不跟我们说话，只和陈老师在一起。"

向霖继续追问："那么后来呢？"

刘靖继续往下讲："学校里都传那个女孩是陈老师的女朋友，因为他们两人同居，后来陈老师就失踪了，没有再回来，不过那个女孩留下来了，开始在学校学习绘画，再后来陈教授到学校任教，那个女孩就成了陈教授的私人模特，也有传言她跟陈教授关系不一般。"

向霖好奇地问道："那个陈教授？是谁？"

刘靖有些惊讶道："大名鼎鼎的陈振风，著名的旅美画家，以西藏组画《藏地天魂》成名，之前一直都在美国，去年受学院的邀请，回国任教，现在是油画系的教授，你不会连他都不认识吧？我们国内不多的国际知名画家啊。"

向霖皱着眉想了想："陈振风？好像听说过？"

向霖继续追问陈墨的事情："对了，陈墨有什么特别的地方吗？"

刘靖继续说道："他在美院很有名，当然现在也是知名的画家,他的画售价很高,他有一个外号,叫作忧郁的梵高,是美院最有才华和最帅的老师,所以他的课总是很受欢迎,学校喜欢他的女孩很多,不过他每个学期只讲二十节课,教人体,其他的时间就是出去写生,一走就是几个月,不过五年多前带回来那个女孩之后,他就一直关在17号画室里画画,直到两年前消失不见。"

向霖问道:"你们学院为何还保留着17号画室,没有清理?"

刘靖也露出不解的表情:"我也不知道,听说是陈振风的意思,他看过陈老师的画,认为他会成为非常好的画家,所以消失两年,学校也没有开除陈老师,不过有传言,说陈老师可能不会回来了。"

向霖沉思了一下,马上问道:"他到底去了哪里呢?难道就一点踪迹都没有?"

向霖想不清楚这个问题,一个人不会消失得毫无踪迹。

刘靖淡淡地说道:"有人说陈老师可能已经死了,不过我认为不会,因为他的个展每年还会举办,作品不多,每年新增四五幅作品,都很有规律,作品是从全国各地快递回三一美术馆的,所以也就断定他还活着,只是行踪不定。"

向霖看着刘靖,这个女孩笑着回看他,向霖问道:"你为什么了解那么多!"

刘靖喝了口奶茶说道:"我总觉得这里有事,很有趣的事,陈墨、陈教授,还有那个叫作麦子的女人,他们三人之间一定有特别的联系,所以我就多留意了一些。"

向霖这才有些明白过来:"难怪你今天看到我去17号画室居然一点都不惊讶。"

刘靖摇摇头,否定了向霖的说法:"不,我很惊讶,我惊讶居然有人跟我一样感兴趣，而且还是一个知名的作家。我有一个请求，如果你真打算用这个题材来创作小说，我可以帮忙。"

向霖疑惑地问道："为什么！"

刘靖笑道："你出版小说的时候，我给你画封面和插图如何？"

向霖笑了笑又说："如果我不答应呢？"

刘靖有些挑衅地说道："那是你的损失！"

向霖想了想，点头答应了下来："好吧，我答应你！"

……

远处一个女孩从校门口走出来，正是麦子。

刘靖指向麦子说道："喏，你找的女孩出现了！"

"麦子？"

向霖站起身来，留下名片："刘靖，这是我的名片，上面有我的电话和微信，记得联系我。"

然后向霖快步地追上去，想要叫住麦子："麦子，麦子，是我，向霖！"

麦子没有听见，快速地上了一辆奔驰 S550 离去了。

"江 AW076Y。"

向霖记下了车牌号码。

刘靖走过来和向霖一起看着远去的车，随口说道："那辆车是陈教授的，他超有钱的！"

向霖回头问道："麦子和陈振风仅仅是模特与画家的关系吗？"

刘靖迈着步子往学校走，没有马上回答。

向霖在身后喊："喂，你不是说要协助我吗？那就把知道的都告诉我！"

刘靖一回头做了一个鬼脸，笑道："不能一次都跟你说了，否则我就没有利用价值了，你改天请我吃饭吧。"

向霖站在那里有些无可奈何，这女孩太过古灵精怪了。

刘靖指了指向霖的手机，又举起自己的手机摇了摇："我加了你的微信，我们微信联系。"

说完一路蹦蹦跳跳地跑回了学校，那样子倒真的像个孩子。

向霖无奈地摇摇头，转身拦了一辆车，离开了江南美院。

第九章　《藏地天魂》藏着什么

向霖躺在床上翻开一本画册《陈振风作品集》，这本作品集是他专门跑到书城买来的，他想要认真了解一下陈振风这个人。

前几页是陈振风的个人介绍和各个时期的作品。

"1983年去西藏采风，创作《藏地天魂》组画。"

"1985年旅美，《藏地天魂》美国巡展，大获成功。"

……

"至今没有结婚。"

"之后的作品大多平平，没有超过《藏地天魂》系列的作品。"

"2017年回国，担任江南美术学院教授。"

"进入江南美院任教后推出了少女系列，大获好评。"

……

向霖嘴里念叨着，头脑中有了一丝脉络。

"他去过西藏，而央金卓玛就是一个藏族的少女，那个场景应该是在西藏某个湖畔，我之前对照过西藏的一些风景照，基本可以确定那个湖是纳木错，背后的山就是念青唐古拉山。"

向霖隐约察觉到两者之间的某种联系。

突然向霖被一句话吸引住，而且他注意到一个细节。

"陈振风曾经在国外的采访中证实《藏地天魂》系列不是六幅画,而是七幅,但是陈振风拒绝透露第七幅画的名字和所在。"

向霖打开画册中那六幅《藏地天魂》的照片,他看到了一种熟悉感,那种颜色、光线、构图,好像都与自己印象中的那幅画极为相似。

他倒吸了一口凉气,脱口而出。

"《央金卓玛》!"

但是他脑海中又有了一些让他想不通的地方。

"那幅画一定存在,不可能是我的幻觉,可是为什么,我留下的照片没有了,为什么,魏文斌这个人也没有了?"

向霖感觉自己的大脑都不够用了,浑身透着一股寒气。

他把六幅《藏地天魂》的图片剪下来,贴了墙板上,静静地看着,脑海中回想着自己在三一美术馆看到的陈墨的《痛苦的灵魂》,还有在17号画室看到的那些剪碎的画,这三者之间有一些细节惊人的相似。

他的脑海中浮现出一个可能。

"第七幅画存在,就是那幅《央金卓玛》?而且就是陈振风所画?"

"但是,为何陈墨的画会有那幅《央金卓玛》的影子呢?难道他见过那幅画?难道是从陈振风手中见过?那幅《央金卓玛》的原画在陈振风手中?"

"不对,陈墨消失是在陈振风归国之前,按理他们不应该有交集啊!"

向霖想了很多,他慢慢地翻看着手中的画册,当他最后翻到陈振风的照片的时候,他惊呆了,一个更复杂的想法在他脑海中浮现出来。

他打开了电脑里陈墨的照片，然后拿出书上陈振风的照片，两张照片放在一起一比对，他的眉头直接皱成了一团。

"怎么会这么像，陈墨、陈振风你们两人到底是什么关系？"

如此相像的相貌，如此一致的画风，而且好像都跟《央金卓玛》有着某种联系，还都跟麦子有着关系，这不可能是偶然吧？

向霖跌坐在靠椅上，这个推论让他陷入了迷思当中。

他再次拿起画册往后翻，终于看到了陈振风最新系列的《少女》组画。

画面中的女人有着完美的身体，她雪白的肌肤、纯净无瑕的身体曲线、诱人的眼神，这个裸露的女人既纯洁无瑕，又妖艳动人，她的眼睛看向自己，眼神中充满了挑逗。

"这不是看向自己的眼神，这是看向为她画画的那个人的眼神。"

"啊！"

向霖人吼一声将画册砸在地上，脸上满是羞愧与愤恨，手有些发抖。

他走到酒柜中拿出一瓶威士忌，倒出一杯酒，一饮而尽，他拉开窗帘看着这个城市，远处的霓虹灯闪现出他在17号画室里看到被撕碎的那些画。

麦子居然和这两个男人都有不清的关系，而且这两个男人之间的关系也不寻常，他的大脑被迷雾笼罩，心脏被嫉妒撕裂，他渴望了解这一切的真相，但是他也不想去承认那个已经触摸到的真相。

"麦子，我真的能看懂你吗？但是你已经让我忘不了你了。"

第十章　我找到你了

江南美术学院的门外。

向霖坐在车里，看着校门口，百无聊赖地抽着烟，他在这里已经等了麦子两天，这种蹲守一个女人的事情，向霖这辈子还是第一次干，连他自己都觉得自己有些疯狂。

此时一个女孩拉开车门，直接坐到了副驾驶位上。

"对不起，我这不是专车！"

向霖头也没有回，直接说道。

"向老师，来调查，为何不给我电话啊？"

传来的是刘靖的声音。

向霖回头一看："是你啊？"

刘靖笑了笑："我知道你是来等谁的？等麦子？"

向霖直接承认了："对。"

刘靖好奇地问道："你认识她？"

向霖并不否认："对。"

刘靖突然笑了，带着一丝调侃的语气说道："你不会想要追她吧，那估计没戏，这些年不是没人打过她的主意，不过没有一个可以近她身的人，要不你别等了，带我走吧，我愿意！"

向霖无奈地笑笑："小丫头片子，愿意什么啊愿意，真不怕我把你吃了？"

刘靖挑逗地说道："我不怕，有本事，你就让我死你手里，我心甘情愿的。"

向霖对刘靖有些无可奈何了："别闹了，我不是一个好人，你回去吧。"

刘靖笑笑，脸色严肃下来："好了，不逗你了，不过你如果下次过来随时约我，知无不言，言无不尽，还有，最好离麦子远点，那女人邪门得很。"

向霖点点头，知道刘靖是好心提醒："行，我知道了。"

刘靖推门下了车，往校内走去，回头转身做了一个鬼脸，向霖挥了挥手。

这个女孩的活泼可爱，给了向霖一丝温暖。

……

电话响了，向霖按了车上的免提按键。

"喂，老向，你搁哪儿呢？我敲你家门怎么没人啊！"

电话那边是王鑫的声音。

"王鑫，我在外面呢？你来之前怎么不给我个电话！"

王鑫一听有些恼了："你不是个夜猫子嘛，这个点你平日都在家猫着呢，合着今儿怎么一大早就没人了呢？这能怪我吗？"

向霖连忙道歉："对不起，对不起啊，我出来找素材。"

王鑫一听乐了："你的那些素材不都在深夜颓废糜烂的人群当中吗，大早上的你上哪儿找素材啊，赶紧回来吧，我等着拿我那限量版高达呢。"

麦子的身影出现在校门口，看样子好像在拦车，向霖连忙说："你下次来拿吧，我真有事，先挂了！"

向霖挂了电话，连忙发动车开了过去，停在了麦子身边，放下车窗笑着问道："去哪儿，我送你。"

麦子起先并没有留意司机,以为是黑车拉活的,所以直接拒绝道:"我叫了专车,不用了!"

向霖苦笑了一声,敢情麦子把自己认成开黑车的了,他只好又说道:"麦子,是我,上车吧!"

麦子低头一看,这才发现来的人是向霖,她的表情也没有太过惊讶,只是笑着问道:"怎么是你啊,你不是专程来找我的吧?"

向霖回了一个笑脸,用手指了指副驾驶位:"对,我就是专程来找你的,上车吧,你还欠我一个故事。"

麦子问道:"去哪儿?"

向霖说道:"上车再说。"

麦子笑了笑,拉开车门,坐到了副驾驶位上。

……

车在路上平稳地走着,两个人一时间都没有说话,空气有些宁静,但是有一些窃喜的情绪在两人心中酝酿,其实他们都渴望能再次见到对方。

"你怎么找到我的?我都没有给你留电话和微信。"

麦子忍不住开口问了一句,脸上还带着一丝暗喜。

向霖回头认真地看着麦子,很简单地说了一句:"我想见你!所以总能找到你的。"

麦子问:"就这样?"

向霖答:"就这样。"

麦子轻笑了一声,对这答案有些无语,又问了一句:"你是不是在调查我?"

向霖脸色如常,平静地回答:"不完全是,但是打听到一些消息,我对陈墨感兴趣,还有陈振风,不过最重要的是,我想见你。"

麦子好奇地反问:"这是职业病吗?"

向霖说:"其实没有多复杂,虽然我对你的故事感兴趣,但是应该说我对你更感兴趣,而且你答应过我,如果我能再次找到你,你就把整个故事告诉我。"

麦子看向车外,将手指放在自己的红唇上轻轻摩挲着,回头看着向霖略有些挑逗地问道:"看来你还是对故事更感兴趣,而不是对我?"

向霖突然将车停在路边,侧身认真地看着麦子,有一些不甘的表情,他大胆地回应着麦子的挑逗:"麦子,我总觉得不是我自己让我找到你,而是你让我找到你,所以我来了,我可以毫不掩饰我内心的想法,我想要了解你,甚至想要真的去爱你,我想要你。"

向霖的声音有些发颤,用手握住麦子的肩膀,迫切想从她那里得到一个回答。

看着向霖严肃的表情,麦子突然莞尔一笑,表情一下子柔和起来:"向霖,你别那么严肃,毕竟故事刚开始,对于我的故事,对于我们的故事,都刚开始。"

向霖笑着,突然上前吻住了麦子的双唇,麦子没有躲闪,她回应着向霖的温暖,一切好像都理所当然一般。

其实很多时候,我们都是迷茫的,都不知道自己想要什么。

第十一章　秘密花园

向霖工作室的天台。

这里被他改造成了一个空中的秘密花园，五彩斑斓的灯，各种盛开的花，还有摆放的发光的雕塑，美丽而奇幻。

麦子走进这个空中花园，像个孩子一样，在花园中蹦跳着，用手触碰那些花朵，脸上带着灿烂笑容，目光中闪着简单的快乐。

向霖看着这样的麦子，脸上浮现出温柔的微笑，他不由得想着："麦子，你身上应该悲伤的时候更多吧，但是你又是如此纯净。"

麦子回头，带着点欣喜看着向霖，问道："向霖，这是什么地方？"

向霖摸摸鼻子笑道："我的秘密花园，楼下就是我的工作室。"

麦子有些调皮地问："你带我来这里有什么目的？"

向霖摇摇头，上前轻轻拉住麦子的手，慢慢地靠近她，在她耳边轻声说道："没有目的！只是想让你来看看我真正的样子。"

向霖拉着麦子在一张非常舒服的沙发上坐下，又从旁边的酒柜中拿出一瓶威士忌。

他从沙发下拿出一个遥控器，按下播放键，投影机将影像投在老旧水塔那斑驳的墙上，放的是一部老电影《罗马假日》。

向霖取出两个威士忌酒杯，倒了两杯酒，加上冰块，递给麦子，自己舒服地躺在沙发上，两人很自然地依偎着。

麦子喝了一口酒问道："你这里准备得这么齐全，没少带女孩过来吧？"

向霖看着麦子，没有否认："对，来过不少妹子，也有男人。"

他喝了一口酒解释道："人总是在喝了酒，醉了，放松之后，才会更袒露自己。我才能听到更有趣和更真实的故事！"

麦子有些不相信，又问道："没有其他的什么目的？"

向霖点点头，没有否认，很坦白地说道："偶尔吧，不过也许我也是她们的猎物，她们也好奇一个小说家的内心世界。"

麦子有些好奇："你会说吗？"

向霖摇摇头："不会，我能脱掉的仅仅是附着在身上的东西，我没法扒开自己的内心。"

麦子将身体往沙发靠椅上一斜，目光有些暧昧地看着向霖："你觉得我跟她们一样？愿意袒露自己？"

向霖看着麦子，端起杯子喝了一口酒，没有马上回答。

电影中的剧情刚好演到了《罗马假日》里的经典桥段，Joe看到漂亮的女孩睡在街上不省人事，Joe将安妮公主带回了自己的公寓，警告她只能睡沙发，但她却擅自睡了他的床，他气冲冲地抓着床单的两角一甩，安妮公主就被抛在旁边的沙发上了。

……

向霖看着屏幕，若有所指地说道："源于不可能的可能，就像你和我，遇见本来就是一种不可能，然后越陷越深，自己都分不清了，到底是哪个未知的故事吸引着彼此，还是未知的结局吸引着彼此?"

　　向霖转头看向麦子,目光有些迷离:"麦子,我已经不想去想了,如果以后的故事里没有你的存在,这故事寡淡无味,所以我渴望了解你的故事,但是我更想成为你故事里的人。"

　　麦子回应着向霖的目光,微微抬起头,闭上眼睛,向霖缓缓地吻住了她的双唇。

　　两个人彼此交错着,在这秘密花园的迷离灯光中,在电影的画面下,彼此交融,无比贪恋地拥有着这份温暖。

　　一切好像都那么美好,就如同向霖所想的那般美好。

　　……

　　当激情结束,柔情在缠绵,麦子躺在向霖的怀里,向霖用手指轻轻拨弄着麦子的头发,轻吻着她的额头。

　　麦子微微抬头问向霖:"你不是想要了解我的故事吗?"

　　向霖有些苦笑,脸色有些纠结:"我想要知道,又害怕知道,我害怕嫉妒会让我毁灭。"

　　麦子轻声说道:"你猜到了?"

　　向霖点点头,尽量平静地说着:"我去了17号画室,也了解到一些信息,所以反而变得不敢问,不敢去想了。"

　　麦子穿上衣服,坐起来,给自己倒上了一杯酒,又给向霖倒了一杯,拿着酒杯轻轻晃动,说道:

　　"你记得我说过的小山村吗?那个叫红叶谷的地方,六年前有一个城里来的支教老师去了那个乡村,他画的画很漂亮,孩子们都很喜欢他,而我那年刚好高中毕业,在那个学校当临时代课老师。"

　　向霖不想再听下去,但是他没有制止麦子的讲述,他给自己倒了一杯酒,一饮而尽,然后又倒了一杯,开始慢慢品尝这种苦涩的滋味。

第十二章　陈墨的故事

如果是一个你爱的女人跟你讲述她所深爱过的男人的故事，你会是什么样的心情？

向霖知道自己应该听完这个自己渴望知道的故事，跟他过去听的故事不同，那些故事让他听到钱的声音，而这个故事让他听到心碎的声音。

六年前，傍晚，夕阳下的红叶谷。

山谷中有歌声传来。

"望穿了一层层的云啊，能否望见那片日光光啊，翻过了一道道的那个梁啊，可否见到我的情妹妹啊……"

麦子站在山梁上唱着流传了数百年的歌谣，头发在山谷的风中飞扬，背影在阳光下有了一圈光辉，将她的轮廓模糊了。

一个背着画夹的年轻人，听得入了神，他默默打开画夹，将眼前的这一幕画了下来。

麦子并没有注意到身后的年轻人，她就自由自在地唱着。

……

向霖问道："那个人是陈墨？他去过红叶谷？"

麦子点点头："对，是他！"

……

向霖将麦子的讲述化作一个个脑海中的画面，如同电影播放一样在他脑海中滚动着,他的手指在沙发的扶手上不自觉地敲动着,好像要将那个故事记录下来。

麦子没有注意到身后的人,她就这样忘情地唱着。

麦子想起了自己死去的母亲,默默地独自流泪。

歌声结束,她转过头,刚好看到画画的陈墨,陈墨抬起头来,看着麦子,彼此的眼神中都有一种惊讶,陈墨看得有些呆了,那个画面与他记忆中的某一个场景发生了重叠,让他的脑子如同被什么东西猛烈地撞击了一下,晃动着几乎有些站立不住。

陈墨脑海中浮现出一个夕阳下的金色湖面,一个女子缓缓地走向湖中,在夕阳下不舍地回头,脸色忧郁,而这种忧郁和眼前女孩的眼睛如此神似。

陈墨也哭了,不由自主地感到一种温暖和悲伤。

"他为什么会哭?"麦子心中一阵疑惑,忍不住问道:"你是谁?"

麦子的声音让陈墨从回忆中回过神来。

陈墨合上画本,抱歉地笑道:"对不起,我刚才看到你在唱歌,入神了,画面很美,所以就有些慌神了,我叫陈墨,是乡里派来的支教老师,请问红叶小学在哪里?"

麦子突然笑了,笑得很好看,陈墨心中的某个地方被瞬间点亮,一时间有些甜蜜。

"你好,我叫麦子,是红叶小学的代课老师,你来了太好了,刘老师住院了,恐怕得两三个月才能回来上课,所以这段时间缺代课老师,我可以教一些课,但是绘画和音乐、体育这些,恐怕得一个男老师来才行,所以你来了太好了。"

陈墨将手伸过去:"麦老师,认识你很高兴。"

麦子握住了陈墨的手,说道:"跟我来吧,我带你去学校,条件有点简陋,你别在意。"

陈墨笑着回答:"没事,我经常在外面支教,我喜欢山间的淳朴。"

……

天黑了,两人走在夜间的山路上。

麦子说道:"陈老师,我就是接到了乡里的电话,所以才去那个山口接你的,那是唯一进村的路。"

向霖问道:"谢谢你,刚才那首歌叫什么名字,很好听。"

麦子露出小虎牙笑道:"那是我随便唱的歌,调是山里的山歌调式。"

向霖点点头:"好听,不过我听到内心的渴望,一种想要走出去的渴望。"

麦子回头看着陈墨,摇摇头,声音有些伤感:"有人出去了,就不会再回来了,永远不会回来。"

陈墨于是没有再说话,两个人就这样沉默地在山路上走着。

过了半个小时。

麦子指着远处的一栋老房子对陈墨说:"到了,就在前面。"

陈墨顺着麦子指着的方向看过去,山谷口有一座民国时期的砖石老房子,黑色的瓦,带着木头的椽子,墙上的墙皮有些脱落了,显得非常古朴。

陈墨自顾自地说道:"这房子很特别,像民国时期的建筑。"

麦子解释道:"那房子是张云天爷爷留下来的,张爷爷没有孩子,过世后将房子捐出来做了红叶小学,还有前面的那片操场,以前是张爷爷种菜的菜地,他是一个了不起的人物。"

"汪汪汪汪……"

门口的大黄狗听到了麦子的声音,叫着跑出来,围着麦子愉快地打转，高兴地摇着尾巴，麦子蹲下来摸着大黄狗的脑袋。

"阿福乖，有没有听张爷爷的话？"

阿福叫了几声，像是听懂了。

门卫张爷爷走了出来，看到了陈墨，笑着问麦子：

"麦子回来啦，哟，这位是新来的老师吧，太好了，孩子们都盼着呢！"

陈墨上前自我介绍道："张爷爷，我叫陈墨。"

张爷爷满脸堆笑地打量了一眼，笑道："你这小伙子帅气！"

又看了看麦子，觉得两人挺登对的。

麦子笑着跟张爷爷说："张爷爷，你先回去吧，估计奶奶在等你回去吃饭了。"

张爷爷点点头，又开口邀请："麦子，还有这位新老师，吃饭了吗？要不跟我回去一起吃一点吧。"

麦子笑着摇摇头："张爷爷，就不麻烦了，我中午做了饭，刚好热一下就可以吃了。"

张爷爷笑道："也好，也好！"

转身又对陈墨说："陈老师，这里条件艰苦一些，你将就着点。"

陈墨看着这座民国时期的老房子，笑了笑，反而有些兴趣地说着："我觉得这里挺好，有历史的感觉，我很喜欢这种民居。"

张爷爷跟两人挥挥手，离开了。

见张爷爷走远了，麦子回头对陈墨说道："陈老师，跟我去吃饭，吃完饭，我安排你住的地方。"

……

入夜，陈墨一个人躺在床上辗转反侧，这栋老房子给他特别的感觉，仿佛自己来过一般。

他干脆起来，在房子里四处看看，在房间中，他看到了几张老照片，被放在镜框中，挂在墙上。照片中有一个气质出众的老人，还有一个年轻人，照片有各种不同年龄段的，从十一二岁，到十六七岁，不过成年之后的照片就没有了。

陈墨突然觉得照片里的人看上去很熟悉。

他仔细看那个人的脸。

他有些惊讶，那个人的样子跟自己居然出奇地像。

陈墨自言自语："这个人是谁？"

"那是张爷爷和他养子的照片。"

麦子从门后走进来，刚洗完澡，还在擦头发，衣服上有一些水珠，粗布衣服也掩盖不住她青春曼妙的身姿，陈墨看了一眼，急忙把眼睛挪开。

麦子走到陈墨身边，手指着照片说道。

"这个就是张云天爷爷，旁边那个是他的养子，听说是一个画家，好像叫作陈振风，不过我没有见过他，他离开红叶谷的时候，我还没有出生呢，听张爷爷说他考上了江南美术学院，后来就出国去了。"

陈墨听过这个名字，不免有些嘀咕："陈振风？江南美院，难道是那个著名的旅美画家？"

麦子听到陈墨的话问道："你认识他吗？"

陈墨点点头道："嗯，他应该算我学长吧，我也毕业于江南美院，不过他高我二十四届，陈振风是国际知名的画家，画过《藏地天魂》系列组画。"

麦子仔细看看照片，又看看陈墨，有些疑惑地说："下午刚见到你的时候，还在想在哪里见过你呢，现在发现你和这照片里的人很像啊！"

麦子继续擦着头发,没有太在意,看了看窗外的月光,夜已经深了,她对陈墨说道:"陈老师,你也早点睡吧,孩子们一大早就会到,我早上跟他们介绍一下你。"

麦子说完走进了自己的房间。

陈墨看了看麦子的背影,又闪现回他记忆里的那个画面。

夕阳下的纳木错湖,一个女子走入水中。

"你和我记忆里的那个人也很像!"

陈墨的表情突然有一种渴望,一种欣喜的渴望,让人不寒而栗。

第十三章　美好的过往

向霖的秘密花园。

麦子依偎着向霖，向霖抱着麦子，麦子抽着烟，吸了一口吐出烟，又将烟递给向霖，向霖接过烟，吸了一口，没有再继续往下问，好像并不想知道后面的故事。

向霖心里已经想了很多："陈墨、陈振风、红叶谷、张云天，如果张云天是陈振风的养父，那么陈墨的父亲是谁？陈振风？他的母亲呢？莫不是……"

这个念头让他不敢继续往下去想。

向霖想到麦子可能跟两人的关系，沉默着没有再问。

麦子看到了向霖的样子，也猜到他的心事，麦子也选择不再说下去。

片刻沉默之后，向霖说道："麦子，你把这段说完吧，即使我害怕听到，但是我知道那是你的过去。"

麦子转过身看着向霖的眼睛，眼光中有了一丝释然。

"我不该遇见他，但是我遇见了，所以我才会在这里，遇见你。"

向霖轻笑一声："麦子，我知道了结局，过程就不那么重要了。"

向霖的脸上微微一笑，淡淡的，如水一般。

而麦子讲述的故事好像说的是另外一个人,那个故事像是跟自己毫无关系。

"他是一个很阳光的人,孩子们都特别喜欢他,他总是笑着,一身白色衬衫,很好看,他给每个孩子都画画,画得都很好看,还有我,他总是偷偷地画,然后第二天早晨那幅画就会放在我的房间里,很快房间里就堆满了他的画,然后我的心也就被他慢慢堆满了。"

向霖和麦子窝在沙发堆里,向霖轻轻地抱着麦子,在她耳边轻声说:"你继续说。"

麦子回头看了他一眼,眼中的笑意很放松,这个男人确实不一样。

"我喜欢看他讲课,他总是讲得很有趣,孩子们都会笑,我也会笑……"

"他会和孩子们一起踢球,有时候还带着孩子们去山里画画……"

"有时候我在溪边洗衣服,他就在我上游的地方假装画画,偷偷看我,我假装不知道……"

"他总是偷偷给我画像,无论我上课的时候、唱歌的时候、我陪孩子们玩耍的时候,还有我笑的时候,那些画像他都趁我不注意,偷偷挂在我房间里……"

……

麦子慢慢地说着,脸上带着自然而幸福的笑,向霖将她抱得更紧,他羡慕陈墨,真的很羡慕。在麦子的故事中,那些画面中的陈墨的模样与他的模样重叠了,让他有些思绪迷乱,麦子转过身来,看着向霖,轻声问道:"怎么了?"

向霖摇摇头,有些言不由衷:"没什么。"

麦子轻轻吻了他,很温柔,而向霖感觉自己的脸颊有一些湿，那眼泪显然与自己毫无关系。

两人双唇分开的时候，向霖碰触麦子的脸用极其温柔的声音说道："麦子，如果能停在那个时候，或许你不会悲伤！"

麦子没有回答，将身体蜷缩起来，窝在向霖怀里，缓缓闭上了眼睛。

向霖用自己所有的温暖覆盖着她，可是她微微颤抖的身体依然不自觉地出卖着她内心的不安。

"向霖，我无法停留在过去，我也无法逃避现在，我更无法拥有未来。"

这句话像在往向霖的心口插刀子。

……

山谷的山坡草地上。

陈墨从背后抱着麦子舒服地躺着，天上的云彩缓缓地移动，陈墨随手摘下一朵野花，在阳光中摇摆着。

陈墨平静地说着："明天刘老师就回来上课了，我也要回美院去上课了，其实我忘了告诉你，我是江南美院的老师，需要回去给学生上课，可能后天就要走了。"

麦子有些惶恐地问："你还回来吗？"

陈墨淡淡地回答："也许我不会回来了。"

麦子有些难过和不舍，用极轻的声音说着："那，我就不去送你了。"

陈墨的声音突然变得很柔和："麦子，跟我走吧，去我生活的城市，和我一起生活。"

麦子有些不敢相信，转过身，扑在陈墨身上，克制不住惊喜地问道：

"你想我跟你一起去？"

陈墨点点头："嗯！"

麦子问道:"那我以什么身份去呢?"

陈墨笑了:"女朋友。"

麦子也笑了,笑容如三月里开的映山红一样漂亮。

……

向霖轻声问:"所以你跟他来到了这里?"

麦子的声音细不可闻:"嗯。"

向霖翻过身看着夜空,低声说道:"我真的不敢去想你之后发生的事情。"

麦子将手放在他的胸口,问道:"可是这不是你在寻找的故事吗?"

向霖沉默了,许久才轻轻地说道:"麦子,我能抱着你睡一会儿吗?我很困了,很困。"

"嗯!"

麦子将手臂环绕在向霖的腰上,整个身体贴紧向霖的身体,在这夜空中的秘密花园,伴随着秘密一起睡去。

在梦中向霖变成了陈墨,来到了那个美丽的山村,遇见了美丽的麦子,那些麦子描述的故事和场景,就如同发生在他身上的故事。

向霖为这个梦沉迷,但是有一个声音在告诉他。

"你不是他!你不是他!"

墙上的电影《罗马假日》也播放完了,结果很完美,但也就是停留在那一刻的完美,没有人会讲述王子和公主在一起以后的生活,是快乐还是悲伤,是喜剧还是悲剧。

向霖只想停留在梦里,并不想了解梦醒后的世界。

第十四章　我眼中的麦子

工作室内，向霖打开了电脑，他开始记录那幅画，记录自己如何遇见麦子，记录这段时间发生的事情，还有自己听到的关于红叶谷、关于陈墨的故事，在这个故事里，主角不再是陈墨，而是自己，他希望未来的故事主角也是自己。

……

第二天我醒来的时候，麦子已经走了。

桌子上留了一张字条："你放在毯子下面的备用钥匙我拿走了，我想来的时候会过来，如果你恰好在的话。"

我捂着嘴笑出声来，我总算觉得她在我的生命中了，不是梦境。

之后的一段时间，麦子偶尔会过来，我们如寻常的恋人一般甜蜜，我没有再问起任何关于陈墨和陈振风的事情。

其实那些事情跟我有什么关系呢？

我真的想知道吗？

她已经在我身边了。

不过有几件事情让我非常在意。

1. 你会突然离开我吗？

在绝大部分时间里，这是最让我迷思的问题，我们的亲密关系仅仅局限于这个小天地，其他的时间即使我给她打电话或者发微信，也得不到她的任何回复，而我像一个守株待兔的傻子一样，每天都不敢出门，因为我不知道她什么时候会过来找我，我渴望这短暂的温存，即使这温存是假象。

我对她的渴望与日俱增，几乎无法抑制。

那天麦子淋着大雨来找我，我问她怎么了，她没有说。

她洗了个热水澡，我们抱着窝在沙发里。

我能感觉到她身体的颤抖，好像十分害怕！

"向霖，他杀了他，他死了！"

麦子的这句话有头无尾，我只能问："麦子，你说的是谁？陈墨杀了谁？"

麦子痛苦地摇摇头，眼泪不停地流出来："不，不是他，是另外一个对我很重要的人！我最害怕他会做出傻事来，可是他还是做了傻事！"

看着痛苦的麦子，我不忍心追问下去，我只是紧紧地抱着她，直到她睡去。

半夜，麦子在一声惊呼声中惊醒过来。

"麦冬！"

我听到了她呼喊的名字，不知为何我松了一口气，因为至少她叫的不是陈墨的名字。

"开灯！"

我说了一声，屋子里的灯亮了起来，麦子总算看清楚了周围的环境，她稍微安静了下来。

"我给你倒杯水！"

她点点头，我从冰箱倒出一杯冰水递给她，在她旁边坐下来，她轻轻靠在我臂弯里。

"麦冬是谁？你刚才做噩梦的时候叫了这个名字？"

我小声地问，她有些惊魂未定地抬头看着我，许久才用有些微微发抖的声音告诉我答案。

"麦冬是我弟弟！"

我又问："你做了什么噩梦？"

关于她来的时候跟我说某人杀了人的事情，我反而不敢问了，我很害怕这件事牵涉到麦子，我不想她置身于任何险境之中。

麦子突然问我："向霖，你不是有个朋友是警察吗？你能否帮我找找麦冬，让我知道他在哪里？"

她的情绪很激动，我只好答应下来："好，我会帮你去问，但是你要告诉我他的情况，否则我帮不了你！"

她又突然摇头："不，不用问了，我自己去找他！"

我开始隐约察觉了一些什么，我把她抱得更紧了，害怕她真的去做出什么傻事来！

"向霖，你会突然离开我吗？"

"不会！"

我的回答没有丝毫的犹豫，但是不知为何，我又说了一次。

"相信我，我不会离开！"

相信我？我为什么要说这样的话？我心里有点空洞！

麦子笑得有些苦涩，她看着我轻声说道："如果要走，不要突然离开，告诉我！"

麦子脸上的表情很平静，但是让我莫名地心痛。

她到底经历了什么?

她不说,我就绝对不问!

2. 你不属于任何人

有一次我带着麦子深夜翻进了一栋别墅,只因为那栋别墅有一个很大的花园,我自己散步的时候,经常路过那里,麦子有一次说那片花园她很喜欢。

那天晚上居然有璀璨的星空,我想不起来上次看星星是什么时候的事情了,那天晚上的夜空很干净,没有一丝的云,月亮半弯挂在天空,我们就这样坐在花园的长椅上,我抬头望着天空,麦子把头靠在我的腿上。

"向霖,我妈妈曾经跟我说,星星是神仙住的地方,说每颗星都住着一个神仙,如果哪颗星星掉了下来,那个神仙就下凡了,他会投胎到普通的人家里,就和我们一样,但是总有一天,他还会回到天上再变成一颗星。所以我小时候经常躺在山坡上看着天空,心里想着,也许我的家就在那里。"

我笑了,伸手摸了摸麦子的头:"麦子,你是仙女吗?我怎么感觉像个恶魔啊。"

麦子假嗔般地用手打我,然后看着天空说:"我只是觉得星星永远不会孤单,天上有好多星星。"

"麦子,你永远不会孤单,你不是我有吗?"

"向霖,你会永远爱我吗?"

我突然感觉不知道怎么回答,我很想说永远,可是"永远"这个词让我觉得沉重,我害怕永远的承诺。

麦子眼中的光突然变得暗淡,失去了渴望,我后悔我的犹豫,看到麦子的眼睛我羞愧得无以面对,尽管我知道我很爱麦子,但是我依然没有承诺永远的勇气。

麦子突然坐了起来,抿着嘴,用手撸过发梢,脸上表情悄然平静,然后转身离开。

"麦子,你去哪儿?"

麦子回头笑了笑:"画室,向霖,我有我的工作,我会再来找你的。"

我没有勇气去追麦子,麦子就这样走了。

我自己念叨着那句话:"画室,没错,即使我不去问,即使我假装自己不在意,但是麦子确实是那个人的模特,专属的模特,她从来没有真正属于我,我自己是否真正属于她呢?"

我为自己刚才的犹豫找到了一个借口,虽然这个借口看上去很卑鄙。

几年后,我躺在楼顶的天台,仰望着天空,那里只有一片灰霾,看不到星空,我突然想起了麦子,想起了那个夜晚的星空。

麦子,你找到你的家了吗?如果天上没有月亮,你会迷路吗?在这个城市的天空里看不到星星,我找不到你住的那个地方。

麦子,其实除了记忆没有永恒,我们总是在给自己找借口。

3. 我们心中隐藏的照片

周末,麦子喜欢看书,如果天气好,我就抱着她在花园的沙发上看书,让她将头靠在我的怀里,我轻轻抚弄着她的头发。我们看各自手里的书,可以几个小时都不说话。但是那是我最平静的时刻。

麦子有一次偶然性地问我一个问题:"你知道摩梭人过去从来不叫爸爸吗?"

对于这个问题,我当时有点纳闷,我不了解他们的风俗,但是我觉得任何人都应该会叫爸爸吧。

后来我看了一本书《面包树出走了》,才知道原来过去的摩梭人从不知道自己的父亲是谁,他们没有父亲的概念,那本小说是个悲剧。

不过这其实不是麦子本来想说的话,因为我记起了麦子跟我说的那个关于她名字的故事,麦子爸爸走的时候,几乎没有留下任何照片,唯一的一张被麦子妈妈缝在了贴衣的口袋里藏了十几年。

麦子妈妈死的时候,帮死人换装的村妇从口袋里搜出来的是一张八十年代初在江边拍的照片,照片早已发卷发黄了,麦子爸爸斜靠着江边的栏杆,十六七岁的样子,意气风发。

麦子当天把照片连同纸钱全部烧给了天上的妈妈,照片缓缓烧到人像脸上的时候,麦子忍不住多看了一眼。

我抽屉里也有一张类似相片,一个穿着海军服的小伙子站在黄浦江边,非常精神,二十多岁的年纪,照片右上角有一行文字:1985年,上海黄浦滩留影。

……

其实和麦子在一起的时候很多事情都是矛盾的,我们像情侣,又像陌生人,更像彼此的心理治疗师,仿佛只有在对方面前才能肆无忌惮地揭开自己心灵的伤疤,虽然这样并不能让伤口愈合,但是还是会忍不住走到彼此的身边,换取片刻的安宁。

那些记录下来的点点滴滴,让我分不清自己是在写一本小说,还是在记录一段真实的感情,如果真的有感情的话。

第十五章　陈墨的死讯

向霖只能等麦子过来找他，时间不定，向霖在一个月的时间里甚至不想离开家，专栏停了，方小艾的电话打了不下百次，上门也十多次了，不过向霖都只说自己在闭门创作，他没有打开门，因为他知道自己写的那些东西算不上小说，只是自己的无病呻吟罢了。

他沉溺在那片刻危险的欢愉中，在等待中等待。

"叮咚！"门铃响了。

向霖欣喜地从沙发堆里翻起身来，跑出去开门。

"怎么是你啊！"

门口站着一个身材健硕，五官粗犷，一脸络腮胡子，穿着贴身T恤和牛仔裤的男人，发达的胸肌都快在T恤上露出形状来，来的人是王鑫。

"见到我很惊讶吗？"

王鑫直接往里走，看着整洁的房间，有些不敢相信。

"我说，你中邪啦，我哪次来你家也没这么干净过啊！"

王鑫自顾自地打开冰箱，拿出两瓶啤酒，打开来，随手给向霖一瓶。

向霖接过来喝了一口问道："你怎么来了？"

王鑫喝着酒在沙发上躺下，斜眼看着向霖："你小子一定有事，差不多得有一个月没跟我联系，打你电话也不接，向颖有些担心，我以为你做了什么坏事，让女人追杀，死在外头了，不放心，就过来看看。"

向霖一阵苦笑："你咒我死啊！"

随手拿起书桌上的一个遥控器砸过去。

王鑫吓得连忙躲避，酒都差点洒了："喂，你丫的袭警啊！小心我拉你回局里啊！"

滑稽的样子，让向霖笑出声来。

王鑫见向霖笑了，好像放松了一些，也笑道："得，还能笑，应该脑子没坏！"

"谢谢！"向霖突然表情严肃地说了一声。

这样反而弄得王鑫有些尴尬了："我去，你抽风啦！没头没尾地说这么一句。"

向霖笑了笑，解释道："王鑫，我没事，就是最近在构思一本新的小说，所以闭关一段时间，你还不了解我嘛，我是典型的生无可恋，但是又离不开红尘的人，所以出意外和寻短见的事情大概率都不会发生。"

王鑫轻叹一口气，又有些严肃地问道："你不会真打算用陈墨的事情来做文章吧？"

向霖点点头："对，我在整理一些素材。"

王鑫一咧嘴，眉紧皱着，样子欲言又止。

向霖无所谓地问道："怎么了？你又不是不知道我在调查他。"

王鑫表情很犹豫，还是一咬牙说道："别查了，没意义了！"

向霖感觉有事情，马上问道："你们有一些什么进展？"

王鑫突然一口喝完啤酒，站起来就打算走："走了，你没事就行！"

向霖察觉到他有话没说，上前一把拉住王鑫。

"王鑫,到底发生什么事情?如果你不告诉我,我不会让你走的。"

王鑫眼睛一瞪,手指着向霖的脸,佯怒道:"你还敢拘禁刑警啊,胆子肥啦!"

向霖用手往旁边架子上一指,那里正好有一排精美的高达模型。

"把你知道的告诉我,这里你随便挑一个?"

王鑫有些犹豫,深吸几口气,随后说道:"其实今天来也是想告诉你的,陈墨的事情你真的可以告一段落了,没有意义了。"

向霖追问:"到底发生什么了?"

王鑫有些凝重说道:"三天前京山山洪冲出来一具尸体,是被人活埋的,死了得有半年了吧。"

向霖想到了什么,试探道:"死者是陈墨?"

王鑫点点头:"没错,身份确定了就是他,局里已经通知了江南美院,陈墨没有直系亲人,听说养父出家了,也没有踪迹,所以让学校去领了尸体,今天就会送去火化?"

向霖突然有些悲伤,那个麦子故事里的男人就这样没了,他连忙问道:"现场有什么发现没有?"

王鑫摇摇头:"什么发现都没有,陈墨死的时候大概意识到自己没有机会活了,居然没有任何的挣扎,好像心甘情愿去死。我办了这么多案子,还没就见过这样的,现场没有留下任何证物,现在这个案子成了无头案。"

向霖问道:"在哪个殡仪馆火化?"

王鑫回答:"京山殡仪馆!"

向霖马上拿上车钥匙和房门钥匙,穿上鞋子就往门外走。

王鑫大声问道:"你去哪儿啊?"

向霖回头道:"京山殡仪馆。"

说着他指了指那些高达:"你随便挑一个,对了,走的时候别忘了锁门!"

说完向霖一关门,留下王鑫在里面挠头。

"这小子真中魔了!"

摇摇头,转身走到旁边的架子上,看着摆着的十几个模型,满脸微笑。

"我都喜欢啊,要是都拿走就好了,选你呢?还是选你呢?"

……

京山殡仪馆。

向霖把车停好,下了车拉住一个工作人员问道:"您好,请问陈墨先生的追思会在哪个厅?"

工作人员指了指一个比较大的厅说道:"在那边,青山厅。"

"谢谢!"

追思厅外已经摆放了不少花圈,挂上了白帆,门头写着:"陈墨老师追思会。"

向霖走了进去,之前他在美院问路时遇见的那个老师刚好见到了,马上问道:"你好,还记得我吗?"

向霖点点头:"记得!"

那位老师回答:"感谢你能来,没想到陈墨老师失踪两年,居然被人杀害了,学校也是很痛心啊,他没有什么朋友,你能来送送,我们很感激。"

向霖点点头表示谢意:"应该的,我们是朋友,发生这样的事情我也很心痛,我去看看?"

那老师点点头,向霖往玻璃棺走去,背后的灵台上放着陈墨的照片,不过二十多岁的样子,很帅气,只是眼神有些神秘,这张照片之前王鑫给自己发过,再见到的时候,居然就成了遗照了。

玻璃棺里，遗体被一层白布盖住，可以看出人的轮廓，大概是因为腐烂不堪，空气中居然有轻微的无法用语言描述的气味。

向霖目测他的身高跟自己差不多，向霖静静地围绕玻璃棺走了一圈，心中有些波澜。

"陈墨你走了，带着秘密走了，也许那些秘密再也不会展现出来，但是我或许很庆幸你走了，如果麦子可以真正将你忘记，或许我可以真的爱她，而她也可以真的爱我，用心去生活，这是你想要的吗？"

向霖凝视着陈墨的遗照，突然有一种熟悉感，那个男人和自己很像，孤独，缺乏安全感，此刻他仿佛在跟自己说话："向霖，没有谁能真的拥有麦子，我不能，你也不能。"

向霖回头在人群中搜索，想着他们会不会来，麦子和陈振风。

他也突然想起了麦子之前跟自己说过的那句话。

"他杀了他？他死了！"

他不禁联想着："麦子，你说的是麦冬吗？那被杀的人是他吗？"

"喂，向老师！"

他陷入思绪中，突然有一个人在他后背拍了一下，他身体一怔。

向霖一回头，松了一口气："是你啊！"

眼前站着的正是刘靖，刘靖问道："你怎么来了，你的故事应该结束了！"

向霖一阵苦笑，不置可否。

刘靖指了指门外："出去聊聊？"

向霖跟刘靖来到门外的一处空地,向霖给自己点了一支烟。

"给我来一支!"刘靖伸手要。

向霖看了她一眼,将烟盒递了过去,刘靖熟练地拿出烟,向霖上前点上。

向霖呼出一口烟问道:"你怎么也抽烟!"

刘靖笑道:"美院的女生比你想的彪悍多了,抽烟算什么。"

向霖问道:"你怎么会过来?"

刘靖吐了一口烟说道:"瞧你这话说的,陈墨是我的老师好不好,倒是你过来还有什么意义呢?人都没了,你还能去问死人发生了什么事情吗?"

向霖一愣,确实无力反驳:"我是想知道他是一个什么样的人,到底发生了什么?"

刘靖脸色冷冷地说道:"他很危险,非常危险!"

向霖开口问道:"你知道什么?"

刘靖平静地说道:"他的那些画,痛苦的灵魂,那些女人真的很痛苦,如果是模特,不可能做出那样的表情,所以背后的真相或许就是,有人在折磨她们!"

向霖眉头轻蹙:"是陈墨?"

刘靖点点头:"这是我的猜测,有时候我庆幸自己长得不是他喜欢的样子,否则也许我早就死了。"

刘靖说这话的时候,表情很平静,向霖心想这女孩当真不一般。

向霖想起了麦子曾经跟自己说过的话,那些画里的女人都不在了,可是眼前的这个女孩好像对这一切都隐隐猜到了。

"你猜的?"向霖问。

刘靖点点头:"发现古怪的人不止你一个,你是为了找创作素材，我是单纯的不怕死，好奇而已，我没有什么侦探癖好，也没有什么正义感，所以发现什么，猜到什么，也不会去说给警方知道。"

"你为什么要告诉我？"向霖又问。

刘靖用一种别样的目光看着向霖，目光中有些许好奇："因为我对你感兴趣，我好奇你是一个什么样的人，这回答如何？"

向霖笑了笑，淡淡地问了一句："但是为何麦子没事？"

刘靖摇摇头："我也觉得奇怪，为何她没事，或许陈墨真的爱麦子，下不去手吧。"

第十六章　故事的终结

京山殡仪馆外，向霖和刘靖扔掉了手中的烟，用脚踩灭。

"17号画室的那些东西都在我那里。"

刘靖突然说起这件事。

"学校在知道陈墨的死讯后决定清理17号画室，我接下了这个事情，所以我拿走了那些损坏的画，因为我觉得可能对你有用。"

向霖不解地问道："你为什么这么做？"

刘靖坏笑着看着向霖说："我本来就是个不安分的女孩，我总觉得陈墨的故事没那么简单，如果谁能把所有的故事都挖出来，应该会很精彩，而你可以做到。"

向霖问道："我怎么找你去拿那些东西？"

刘靖说道："你把地址发给我，改天我给你送过去。"

向霖点点头："谢谢。"

刘靖非常认真地说道："我能给你提一个要求吗？"

向霖回答："当然可以！"

刘靖说出了自己的请求："如果故事写出来了，我希望我是第一个看到的人。"

向霖想了想，点头答应下来："好，我答应你。"

向霖回头看向入口位置，好像在等什么人。

刘靖看出了他的表情，开口说道："你在等麦子，对吧？"

向霖轻笑着点点头，没有否认。

刘靖轻描淡写地说道："她来过了，在你到来之前，不过她没有走进殡仪馆，就在门口看了一眼，然后面无表情地走了。"

向霖有些诧异，麦子如此做让他有些意外，他又问道："陈振风教授来过吗？"

刘靖摇摇头，说道："没有，他跟学校的老师很少来往，美院请他来每年只有几次公开课，多半是为了借助他的名声，并不在乎他是否真的讲课，所以他除了自己画画，就很少在学校，我跟你说过，麦子是他的专属模特。"

向霖问道："你知道他画室的地址吗？"

刘靖点点头："知道，你想去找他？"

向霖有些不确定："不知道，也许吧。"

刘靖说道："我把地址发到你微信里，我差不多要走了，你再待一会儿还是怎样？"

向霖对刘婧说道："我也走了，坐我车吧，我送你回学校。"

两人上了车，向霖将刘靖送到学院门口，下车的时候刘靖回头道："谢了！既然来了要不要把那些东西直接拿走？"

向霖摇摇头："你还是快递给我吧，记得用纸箱装好。"

刘靖笑了笑，想到了什么，问道："你怕让她看见对吧？"

向霖有些惊讶，这个女孩着实聪明，他也没有否认，点点头："麻烦你了！"

刘靖笑道，对他这样的想法倒很能理解："没事，不过你自己当心，麦子很诱人，但是也很危险，小心伤了自己。"

向霖没有接话，刘靖挥挥手就离开了。

……

向霖回到工作室，一推开门就发现麦子坐在沙发上，表情有些呆滞。

向霖挂上钥匙，脱下鞋，没有说话，缓缓走了过去。

麦子一把抱住了他，没有语言，没有情绪，没有眼泪。

可是不知为何向霖觉得很悲伤，如同有什么东西堵在胸口，难受得很。

那个让他无比嫉妒的男人死了，可是麦子呢，她的心是死是活呢，向霖根本不敢去想。

他的心中是矛盾的，如此这般自己就真的拥有麦子了吗？

他不确定。

从彼此的融合、纠缠到平静，两人没有说过一句话，只是彼此的需要和放纵。

此刻麦子就这样平静地躺在向霖的怀里，向霖把她抱得很紧，但是两个人的心都是冷的，都不敢看对方的眼睛，都不敢开口说第一句话。

窗外的天黑了。

"饿吗？"向霖轻声问。

麦子点点头。

向霖缓缓起来走向厨房。

"他死了！"

麦子在背后突然说了一句。

"我知道，你以前应该说过了吧？"

向霖回过头来，面无表情，也不再多说什么，回头又走向了厨房。

而麦子的脸上居然也好像平静了一些。

向霖做了两块牛排，从酒柜里拿了一瓶葡萄酒，两人坐在餐桌的对面。

向霖还是没有做出什么反馈，两人吃着牛排喝着红酒。

中途麦子突然抬头问："向霖，你相信有一生一世的爱情吗？"

向霖竟然不知如何回答，许久才说："可能有吧，但是要看时间的长与短，如果我今天就死在你怀里，我和你也是一生一世。"

麦子自言自语地往下说着："我曾经以为有，有一天他突然失踪了，我在这个城市生活三年以后的某一天，我甚至都没有完全意识到他将会在我的生命中彻底消失，之前他都会两三个月内消失一次，每次可能一周左右的时间，然后再回来，把自己关在17号画室里画画，画各种女人，那些女人的表情都无比诡异和痛苦，我隐约有一些不安，但是我不敢问，直到那一天晚上。"

向霖静静听着，喝着杯中的酒，没有打断麦子，只是手有些发抖。

麦子冰冷地说着："有一次他打了我，表情狰狞，但是又好像很懊恼，他跑了出去，我一脸茫然，因为他从未如此疯狂，我追了出去，看到他在画室里画着那些女人，表情显得亢奋，我偷偷地在门外看着陈墨，觉得不认识这个人了，他完全不是平日里那个温柔善良的男人，而是一个让人看上去不寒而栗的人。"

向霖放下酒杯问道："你为什么不离开？"

麦子说道："可能我爱他，即使知道他是个疯子我也爱他。"

向霖不再说话，麦子问道："你还想往下听吗？"

向霖有些语塞，不过他还是点了点头："嗯！"

麦子继续往下说："有一天夜里我回到我们租住的房子，发现房子的地板上铺满了塑料薄膜，房间里的家具被清理到了一边,墙角摆着一个大行李箱,我很害怕!"

"我想逃走,但是被人打晕了过去,醒来的时候发现被他绑住了,他塞住我的嘴,蒙住了我的眼睛。"

他对我说:"对不起麦子,我控制不住,我越爱你,就越想杀了你,所以每次我忍不住的时候就会去外面杀一个跟你有点像的女人,我是个变态杀人狂,我不受控制,别怪我,因为我太爱你,这世界上没有永恒,只有死亡才是永恒,别害怕,我很快就会去陪你。"

向霖尽管提前猜到了什么,但是此刻他的手依然控制不住地发抖。

"我害怕极了,拼命地反抗,但是被他压在身下,我能感受到他急促的呼吸,紧张、兴奋,我甚至能感受他好几次举起了刀,但是都没有刺下,我突然不动了,就平躺着将自己的胸口向上,如果他是个疯子,那就死在他手里吧。"

……

"啊!"

陈墨大叫一声,用力扇了自己一巴掌,他从自己的包里翻出一张银行卡,在自己的笔记本上写下一段话,放在桌子上,转身过去割开了麦子身上的绳子,出了门。

麦子听到了房门关闭的声音,整个房间突然变得寂静。

麦子拿下眼罩,解掉嘴里的胶带,哭着跑出房间。

"陈墨,你这个浑蛋!"

麦子在城市的街道上奔跑,街上车水马龙。

"陈墨,你给我回来!"

周围的人都看着她议论纷纷。

麦子终于崩溃了,蹲下来将头埋在膝盖中痛哭着。

……

向霖听着麦子的描述，脑海中浮现出一个个的画面，那些画面很残酷。

麦子依然在说着："我想着是否要拨打110，最终我放弃了，只是一个人在街上漫无目的地走着，那是我最后一次见到陈墨。"

麦子悲哀地说道："你会爱到想要杀掉一个人吗？但是不知道为什么，我有时候宁可他杀了我，而不是把我一个人孤独地丢在这里。"

麦子说的故事有点疯狂，向霖尽管不敢相信，但是他更愿意去相信这些故事是真的。

向霖给出了自己的回答："我也宁可死在我爱的人手里，如果未来的等待是无穷无尽的煎熬。"

麦子苦涩地一笑："我再也找不到他了，他除了不定期往那张银行卡里汇点钱之外，就这样失踪了，我每次都会去他的画展，期望他会出现，但是我看到的是越来越多的痛苦的女人，越来越多，越来越快，我知道那些时候他距离坠落深渊很近，很近了。"

向霖这才明白了什么："所以我会在画展遇到你。"

麦子问道："向霖，你为什么要来找我？为何一定要找到我？为何一定要知道背后的故事？"

向霖深吸一口气，那个答案其实就在他的脑海里："我只是意外捡到了一个盒子，然后你给了我打开盒子的钥匙，而我不过是可怜的俄耳甫斯罢了，不甘心和好奇心在摧毁我，但是我知道我爱的人在地狱，我想拯救她，拯救她的灵魂。"

向霖突然变得很认真，很认真地对麦子说："麦子，我爱你，如果问我追寻这一段故事究竟为了什么，也许是救赎吧，如果我可以找到全部的真相，我也许可以带你走出地狱。"

麦子冷笑着摇摇头:"向霖,俄耳甫斯没有成功,你也不会成功。"

向霖一把抓住麦子的手:"为了你,我愿意试试。"

麦子看着向霖:"你知道我的身份了对吗?一个人体模特,一个教授的情人?"

向霖直接说道:"我不在乎!我只在乎你,今天的你和未来的你。"

麦子悲伤地摇摇头:"向霖,你一点都不了解我,你看到的不过都是假象。"

向霖不认可这结局:"我本来就是一个梦境的塑造者,真相与假象,都藏在文字背后。"

麦子站起来,开始往外走,向霖想要去拉住她的手,伸出的手到了一半又放了下来,待麦子快要走到门口,向霖叫住了她。

"你今天为什么没有过去见他最后一面?"

麦子回头,目光有些冷:"让他走得平静一些吧,反正总有一天我和他会见面的,他不能去天国,我就去地狱找他!"

向霖突然恐惧地大喊一声:"麦子!"

之后他再也说不出一句话,语言都很无力。

麦子转身下了楼。

向霖一个人坐在椅子上,抬头看着夜空,今天的星空一片迷茫,除了最亮的那颗。

第十七章　西藏寻秘

　　故事并没有结束，之后的一段时间，麦子还是会偶尔过来，向霖和麦子都选择对陈墨避而不谈，对过去避而不谈，只是像普通恋人一样彼此依偎。

　　刘靖给向霖快递过来的包裹放在储物间里，没有被打开，向霖在回避，虽然他知道这样的时光不会永恒，但是现在片刻的温暖都让他感觉弥足珍贵。

　　麦子总是匆匆来了又走，基本不在向霖家里过夜。

　　有一次，麦子走的时候，向霖挽留她："能不能天亮再走？"

　　麦子一边穿衣服，一边苦笑着摇头："向霖，我不过是你生命中的过客罢了，我会离开一段时间，因为我要去找一个人？"

　　向霖问道："谁？"

　　麦子回答："我弟弟，麦冬。"

　　向霖脑海中出现一个身影，麦子曾经跟自己说过麦冬的事情。

　　"你好像跟我说过，他现在在长州市？"

　　麦子点点头："向霖你别问了，如果我找到了麦冬，我会回来找你。"

　　麦子再次离开了，向霖在窗口看她上了车，隐约觉得有一些事情应该自己去寻找答案。

向霖拿出手机拨了一个电话,电话很快被接通了。

"向老师,你怎么老不回我电话?"

电话那边的方小艾有些焦急地询问。

向霖吩咐道:"小艾,我已经找到了不少故事的线索,但是我现在不能跟你说,你给我订一张去拉萨的机票,最好明天的,我要去一趟。"

方小艾好奇地问道:"你去西藏做什么?"

向霖回答道:"那里是故事的原点,我得去找解开故事的钥匙。"

方小艾答道:"明白了,我来订吧,你回头留意手机短信。"

向霖刚挂断电话,刘靖的电话打了进来。

刘靖:"向老师,我给你的快递包裹你收到了吗?"

向霖:"我收到了,我要去一个地方,去了那里我也许就会有答案了。"

刘靖马上猜到了:"我知道你想去哪里。"

向霖好奇一问:"你觉得我想去哪里?"

刘靖笑道:"等你回来,把你听到的、看到的告诉我吧,满足一下我的好奇心。"

向霖答应下来:"好,回来见。"

挂断电话,向霖来到工作台,打开笔记本电脑,从一个文件夹中找出一段陈振风的专访视频,视频中陈振风说了一段话。

"我在创造《藏地天魂》的那一年曾经去过纳木错湖,我的一些画作是在纳木错旁边的扎卡伦布寺所画,那一年是1983年,非常特别的一年,我遇见了转湖节,非常难得的经历,给了我很多创作灵感……"

"纳木错、扎卡伦布寺、转湖节?"

向霖嘴里默念着，将笔记本电脑关上。

第二天，他飞去了拉萨。

……

西藏去往那曲的公路边。

向霖用手举起一块纸牌，上面写着去扎卡伦布寺。

连续过去几辆车，都没有停下来。

手机响了，向霖一看是王鑫打来了，向霖将牌子放在路旁的里程石柱上，接起电话，没等说话，那边王鑫马上就嚷："老向，你搁哪儿呢？"

向霖没好气地问道："干吗？"

王鑫笑道："那么大火气，最近你不是谈了个漂亮女朋友嘛，这火气还没地方泻啊！"

向霖语气缓和下来："王鑫，我在拉萨呢。"

王鑫调侃道："果然是文青必去的地方，你居然也不能避俗。"

向霖无奈："我过来采风的，写小说累积素材，正事，你到底什么事啊，没事我挂了啊！"

王鑫："其实也没什么事情，但是也不能说没事，算了吧，还是不说了。"

王鑫在电话里欲言又止。

向霖怒了："赶紧的，废什么话啊？"

王鑫慢慢地说道："陈墨的案子，我们查到了一些线索，有人快递了一份全国地图册到警局，地图上标记了很多位置，大大小小得有三四十个地方吧，你猜怎么着？"

向霖催促道："你继续说！别废话！"

王鑫无奈地说道："我们根据地图标记的位置去查了，每个地方都挖出了一具女尸，我们比对了全国失踪的女性，结果全部对上了，之后我们调查了陈墨所有的画作。确认这些失踪女人大部分可以跟陈墨的画作吻合。也就是说，陈墨是一个连环杀人狂魔，这件案子在我们系统内部震动很大，公安部要求详查，这是这些年最大的连环杀人案，兄弟，我劝你还是别插手了吧，水太深，我看着都背后发麻啊！"

王鑫的提醒是善意的，但是这些事情是向霖早就已经知道的，他还是由衷地感激王鑫的关心："我知道了，别担心，我只是一个写小说的，又不是什么侦探。"

王鑫再次提醒道："对了，我们系统内部分析快递这份地图册的人可能就是杀陈墨的人，什么身份我们还在查，你如果涉入了这件事情，我担心他会对你下手，这件事情系统内部还不敢对外公布，怕引起恐慌，你最好也三缄其口，不是担心你这孙子，我才懒得屡屡犯错误告诉你这事。"

向霖感激道："谢了，鑫，你是我亲妹夫。"

王鑫直接回了一句："小心点吧，挂了！"

向霖电话刚挂，一辆越野车停在他身边，一个身穿藏袍的司机放下车窗问道："朋友，你拦不到车吗？去哪里？"

向霖笑着问道："师傅，我要去那曲，纳木错。"

司机有些歉意："不好意思，我们去那曲市区，不到纳木错，不过我们会路过纳木错，你有具体要去的地方吗？"

向霖拿出一张照片给司机看了看，就是扎卡伦布寺的照片："这是我要去的地方！"

司机看了看照片，想想，一挥手说道："上来吧，我去往那曲的路上会经过这里，我半路放你下来。"

向霖笑着答谢："谢谢你，师傅！"

向霖将包裹往车的后排一放，爬上了副驾驶位置，扣上安全带。

车沿着有些破损的公路，往前开去。

第十八章　转湖节的传说

车在公路上开着，窗外是连绵不尽的唐古拉山脉，雪山隐没在淡淡流云之中，天空一片蔚蓝，公路下方的藏原中有不少野牛和藏羚羊在觅食，这是向霖从不曾见过的景致。

司机看了向霖一眼，笑道："哥们，你是去纳木错转湖节的吗？"

向霖随口问道："转湖节？"

司机惊讶地说道："你不知道吗？十二年一次的转湖节，听说你如果能够完成转湖节的仪式，诚心祈祷，可以洗净轮回转世的宿世尘缘，来世得大解脱，你看到了路边行走的藏民了吗？他们都是步行去往纳木错和扎卡伦布寺转湖朝圣的人。"

向霖望向车外，路边果然有三三两两走三步就虔诚地在公路上对天伏身跪拜的藏民，手掌上放着垫子，跪拜之间必定拍三下。

向霖好奇地问道："大哥，这个转湖节有什么讲究吗？"

司机说道："没什么特别的讲究，不过累人，得围绕纳木错转七七四十九圈才算功德圆满，所以对朝圣的牧民来说，需要准备大半年，另外旁边的扎卡伦布寺里有一个大活佛，叫作巴彦活佛，牧民们转完湖就要去寺庙里让巴彦活佛行抚顶礼，这样来世就可以得到大解脱了。"

向霖笑道:"大哥,你这么了解,看你的打扮,你也是藏族同胞吗?"

那司机笑了笑:"我是北京人,大学毕业援藏过来的,后来娶了藏族的女孩,这十几年过去了,自己也就当自己是藏民了,就有一个习惯改不了,喜欢臭贫,所以看到你在路边,就想拉个人一路聊聊天也好,否则怪闷得慌的。"

向霖一听乐了,这哥们儿确实是一个地道的京片子:"我说你怎么一口京味儿呢?敢情哥们儿是北京人啊,我大学就在北京读的呢!我叫向霖。"

司机一听也乐了:"从你的口音可以听出来,所以倍儿亲切,我叫王栋,你可以叫我栋哥。"

两人聊着,距离也就拉近了。

王栋突然说起一个话题:"向霖啊,你听过关于纳木错的传说吗?"

向霖曾经做过一个关于纳木错女神央金卓玛的梦,也看过这个故事,但是此刻他摇了摇头,否认道:"没有?栋哥,你说说,我有兴趣。"

王栋讲起了念青唐古拉山神、纳木错女神央金卓玛和勇士的故事,这个故事恰好就是向霖做的那个梦,向霖有些惊异,因为他没有想到这个故事居然流传如此广泛。

王栋说:"这个故事就记录在格尔萨王的诗句中,我也是听一个游吟诗人说的,虽然是传说,但是很多人相信那个轮回的诅咒是存在的。"

王栋说起了那个诅咒:"你若爱我,我便永远相随;你若背叛我,苦入万世轮回!这诅咒太可怕了,万世轮回也就是永无解脱之日的意思吧!"

向霖突然想起了魏文斌,于是马上问道:"栋哥,你说的那格尔萨游吟诗人叫什么名字？"

王栋想了想："我也是很偶然的机会遇见过他一次，听他讲起过这个故事，他说自己不是藏人，也是个汉族人，好像姓魏，对了，叫魏文斌，不过之后再也没有见过他了。"

向霖突然心里一动，不免想："是他？这个魏文斌真的存在？"

向霖马上又问："栋哥，你们为什么会认为这个传说是真的？还有央金卓玛的那个诅咒也是真的？"

王栋很认真地回答道："因为在1966年曾经发生过一件事，在那曲附近流传很广泛，有人说那就是央金卓玛的诅咒。"

向霖问道："什么故事？"

王栋脸色有些严肃："那是一个禁忌的故事，因为涉及我们藏区非常著名的一位活佛，巴彦活佛。"

向霖皱了皱眉："扎卡伦布寺的巴彦活佛？"

王栋点点头："没错，看来你还是提前有所了解的，这是一个曲折离奇的故事！"

王栋解释说："藏区都是信藏传佛教的，只有一个寺庙例外，就是这个扎卡伦布寺，他们自成一派，有自己的传承，叫作陀尼叶派，最初是从印度传过来的，像印度教的教义更多一些，不过拜的还是佛教的菩萨，非常奇怪，传承教派的人叫作巴彦活佛！"

第十九章　巴彦活佛的故事

时间回到 1966 年的扎卡伦布寺。

1966 年，藏历羊年。

一批疯狂的学生闯进了扎卡伦布寺，以破除"四旧"的名义，驱逐了扎卡伦布寺的主持巴彦活佛，活佛被迫离开了寺庙，开始在外流浪。

那些头脑狂热的学生在寺庙中焚烧佛像，活佛的弟子们在火光中含着泪诵经，而众多学生在火光中，呼喊着口号。

那些经过几百年书写的经卷，绘画的精美唐卡，那些佛像，还有法器就这样被投入了火中被烧得一干二净。

有弟子大叫着冲进火海，抢夺被焚毁的经文和佛像，他们被学生们按住，并且让他们必须看着那些东西被烧成灰烬。

弟子们悲呼："你们不能这样对待经文，这是陀尼叶经，传了八百多年的陀尼叶经，这是圣物啊！是圣物啊！"

一个学生领袖怒道："什么圣物，这是封建，必须破除，你们必须成为劳动者，你们必须还俗，成为自食其力的牧民，否则你们就是人民的敌人。"

巴彦活佛，走到那位学生领袖面前悲悯地说道：

"这位同志，求您放开他，我们愿意接受人民的改造，这就离开寺庙，请你不要伤害他们，这些东西你们也没有必要全部损毁,放在那里当作一个反动教育的道具,也是好的,可以教育那些牧民。"

那个学生领袖听了,觉得好像有些道理,就对其他人大叫道:"别烧了,别烧了,烧得满地脏东西,我们还得费力清理,其他东西,找个房间当仓库都放起来,这里以后就是我们革命教育的课堂,有人来学习,也好当个警醒。"

巴彦活佛点头行了礼:"多谢这位同志,那我就带着他们走了,不知道可不可以?"

学生领袖说道:"上面的政策,对于藏区愿意改造的僧侣,我们还是视为普通牧民来看待的,也是我们革命队伍中的一员,希望你可以约束他们,早日成为自食其力的劳动者。"

巴彦活佛:"那是自然,多谢同志了。"

那人又说:"为了显示政府治病救人的宗旨,你们可以取一些生活必需品离开,日后还俗,成为建设社会主义的劳动者,不要做封建迷信的余孽,不要做不劳而获的蛀虫,希望你们好自为之。"

……

巴彦活佛就这样带着一众弟子离开了扎卡伦布寺。

他们走在纳木错的湖边,每个人身上依然穿着僧人的衣服,身后就是冒着烟的扎卡伦布寺,火熄灭了,大部分的珍贵的经书和佛像、唐卡被保存了下来,巴彦活佛回头看了一眼白色的墙和红色的屋顶,叹息着继续往前走去,身后无数的藏民信众和弟子跟随着,一旁还有人监视着。

巴彦活佛转身对众弟子说:"你们不用跟着我了,各自回家吧,你们很多都还有俗世的亲人,去找他们,像普通人一样生活吧。"

巴彦活佛又对信众说道:"你们也是一样,佛祖会原谅世人,因为世人是迷茫的,我的佛在心中,不必说,不必念,佛自然明白你的心是善良,还是邪恶,如同这纳木错的水,无论世间是干净,还是污浊,它依然清澈,依然圣洁,你们都不必跟着我了,回去吧!"

几个监视他们离去的学生听到这话,居然没有说什么,脸上有些迷惑的神色,站在原位没有制止。

所有的弟子和信徒都跪了下来,前面几个是巴彦活佛的亲传弟子,巴彦活佛的弟子恳求道:"活佛,我们终身跟随你学习,我们已经没有可以去的地方了。"

"活佛,让我们继续跟随你吧,你曾经跟我们说过佛在心中,不在庙里,现在寺庙没有了,但是我们的心依然在。"

"活佛,弟子们年轻,但是活佛您年近五十了,需要人照顾啊。"

巴彦活佛将自己的几个弟子扶起来,又让其他人都起来。

巴彦活佛平静地说道:"如果佛让我们历劫,在这红尘行走,继续心中信仰,传颂佛法,那我们就要如此;你们都各自散去,将法念在心中,当劫难过去,我们会回到扎卡伦布寺的,你们会等到这一天的,你们现在跟着我只会被拖累,各自散去,将法藏于心中。"

巴彦活佛说完,沿着纳木错越走越远,不再回头。

第二十章　活佛的女儿

车在高原的公路上开得并不快，远处的雪山在慢慢地往后飞逝，如同那些过去的时光。

向霖被这个故事深深震撼到了，他可以想象那些场景、那些面孔、那些火光，还有那些悲伤。

王栋看了向霖一眼，有些悲叹地说道："我第一次听到这个故事的时候，也是和你一样的反应，他是伟大的巴彦活佛，但是居然遭受到这样的对待，这很难想象吧。"

向霖问："栋哥，后来发生了什么？"

王栋看了向霖一眼笑道："向霖啊，我倒很好奇你是干什么的？"

向霖笑了笑，王栋只好继续把故事说下去。

僧侣和藏民们听从了巴彦活佛的话，他们散去了，巴彦活佛一直走，一直走，直到昏迷在一个荒原上，被一个老牧民救了下来。

"老牧民认出了巴彦活佛，收留了他，而巴彦活佛也选择在老牧民家住了下来，像普通牧民一样，每天出去放牧，早上赶着牦牛出去，晚上带着牦牛回来，很像一个老牧民，不像一个活佛。

"老牧民有一个女儿，名字叫作仁青卓玛，是一个很漂亮的藏族女孩。"

王栋讲得很认真,而向霖也陷入了整个故事的剧情当中。

"巴彦活佛每天去湖边放牧的时候,就会在湖边的一个平台上盘坐诵经,他把经文刻在了黑色的石头上,在纳木错湖边堆起了一个陀尼叶经的玛尼堆,现在这个地方还在,就在纳木错湖边,一个叫作天国湾的地方,对面就是念青唐古拉山,你可以去看看,那里很漂亮。"

向霖的脑海中浮现出那幅画面:活佛穿着常服放牧的场景,在湖边念经刻经文的场景,堆起来的玛尼堆飘荡着丝绸的经幡。

向霖又想起第一次看到央金卓玛画像的时候,画面的左边就有一个玛尼堆。

向霖心里暗想:"莫非就是那个地方?牧民的女儿叫仁青卓玛,和史金卓玛是同一个人吗?不过如果是陈振风画的那幅画,时间对不上啊。"

他带着疑问继续问道:"栋哥,后来发生了什么?"

栋哥说道:"仁青卓玛总是去找活佛听他诵经,慢慢地,她爱上了活佛,活佛也喜欢上了这个美丽的女孩,最终他们走到了一起,活佛娶了这个美丽的女子做妻子。"

向霖笑着问道:"活佛可以结婚的吗?"

栋哥回答:"其实陀尼叶派并没有严格禁止活佛结婚的规定,只是之前很少发生这种情况,不过在那个年代,可以理解的。"

向霖问道:"后来的故事呢?活佛如何了?"

栋哥叹了一口气:"他的妻子死于难产,活佛在纳木错湖边火葬了他的妻子,不过有一个婴儿活了下来,是个女孩,活佛将女孩托付给了老牧民,自己在唐古拉山中挖了一个山洞修行赎罪，他认为那是佛祖给自己的惩罚。"

说到这里，王栋的脸上也有些伤感，向霖看向窗外，纳木错湖已经出现在眼前了，背后的那座山越来越熟悉，眼前的这湖水也似曾相识，向霖的脑海中如电影般现出那些场景来，一幕一幕无比真实和残酷。

巴彦活佛抱着下身出血的妻子痛哭；

巴彦活佛抱着孩子痛哭；

巴彦活佛在纳木错湖边将妻子身下的篝火点燃；

巴彦活佛将孩子交到老牧民手上；

巴彦活佛沿着湖边越走越远；

巴彦活佛在风雪中盘坐在山洞中诵经。

向霖陷入沉思，面色忧伤，而远处的扎卡伦布寺已经依稀可见了。

向霖指着寺庙问道："栋哥，最终巴彦活佛回到那里了吗？"

王栋看了看向霖手指的方向，点点头："对，那就是扎卡伦布寺，活佛最终回到了寺庙，1971年，下了一个文件，关于恢复藏区宗教信仰自由的文件，巴彦活佛回到了寺庙，当年跟他离开寺庙的僧侣有一部分没有回来，他们都成家了。"

向霖突然想到了一个关键，就是那个女婴，于是问道："活佛的女儿呢？"

王栋说道："活佛回去后，有人送了一个女孩到了寺里，活佛并没有公开那个女孩的身份，在寺庙旁边安置了一个院子，让人照顾女孩，所有的信徒都叫那个女孩央金卓玛，那个名字是纳木错女神的名字，有人传说那个女孩是纳木错女神的转世，身上带着诅咒，所以没有人敢靠近那个院子，那个女孩是一个人孤单长大的。"

"一个人长大？难怪那眼神如此让人悲怜！"

向霖喃喃自语着，王栋看着他问了一句："向霖，想什么呢？"

向霖笑笑，摇摇头："没，没想什么，栋哥你继续说！"

王栋从一旁拿起水壶喝了口水继续说道："好像在1983年那个女孩突然失踪了，然后在1985年，那个女孩又回到了扎卡伦布寺，还抱着一个男孩，听说还带了一幅有诅咒的画，活佛把那幅画锁在了药王殿的一个佛龛里，过了两年那个女孩投湖自杀了，只留下了一个小男孩。1991年吧，又是藏历羊年，听说扎卡伦布寺被人偷了东西，丢的就是那幅画，而且那个小男孩也失踪了，失踪的时候好像只有四五岁。所以一系列事情发生后，我们开始相信那个关于诅咒的传说，认为那件事情是真的。"

"否则不能解释这种莫名的巧合，其实说起来，我有点害怕，毕竟藏区很神迷，也许真的存在一些无法解释的事情！"

向霖点点头应着："是很神奇，我能理解。"

向霖的脑海有闪过一幅幅的场景：

抱着孩子站在寺门口的女孩；

被锁入佛龛的画；

投湖的女孩；

湖边痛哭的孩子。

他的嘴里念念有词："那个女孩是央金卓玛？那幅画会不会就是那幅画？投湖的女孩？那个男孩又是谁呢？"

王栋察觉到向霖的异样："向霖，你怎么了，说什么呢？你可别吓唬我啊！"

向霖笑了笑："没什么，这个故事太离奇，想得多了些。"

王栋有些安抚地笑道："向啊，这个故事虽然是真的，但是也就是个故事，过去就过去了，追究也没有什么意义，所以你当故事听就好了,我们都是俗人,诅咒什么的跟我们沾不上边的。"

向霖点点头:"栋哥,谢谢你,这一路下来,倒让我听到了这么多很生动的故事。"

王栋好奇地一问:"向,你到底是干吗的,这我们聊了一路了,你也没说啊。"

向霖没有隐瞒,回答道:"我是一个小说家,所以你说的故事我特别感兴趣,这是职业病了。"

王栋恍然大悟,点点头说道:"难怪了,你来纳木错是来采风的吧。"

向霖笑着承认道:"对,找些创作素材,刚才那个故事就是绝佳的创作素材,栋哥,我还得谢谢你。"

王栋也笑了,有些洒脱地问了一句:"得,我这随口一说啊,回头有出入,可别怨我啊!"

向霖也笑了,摇摇头:"不是故事嘛,故事未必一定都是真的,真真假假更有意思不是吗?"

王栋对他这个说法深以为然:"那倒是!"

……

第二十一章　纳木错的篝火

车停在了扎卡伦布寺所在的山脚下，山下是一个小镇，需要沿着山往上走一段才能到达寺庙，但是这条路不能走车。

王栋抱歉地说道："兄弟，我不能送你上去了，这里是圣地，车辆不让走的，这小镇上有客栈，提供给游客和朝圣的人住，你可以找一间。"

向霖笑着感谢："栋哥，谢了。"

车门开了，向霖下了车，王栋跟他挥手告别。

临走前王栋提醒道："哥们，祝你一切顺利，不过别太深入了，因为那个诅咒威力很惊人，所有跟这个故事相关的人，恐怕都不会有好的结果，我是为你着想。"

向霖有些感激，这萍水相逢的人确实真心关心自己，他点头道："栋哥，谢谢你，我是个小说家，记录一些故事而已，其实跟我关系不大。"

王栋挥挥手："那好，我先走，你记下我的手机了吧，有什么事情给我打电话。"

"好咧！"向霖点点头，不过马上又追问了一句，"栋哥，这些故事谁告诉你的？"

王栋指着寺的方向："扎卡伦布寺有一个法师，听说是巴彦活佛圆寂之前才收的弟子，叫作陈澜，这些故事是他告诉我的,对了,他就是那个偷走了诅咒画的人,还有也是他偷走并且收养了那个孩子。"

向霖追问:"那个孩子叫什么?"

王栋想了一下回答道:"好像叫陈墨,陈澜是一个摄影师,听说他养子陈墨是一个画家,我知道的大概就这么多了,走了。"

向霖冲着开走的车挥挥手,心中被刚才的话扰乱了情绪。

"果然是这样,陈墨居然是央金卓玛的孩子,巴彦活佛的外孙,但是还有一个秘密需要解开!"

向霖转身看看坐落在半山腰的扎卡伦布寺,沿着山路两侧建立起来的是一个不大的镇子,向霖一拉背包,走进了镇子。

天色渐渐有些暗了,夕阳从唐古拉山上缓缓落下,夕阳将唐古拉山、纳木错、小镇还有白色的扎卡伦布寺都染成了金色,那感觉无比圣洁。

向霖拿起相机拍下这些美景:

远处的金色雪山;

一片金色微光粼粼的纳木错;

笼罩在金色夕阳下的古老小镇;

那些沐浴在夕阳下,身上闪着金光的藏民和游客;

而那宏伟的纯白色的扎卡伦布寺更是显得无比庄严和神圣。

向霖在小镇中缓缓游走,已经到达了这里,此刻他的心中反而安定下来,他像一个普通游客一样,走过转经筒,走过藏族的回廊,看着那些古老的壁画,看着那些朝圣的淳朴藏民。

他的心中想着:"央金卓玛,如果你真的存在,这里就是你曾经生活过的地方吧?"

一个年轻僧人从山上走下来,向霖上前问:"这位师父,我能跟你打听一个人吗?"

年轻僧人回礼道:"施主请问?"

向霖问道:"我想向您打听一下,寺里有没有一个俗家名字叫作陈澜的师父?"

年轻僧人想了想:"陈澜?对不起,我入寺只有几年,对各位师父的俗家名字不太了解。"

不远处有一个老年的红衣僧人听到向霖问年轻僧人的话,听到陈澜这个名字的时候,脸色略有变化。

年轻僧人歉意道:"施主可是要去寺里寻那位师父?现在可能不行,寺庙关门了,你得明天一早上去。"

向霖点头:"谢谢。"

年轻僧人点了下头,就此离去。

向霖看了看半山上的寺庙,转身又往城镇走去,想要寻一个客栈先住下来。

那个老年的红衣僧人看着向霖的背影,待向霖离去了,他也回头往山上走去。

……

夜晚的小镇很恬静,这里没有酒吧,没有夜间开业的饭馆和商店,只有满天繁星映衬着山间的点点微弱的灯光,有念经的声音在夜空中飘荡,依稀可闻。

向霖站在山顶的平台上抽着烟,高原的大气相较稀薄,且隔绝了大气的污染,所以这里的星空格外明亮,甚至可以远远地看见纳木错在月光照耀下微微粼光。

向霖望向远方,在湖边看到一处篝火,而篝火旁边就有个玛尼堆!

"那是巴彦活佛盘坐写经的地方吗?"

向霖想起了白天司机王栋跟自己说起的巴彦活佛的故事,于是从客栈中走出来,顺着半山的路往湖边篝火的方向走去。

当离湖边越来越近,他听到了游吟诗人的歌声从湖边传来,那是一种极为古老的声音:

"དེས་ན་འཇིག་རྟེན་ཇེད་ཕྱུག་ཚང་གཅོད་པའི་མི་དགོས། ཆོད་མི་ཤེས་པའི་ཁྱོབ་ཟོས་ཏུ་རྒྱལ་མི་ཤེས་འགྲིག་པ།……"

是藏语的诗歌,充满无形的诱惑,像述说着古老的故事,神秘而悲伤。

向霖顺着那声音一直往湖边走去。

可是当他看到那篝火堆的时候,歌声停止了,那里并没有人,只有燃烧的篝火在夜晚强烈的山风中摇曳,玛尼堆上的经帆吹得呼呼作响。

向霖在篝火边坐下来,他点燃一支烟,呼出白烟,目光望向月光下的纳木错。

隐约中他看到一个白色的身影好像往湖水中央走去。

他猛地站起来,往湖水中跑去,大喊道:"喂,你要干吗,回来!"

可是当他站在纳木错湖边的时候,那个身影消失了,好像错觉一样消失了。

向霖的神情变得困惑起来,这一切太奇怪了。

他四下张望,感觉有些手足失措。

"你果然还是来了?"

身后有一个声音传来,向霖猛然回头!

一个身穿藏袍,头发有些脏乱的男人站在他的身后,他的身体在火光中很清晰,但是脸隐藏于黑暗之中。

"你是谁?"

向霖问了一声。

那人笑道:"就不记得我了,走近些看吧?"

向霖疑惑地走上前去,终于看清楚了那个人的脸,也认出了那个人,正是他在中英街上遇见的那个流浪汉,自称游吟诗人的魏文斌。

那个让向霖一直怀疑自己是否产生了错觉的男人,此刻就站在他面前,脸上还是带着有些神秘和无所谓的笑。

"你是真的还是假的,不会是我的错觉吧?"

向霖问了一个自认为很傻的问题。

魏文斌突然大笑起来:"呵呵呵,对不起,我跟你开了一个玩笑,不料你当真的了,我猜到你可能会来扎卡伦布寺寻找真相,果然你来了,不过我们的相遇是偶然,无数的偶然才让一些看上去不太可能的事情成了可能。"

向霖没有马上回应他的话,而是在打量他的动作。

魏文斌在篝火边坐下,说道:"坐下吧,你可能有一些事情想从我这里了解!"

向霖走过去,在魏文斌旁边坐下来,魏文斌往篝火中添加树枝,篝火变得更加明亮起来,他低声说道:"我刚才去捡一些柴火,你刚才好像看到有人投湖对吧?"

向霖惊讶地看着魏文斌,问道:"你怎么知道?"

魏文斌平静地说:"看到女子投湖幻觉的不只是你一个人,这是一个关于爱情诅咒的传说,很多人都会在明亮的夜晚看到这一景象。"

向霖问道:"为什么?"

魏文斌脸色淡然地看着湖水:"这是一个传说,也是一个诅咒,少女在这个玛尼堆旁的湖水边走入湖水沐浴,有两个不同的结局:如果被一个让她心动的人救起,她就会爱上他;如果那个人背叛了她,她就在这里结束生命,这是一个传说,真假不知道。"

向霖表情有些动容,他想起了那幅叫作《央金卓玛》的画,他问道:"那幅画所画的就是这个地方吗?"

魏文斌点点头:"是,就是这里,我只要来到这里,就喜欢过来坐坐,如果哪天遇到一个投湖的女人,我可能会救下来,当然我会选择第一个结局,好的那个。"

向霖看着魏文斌有一种极其不真实的感觉,这个人不真实,他做的事情不真实,甚至他说的话也不真实。

向霖心有余悸地说道:"上次你跟我说你是那家藏吧的老板,我信了,结果我过去问,老板根本不是你,而且我照的那张照片也没有了,我一度以为自己中邪了。"

魏文斌又笑了:"你现在的样子跟中邪有区别吗?为了一个虚无缥缈的传说跑到了扎卡伦布寺,我确实是那家酒吧的老板,不过我告诉我的合伙人,不要告诉其他人,而且那些员工根本没有见过我,至于那幅画,或许那一刻你真的产生了幻觉也不一定,我说过那幅画有点邪!"

说起那幅画,向霖突然紧张地问道:"魏文斌,那幅画呢,在哪里,你能否再给我看看?"

魏文斌摇摇头,手指着火堆说道:"喏,就在这火焰里面!"

向霖惊诧地低头一看,果然火堆中有画框的残余边角。

魏文斌指向远处夜色星空下的扎卡伦布寺:"你应该去那里找,那里有原画,《央金卓玛》的原画就在那里,我这次过来就是希望去看看原画,可惜我不是那个解开诅咒的人,所以我就把这幅复制品烧掉了,我的使命完成了,我用了十几年追寻的答案,也无所谓了,也许你才是那个解开诅咒的人。"

向霖指了指自己,诧异地问道:"我?"

魏文斌有些解脱般地笑道:"我见到了宗巴噶大师,他知道那个最终的故事,而且他跟我说,那个解开诅咒的人就要来了,只是那个人不是我,他跟我说这句话的时候,我就猜到那个人也许会是你,而你可能已经到了这里。"

向霖不敢置信地看着魏文斌,难道这燃烧的篝火、那吟唱的诗篇就是为了引自己前来吗?向霖的目光中有一种惊慌。

"你?难道在等我?"

魏文斌笑道:"你不用这么看着我,跟你猜的一样,我今天晚上燃烧篝火等的就是你,我有预感你会来,当然如果我的预感错了,我就明天一早离开这里,永远告别我追寻的答案,回归都市,回归平淡,毕竟我永远不可能见到央金卓玛了,如果有一天你解开了所有的故事,请你将答案告诉我。"

向霖点点头:"我在写一本书,如果我可以完成这本书的话,我会送你一本。"

魏文斌笑了:"谢谢!"

第二十二章 关于陈墨的另外一个故事

篝火的光抖动着，向霖的心也抖动着，所有的一切都太过巧合，遇到央金卓玛的画，遇到魏文斌，遇到麦子，遇到刘靖，遇到那个司机，所有的偶遇都在推动着他往答案中心走去。

魏文斌说了一句让向霖更加惊讶的话："陈墨死了，对吧？"

向霖惊道："你认识陈墨？"

魏文斌冷笑着点点头说道："何止是认识，我和他是大学同学，十几年前我和他曾经来过这里，在纳木错写生，所以关于他之前的事情，或许我是最了解的人。"

向霖心中有很多疑问，他看着火光中晃动的魏文斌的影子，心里在想着，为何所有跟央金卓玛有关的人都如此诡异，像是疯子一样，包括自己。

"你想把你知道的关于陈墨的事情都告诉我？"

魏文斌用树枝挑动篝火，平静地回答："是，如果没有人记录这一切，诅咒不会停止，这是我的猜测。"

……

2001 年的夏天。

"我和陈墨还在读大二，暑假的时候，学校组织去西藏写生，我们去了两个月，就到了纳木错。"

魏文斌说得不紧不慢，向霖用手往后撑着身体，安静地听，风在湖面慢慢吹过，将人的思绪带得很远。

纳木错被藏民叫作天湖，水面连着远处的雪山，湖水清澈平静，整个世界都是安静的，在那里你有一种说不出来的心灵宁静，好像可以放下内心的一切杂念。

在魏文斌的描述中，时间被拉到了过去，一幅画卷徐徐展开，就在眼前。

我们看到了纳木错的夕阳，纯粹的金黄色，浸染一切，美丽极了，我们都呆了，只是陈墨有点不对劲，他面向夕阳，整个人的神情麻木，好像中了邪一样，脱到身上的衣服，缓缓走向湖水，一边走一边说要洗掉自己身上的邪恶，还自言自语地说："我到家了，到家了。"

我和另外几个同学，拼命地拉住他，可是怎么叫也叫不醒他，他的眼睛完全是空洞的，好像被湖水摄取了灵魂一般，只是机械地说着："我到家了，我到家了。"

向霖没有打断魏文斌，此刻他才开始相信这个男人并没有骗自己，他真的是一个游吟诗人。

夕阳很快沉下去了，天黑得很快，月亮升起的时候，陈墨突然醒过来，走到湖边跪下来，如同藏民一样亲吻大地，然后沿着湖边不停地膜拜、匍匐，绕湖而行，我们以为他犯了邪，谁也不敢拦他，就这样远远地跟着，他走了很远，最后昏倒在湖边，我们才把他抬回了营地。

向霖问道："后来呢？"

魏文斌继续说道："早上起来，陈墨就发烧了，病得很厉害，我们只好提前返回了拉萨，找了一家医院让陈墨住了院，他昏迷了好几天，醒来后，就再也不说话，之后返回学校，他也好几个月一言不发，只是把自己关在画室里画画。

"他的画室谁也不让进，有一次我很好奇，从管理员那里借了钥匙开了他画室的门，我看到了那幅画。"

魏文斌问向霖："你猜是一幅什么样的画？"

向霖马上想到了，脱口而出："《央金卓玛》？"

魏文斌点点头："没错，就是《央金卓玛》，不过不是一幅，是很多幅，他没有画完的那幅画里找不到央金卓玛纯洁、宁静、忧伤的眼神，我只看一眼就知道这不是一幅原创的画作，他画得不真实！但是又很写实，好像是模糊的记忆一般。"

"我离开的时候，看到墙角堆着的一批画框，画布边缘都用美工刀划破了，我走过去看了一眼，有几十幅，全部都是《央金卓玛》，只是都是没有灵魂的复制品。"

向霖猛抽了一口烟："你是说，陈墨之前看过这幅画？这幅画和他有必然的关系？"

魏文斌凝重地摇摇头："我不知道，我也说不好，总之不太像，画面中的女人不像，虽然和央金卓玛的样子很像，但是并不是十五六岁年轻的脸，而且感觉没有那么干净和纯粹，眼神很复杂，说不出来的复杂。"

"还有就是画面的颜色，那颜色很凄凉、绝望，不是暖和柔美的感觉，反而是冷色调，就像这冰冷的月光的颜色。"

"还有就是《央金卓玛》那幅画中飘向夕阳的白色哈达，陈墨的画里没有这个，我总觉得那哈达是引起央金卓玛回头的关键，所以我可以推断，陈墨当时没有看过这幅画的原作，至于为什么他会画出类似场景，我怀疑就是他有可能也曾经见过类似的场景，只是并不是原作所在的时间，应该是另外的时间，也在这个位置。"

魏文斌说完这一切，低下头，继续用树枝拨弄着篝火，火光照在他的脸上,感觉不出任何情绪。

"难道那个女人在这里死去了?"

他想起王栋大哥跟自己讲过的关于巴彦活佛女儿的故事,1985年那个女人在纳木错投湖自杀了。

向霖突然觉得有点明白了,他低声说道:"陈墨如果亲自见过这个场景?那他一定见过央金卓玛,他们是什么关系?"

魏文斌对这个说法也有认同:"应该是见过吧,这是推测,而且他们的关系非同一般,否则不足以解释后面他真的看到那幅《央金卓玛》复制品的时候的反应。"

魏文斌停了停,抽出烟盒,拿出一支烟,点了起来,深深地吸了一口,然后把烟盒递给向霖。

向霖还在思考,摆摆手推了回去。

"我不抽了,你继续说。"

魏文斌深吸一口烟,呼出后,低声说道:"后面发生了更加离奇的事情,这件事情彻底改变了陈墨,也让我着了魔。"

魏文斌说道:"十几年前,在建国北路有一家藏族风情酒吧,叫作藏地酒吧,你可能不知道那里。"

向霖点点头:"我确实不知道,那时候我还在上高中,还没有来到长州市。"

魏文斌深吸了一口,将烟拿在手上,继续说道:"藏地酒吧是在我们回到学校两个月之后开业的,我们并不知道这件事,因为大多数时间我们都待在学校里;当然,陈墨还是把自己关在画室里,他从西藏回来后,足足有三个月基本不怎么说话,说真的,我们都觉得他疯了,也不敢跟学校说,怕学校把他给开除了。"

"我们是怎么知道那个酒吧的?是因为同宿舍的一个哥们儿,有一天他从外面回来,就像着了魔一样,画着素描草稿,起先我也没注意,后来看到了他的草稿才发现上面的画和陈墨画得很像,所以我被吓到了,马上问了他,他告诉我建国北路那边有一家新开的藏吧,酒吧外面挂着一幅有魔力的油画,让人看了一次就忘不了。"

向霖想到了什么,马上问道:"难道就是你手里那幅?"

魏文斌笑着点头承认了:"对!"

向霖又道:"你不是告诉我说是在西藏的一个集市上偶然买到的吗?"

魏文斌有些不好意思:"那是骗你的,这幅画其实是我偷的,就是从藏地酒吧偷来的,不过我已经跟人道歉了,所以现在也不怕说。"

向霖不再多问:"你继续说。"

魏文斌继续往下说:"当天夜里,我就急忙赶了过去,我还记得我看到那幅画时的感觉,真的感觉窒息,太美了,那种不加修饰的美,让你无可挑剔的迷恋。"

魏文斌说起这段记忆的时候,脸上带着某种惊喜的神色,手在空中划过,好像要用手指画出那个场景来,这种亢奋向霖能够理解,他也想起了自己第一次看到《央金卓玛》这幅画的感觉,大概也是这样激动吧。

魏文斌沉浸在自己的回忆中,并没有留意一旁向霖的表情。

"当时那幅画并没有名字,《央金卓玛》的名字其实就来自陈墨。"

"你说《央金卓玛》这幅画本来没有名字,是陈墨命名的?"向霖马上追问道。

魏文斌点点头:"其实也可以这么说吧,不过这是一个巧合。"

魏文斌开始说起这件事情的详细经过。

"这件事情发生在我看到那幅画的三天后，我回去后素描下那幅画，而且我也很好奇这幅画里的人和陈墨有什么关系，因为我很想见见画中的女孩，所以我把素描的画稿从门缝塞进了陈墨的画室，然后在门外告诉他让他看看画稿，陈墨看到了画稿后，从画室里急冲出来，一下把我顶到了墙上，用手掐着我的脖子，他的眼睛布满血丝，如同野兽一般，他拼命跟我嘶吼：'你在哪里看到这幅画的，在哪里！'"

"我被他的疯狂吓到了，所以说出了地点：'藏地酒吧。'"

"他急跑着出了门，打了一辆车直奔藏地酒吧，我就打车在后面跟着，到了酒吧的时候，他已经站在那里一动不动了，脸上的表情和当时他面对纳木错湖时的表情一模一样，空洞、惊讶、迷离，嘴里大声喊着：'央金卓玛，我到家了，央金卓玛，我到家了。'"

"随后他跪在地上号啕大哭，一边哭一边把自己的头撞向地面，血染红了台阶和他的脸。街上巡逻的保安发现了他，很快报了警，并拉住了他，没几分钟警车来了，我看着他被带上了车，脸上是惊恐不安和木然的表情，上车的瞬间我听到他望着画像凄厉无比地叫了一声。"

"妈妈。"

"什么？妈妈？你说陈墨叫了妈妈？央金卓玛是他的妈妈？"

向霖目瞪口呆，对于这个答案虽然向霖之前已经有心理准备，但是现在听到的时候还是觉得难以相信，那个画中的美丽纯洁的少女就是陈墨的母亲，巴彦活佛的女儿，传说中纳木错女神央金卓玛的转世，那个投湖自尽的女人。

魏文斌叹息着摇摇头："谁知道呢？我在那天夜里偷走了

那幅画！跟学校请假，接着自己跑来西藏，寻找画里的那个地方，寻找那个传说中的女人，我差不多来了这里三四次才找到了这幅画所在的位置，不过我再也没有回到江南美院，成了一个流浪的画家，最后成了一个流浪的游吟诗人。"

向霖苦笑道："看来你比我疯！"

魏文斌自嘲道："彼此彼此吧，我不后悔，这段时光很有意义，不过今天我找到了另外一个答案，我跟画这幅画的人道歉了，他原谅了我，也告诉了我一些答案，但是答案终究还是应该由你来解答。"

向霖问道："这幅画的主人？"

魏文斌点点头，站起来，拍拍身上的灰，笑道："你明天能见到他，在扎卡伦布寺，兄弟，后会有期了，我期待你的书。"

向霖抬头说了一声："明天我会去扎卡伦布寺。"

魏文斌回头笑道："去吧，那里有人在等你，他会告诉后面的事情，只是这一切跟我无关了。"

魏文斌沿着湖边走去，背影在黑暗中越走越远，向霖久久地看着，脸上居然也有了一丝明悟和解脱。

第二十三章　宗巴噶大师

回到客栈中，向霖思绪万千，一夜难眠。

第二天，向霖去了扎卡伦布寺，因为前一天听了魏文斌的话，他走进那座巨大的白色寺庙的感觉，犹如走进一个巨大的迷宫，那些白色和红色的回廊，那些飘挂着的五颜六色的经幡，那些转动的转经筒，还有那些黄衣、红衣的僧人都让他感觉眩晕，他几乎是被朝圣的信徒推动着往前走去，不知不觉中进入了释迦牟尼的大殿中。

向霖跪拜释迦牟尼佛，大殿的光线稍微有点暗，巨大的佛像俯视众生，让人心生敬畏。

向霖站起身来，突然一个小僧人走到他面前，双手合十说道："宗巴噶大师说想见你一面，施主可以今天在客房先住一晚，稍后大师会安排时间见你。"

向霖想起了魏文斌跟自己说起过，他说扎卡伦布寺有一个人在等他，想必就是这个宗巴噶大师，只是自己找的那个陈澜不知道是什么身份。

向霖冲小僧人点点头，微微笑道："谢谢你，小师父，带路吧。"

小僧人回了一个合十礼，说道："请跟我来吧。"

小僧人转身领路，带向霖往客房走去。

客房布置很朴素，一些简单的藏族装饰，墙上画着古老的壁画，挂着唐卡，靠窗的小桌上放着一本陀尼叶经，向霖上前拿起轻轻地翻看起来。

向霖靠在窗台上，往下看去，整个寺庙沿着山路向上修筑，一个个藏民沿着山路向上匍匐而行，窗外的经帆在风中抖动着发出声音，金黄色的屋顶闪射着阳光，照在窗口上，有些温暖。

向霖居然靠在窗口睡着了。

……

向霖的思绪越来越沉，越来越远。

摇晃的镜头转过木头的长廊，向霖走过的时候地板发出吱呀的声音，往上延展的螺旋木阶梯显得异常幽深，仿佛通往未知的地点，中间天井直射下来的灯光，让他看不到路的尽头。

"呜……呜……"

向霖听到孩子的哭声断断续续地传来，到底是谁在哭呢？

他顺着声音走上楼梯，一个孩子坐在楼梯转角上哭泣，他抬起头看着向霖的眼睛里满是惊恐与不安。

向霖触摸不到他，仿佛他只是一个录像的记忆影像，转过楼梯口，他又看见一个躲在门缝往里看的小孩，跪在地板上，发白的脸庞，如同看到不可置信的场景，身体瑟瑟发抖。

向霖回头看着楼梯上的孩子。

"都是你？可是你是谁？你是谁呢？"

向霖充满疑惑地推开门，床上躺着一个穿着白色睡衣的女人，姣好的面容，惨淡得让人窒息的脸庞，麻木而空洞的眼神，用长指甲划破的身体，一道道如同丑陋爬虫般的血痕，凝固和半凝固的血迹，渗透床单。

地上是打碎的台灯，撕碎的书和画本，烧毁仅剩下残角的照片，仿若暴动般肆虐的场景。

"啊！"

夜空中一阵撕碎心扉的惨叫，从那个空留下躯壳的女人身上发出来，刺破黑夜，穿透夜空，凄厉得如同厉鬼索命。

她扯开自己的衣服，明晃晃的白色身躯如同电触般抖动，双手伸向空中，好像要抓住什么？

"啊！"

孩子发出一阵尖叫，转身惊恐万分地落荒而逃。

一声急促而紧张的脚步，向霖回头看到孩子转身跑开，脚步声和孩子的叫声在木头门廊里回荡，伴随着撕裂心扉的呼喊，让这个大大的老宅显得如此惊恐不安。

"好真实，真的好真实，可是，这是哪里？这里到底是哪里？"

一道亮光闪过，画面转过了一个场景，在一个房间，一个男人紧紧抱着一个女人，彼此纠缠，那个女人的样子让向霖觉得熟悉，好像在那里见过，女人的脸上有着极其怪异的神情，满足、羞愧、兴奋、恐慌、矛盾、仇恨。

向霖从未见过如此复杂的表情，让他害怕和羞耻，恨不得马上逃离这里，男人把头埋在女人的胸前，潮红色的印迹透在女人的皮肤上，喉咙传出类似野兽般的嘶吼。

向霖不想待下去了，这场景让他血脉贲张，又感觉羞耻，他急忙转身，拉开房门落荒而逃。

门外突然变成了一个大厅，四周的窗子都用窗帘盖住，巨大的灯光照射在一个白色的大床上，那里有一个女人，一个用锁链锁住的女人，白色的睡衣早已褴褛，如同被野兽撕开，条条血迹沿着白色的皮肤蠕动。女人脸上有一种病态的微笑与满足，身体如小狗一样爬动着，不断扭动着做出各种让人血脉贲张的动作,向霖突然记起了她,就是那个躺在床上的女人。

不远处竖立着一个画架,一个男人正在坐着绘画,向霖慢慢走过去,他看到了一个俊逸的年轻男人,眼里闪着极度亢奋的表情,透过灯光贪婪地凝视着那副诱人的身体,画纸上一个妩媚、痛苦、极乐的女人用一种夸张的姿态扭动着身体,每一寸诱人的曲线都让人感觉邪恶,这不是一个正常人的眼睛,那是一双恶魔的眼睛!

那张面孔十分眼熟,待向霖认真去辨认,他被惊呆了?

"陈振凤!"

向霖抬头看向那个女人,那个女人突然变成了一副圣洁的模样,背过身去,羞涩地回头,长发散落在雪白的肩膀上,眼中只剩下纯净,一如纳木错圣辉中的女神。

"央金卓玛!"

"陈振凤!央金卓玛,你们之间到底是什么关系?还有那个孩子,那个孩子是谁?"

"呼……呼……呼……"

一阵急促的呼吸声,向霖惊坐起来,身上的衣服已经被汗水湿透。

一阵山谷的冷风从窗口吹进来,阴冷的透入他心中,冻得他直哆嗦。

他往窗外望去,一轮弯月就悬挂在寺庙屋顶的天空中,天黑了,这里和城市不同,没有明亮的灯,远处只有零散的光,灰蒙蒙一片。

突然一道白光从夜空中闪亮,巨大的雷声炸响,纳木错的上空居然下起了暴雨。

向霖推开窗,看向窗外的夜空,这里没有城市的灯火,远处黑蒙蒙一片。

突然，有隐隐约约的哭声和歌声从远处传来，断断续续，亦真亦幻。

向霖带着疑惑推开客房的门，往声音传来的方向而去。

向霖沿着幽暗的回廊往前走去，寺庙内空无一人，空旷的走廊、一个个空荡荡的大殿，在雷光中显得无比恐怖阴森。

向霖顺着那声音也不知道走了多远。

他走到一个大殿，抬头一看是"地藏菩萨殿"。

那阵哭声和歌声就是从这里传出来的。

他推开殿门，门轴转动的"吱呀"声响起，传荡在空旷的大殿中。

地藏王菩萨的脸在雷光中显得无比威严，惊惧万分。

向霖听到了那个声音从佛像下的一个佛龛中传来。

他缓缓走到那佛龛下，好奇心驱使着他打开了那个佛龛。

里面放置着一幅画，一幅无比美丽的画，画中女人的脸在电光中闪现出来，无比美艳、清纯、神秘、羞涩、魅惑，旁边就是那堆刻着陀尼叶经的玛尼堆。

向霖留意到那条白色的哈达，他飘去的方向就是画这幅画的人的方向，弥漫于空中，那金色在雷电的光环中，显得更为纯粹。

向霖忍不住将那幅画从神龛中取出，嘴里念叨着："《央金卓玛》！没错这是《央金卓玛》的原画！"

他脚步踉跄着往后缓缓挪动着，捧画的双手微微发抖，看着画的双眼满目惊恐。

"看来你真的认识那幅画，你也是来找这幅画的？"

背后有一个低沉的声音传来。

向霖惊恐地回头，看到一个身穿黄色僧袍的老年僧人站在门口，闪电将他的影子斜斜地印在殿中，映照出他的轮廓，却看不见他的脸。

"你是谁?"

老年僧侣低声答道:"贫僧法号叫宗巴噶。"

第二十四章　宗巴噶大师的身份

大殿之内。

向霖和宗巴噶大师面对面静坐着，地上就摆着那幅油画，灯光忽明忽暗地照在那幅画上，又映照着彼此的脸，两人彼此对视着，没有马上开口。

许久向霖开口问："你是陈澜？"

宗巴噶大师点头："没错，贫僧俗家名字是陈澜？"

向霖有些疑问："你难道知道我会来？而且知道我来的目的？"

宗巴噶大师笑道："十年前，巴彦活佛告诉我，十年后会有一个人来，我并不知道那个人是谁，但是昨天我在街道上远远见了你一面，我确信这个人是你。"

……

"十年前，巴彦活佛圆寂之前，将我叫到了身边，那时候我已经在扎卡伦布寺出家好几年了。"

"巴彦活佛对我说：'宗巴噶，我死后，不必转世了，我就是最后一世巴彦活佛，扎卡伦布寺由你主持传法，十年后会有一个年轻人追寻央金卓玛的传说而来，他是一切过往的记录者和终结者，你将所有知道的故事告诉他，再将那幅画交给他，他会用一本书记录下故事的结局，日后再无央金卓玛的传说，再无这万世轮回的诅咒。'"

"说完这段话，巴彦活佛合上了眼睛，而我一直在等着那个人的到来，也许是你，也许是其他人。"

宗巴噶大师缓缓说道："昨天你在山下问路的时候，我恰好听到了，我就有预感你将会来到扎卡伦布寺，你是故事的终结者，是诅咒的终结者。"

向霖表情有些凝重，他问道："那个诅咒真的存在？"

宗巴噶大师用手指向那幅画："央金卓玛，巴彦活佛的女儿，纳木错女神的转世，她被活佛遗弃，然后再次回到活佛的身边，又被一个陌生人带走，然后又再次回到这里，并且留下了这幅画，她就是一切的根源，也应该是最终的结局。"

宗巴噶大师的脸上有些许愧疚和忏悔："很多年前我从这里偷走了这幅画，也带走了一个小男孩，十二年前我回到了这里，将这幅画送了回来，现在你又来找这幅画，这就是轮回，这就是诅咒。"

向霖好想明白了什么，问道："你带走的男孩，是否叫陈墨？"

宗巴噶大师点头："没错，就是陈墨，我是他养父，你如何认识陈墨？"

问完这句话，宗巴噶大师的脸色突然变得十分悲伤，他紧张地喃喃自语道："看来他要应验那个诅咒了。"

向霖再次问道："那个诅咒到底是什么？"

宗巴噶大师脸色沉重地解释道："你是否听过央金卓玛的传说，那句你若爱我，我便永生相随；你若背弃我，苦入万世轮回。所以勇士在湖边自杀了，这个诅咒中的每个人都会死去，不会有人活下来，如果你陷入其中，生生世世都在轮回同一个结果，死去！"

向霖点点头，声音有些沉重地回答道："陈墨死了，被人杀了，尸体前几天才被发现，死于半年前，而且陈墨成了一个连环杀人狂魔，过去的十年间他杀了很多女人。"

宗巴噶大师悲痛地闭上眼睛，一滴眼泪从脸上滑落，许久他缓缓睁开双眼，悲伤地说道："把你知道的告诉我吧。"

向霖把他知道的关于麦子、陈墨、陈振风的一切告诉了陈澜。

陈澜听完叹了一口气："我总算明白了，为何师父说你是终结者，因为每一个故事都要有一个记录者，记录下来的故事就有了结局，就算终止了，你有什么想问的，都可以问我，我会将我知道的所有的事情告诉你。"

向霖问了第一个问题："那个带走央金卓玛的人是否就是陈振风？他是否就是陈墨的生父？我想知道这个故事。"

陈澜点点头，深吸一口气，慢慢地说道："好吧，我把知道的一切告诉你，这是一个非常漫长的故事！"

第二十五章 1983年的故事

故事要从1983年的那个夏天开始说起。

那天秋天,一辆军用北京212吉普车停在了纳木错湖边,三个年轻人下了车,副驾驶上下来一个身形壮硕的中年军人,驾驶员帮忙从车上拿下几个画架和行李。

几个年轻人各自拿起自己的画架和行李,那个中年军人走到一个身材挺拔俊逸的年轻人面前说道:"振风,你父亲早就平反了,也恢复了名誉,他就你这么一个儿子,这些年,聂叔一直没有你的消息,想要去找你也找不到,心里很惭愧啊!"

陈振风笑着说道:"聂叔,其实这些年我在一个很好的地方生活,得到了很好的照顾,我也不敢去找你,怕连累了你,之后上了大学,就一门心思都在学习上,没能顾得上了。"

聂司令还是有些伤感:"当年赶到林场,没想到你父母都……,哎,一想到这里我就伤心难过,我把那帮人都给收拾了,可是没用了,我到处打听你的消息,可是谁都不知道,我还以为你出事了,心痛如刀绞一般,还好老天长眼,你没事,还大学毕业了。聂叔叔很高兴你能来找我,让我可以稍稍心安。"

聂司令说完,双眼微微有些犯红,陈振风上前握紧他的手:"聂叔叔,我非常感谢您把我父母葬在一起,让他们可以安息，我这次过去祭拜他们，也就心安了，以后我想用手中的画笔，画下祖国的壮丽山河，过去的都过去了，未来一定会好起来的。"

聂司令微微一笑，有些欣慰地拍拍陈振风的肩膀："我看了你画的那些画，都很好，特别朴实，特别感人，如果司令员和你妈妈知道你这么有出息，他们也会很高兴的，振风，你在这里待几天？走的时候给聂叔打电话，我再安排车来接你们走。"

陈振风点点头："好的，我会的，谢谢聂叔叔。"

聂司令眼角的皱纹笑得挤到了一起，挥挥手："好，我先走了，你们注意安全，有任何事情随时给聂叔打电话。"

陈振风和身后的两个同学齐声说道；"谢谢聂叔。"

聂司令笑着坐上吉普车，吉普车沿着山路开走了。

……

陈振风对身后的冯毅和李言说道："我们走吧，去小镇上找个藏民的院子，先安顿下来，估计要在这里住上十天半个月的。"

冯毅、李言两人点点头，三人拿着包裹沿着山路向小镇走去，山腰上的扎卡伦布寺远远地立在灰色的山顶上，在阳光中显得特别圣洁。

冯毅、李言上前两步追上陈振风。

冯毅试探着问道："振风，聂叔真的是藏南军分区司令员？"

陈振风点点头："对，不过我也没想到，以前他是我父亲的警卫员，新中国成立后做了四川一个驻守师的师长，不知道怎么现在成了藏南军分区的司令员，那天我们在布达拉宫外写生，突然一辆军车停我们面前，我还被吓了一跳呢。"

李言连忙接住话题往下说："对啊，吓死我了，我还以为我们犯了什么忌讳,要赶我们走呢?"

冯毅插话问道:"刚才聂叔说你父亲是司令员,怎么没有听你说过,没想到啊,你居然还是红色后代,高干子弟。"

陈振风脸色有些冷,回答道:"好了,不说这个了,我父母早就过世了,这次西藏采风交通确实很不方便,所以我才找聂叔帮忙的,我们走吧。"

冯毅、李言也不再问这个话题,三人有说有笑地往镇子走去。

三人找了镇子上的一个民居住了下来,房东是个汉族干部,听说三个年轻人是江南美院的学生,又看了介绍信,非常爽快地给三人都安排了房子,因为二楼刚好有几个阁楼小房间。

房东安排好,和善地笑道:"你们三个都是大学生,能来西藏写生也不容易,不过你们算来对了,这纳木错湖可是藏民的圣湖啊,保证你们不虚此行啊!"

陈振风笑着感谢道:"大哥,谢谢你,我们之前在镇子上找了好久,那些藏民说的话我们也听不懂,我们说什么他们也听不懂,都急死我们了。"

李言也说道:"是啊,大哥,没想到你是汉族人,你一说话,我们就开心死了,否则我们都没法跟藏族同胞交流了。"

冯毅笑着插话说道:"大哥,你这一身造型,我们真以为你是藏民呢?要没你帮忙,我们可真要睡外头了,我还开玩笑呢,说找不到地方,就去寺庙投宿去。"

房东也笑了:"都是缘分,我以前是援藏的知青,青春都留在了这里,也结婚成家了,'文革'结束后,成了这里的干部,这辈子就不走了。振风,我一听你的口音,就能猜到你是长州市人,所以特别亲切啊,京山的白云茶、同德楼的早点、长州酒店的小笼包还有惜福居的烧腊,虽然离开家十几年了,一想起来,还是很怀念啊!尤其是牛肉火锅,想起来就馋。"

陈振风说道:"大哥,我给你留个地址,你如果回长州探亲,你就来找我们,我们就一起去吃牛肉火锅!"

房东笑着点点头:"那太好了,行,你们哥几个先休息,有什么事情,下楼来找我,我不在你就问你嫂子,她虽然是藏族人,不过普通话她会说,她做了吃的,等下就给你们送上来。"

冯毅和李言一听这个,都高兴坏了。

陈振风写好了地址交给房东,再次表达感激:"大哥,麻烦你了。"

房东接过地址,摆摆手,笑道:"不麻烦!走了!"

转身下了楼。

……

吃过饭后,三人都在各自房间整理自己的东西,收拾画架,打算等整理好了,再去纳木错湖边画夕阳的场景。

陈振风的房间内摊开了六幅画,分别是《女孩与藏獒》《朝圣者》《藏族的老人》《藏族婚礼》《放牧者》《诵经僧人》,六幅画都画得非常质朴、非常厚重,有一种庄严感。

画就这样摆放在房间中,俨然就像一个小型的画展,陈振风在其中游走观看,边看边眉头微皱,口中自言自语道:"不对,不对,还差一幅画,应该还差一幅。"

"振风、振风,你好了没有?"

冯毅和李言收拾好东西过来陈振风门外,说着就推门进了房间。

李言看着那六幅画,略带钦佩地说道:"振风,这画人物还是你厉害,我这次入藏画的基本都是自然风景画,人物主题拿不准，我看你这组西藏组画拿回美协参展的话，有戏啊，没准能拿到大奖。"

冯毅也赞同地说道："我也觉得有戏，这次我感觉一般，这手法不算好，不过画了三幅作品，不够一个系列，这次我就不参展了。"

陈振风摇摇头，有些遗憾地说道："我觉得有些缺失，总觉得缺一幅画，不够完美啊。"

李言轻轻摇头，略微有些调侃地说道："振风，时间恐怕来不及了，学校给我们批了六个月的假期，再过几天左右就要返回学校了，估计来不及了，几天时间不够完成一幅作品的，你收获够多的了，别太贪心了。"

冯毅也跟着说道："我和李言就打算在纳木错附近做一些素描，带一些素材回去就算了，附近的风景还是不错的，对了，还有一个著名的寺庙，叫作扎卡伦布寺。"

陈振风摆摆手说道："你们先走吧，我还是想再找找看，如果有合适的主题，我还想再画一幅。"

李言也不多说什么，笑了笑："那行，我和冯毅先走了。"

两人先离开了，陈振风小心地把六幅画收起，推开窗门看了看整个小镇，他用手做成镜框，一个个地去框住一些画面，从山顶到扎卡伦布寺，到小镇街道，到远处的雪山，一边看，他一边摇头，表情有些遗憾，突然他眼前一亮，手中的框里是一片静静的湖面，他放下手，往纳木错的方向眺望，他笑了。

陈振风拿了作画的工具，推开了门，小跑着出了门。

第二十六章　那就是央金卓玛

　　陈振风沿着山路独自行走在纳木错湖边，看着湖边一路朝拜的人群，老老少少，男男女女，每个人都无比虔诚，纯净的湖水和远处的皑皑雪山，不由地就会让人心中生起一种崇敬之情，仿佛真的能洗涤人的罪恶。

　　陈振风看着美丽的景色，时而快速地画一些素描，念青唐古拉山倒映在纳木错湖中，如复制颠倒的天空一般的颜色，是他从未见过的景致。

　　在湖边的一块大的黑色岩石上，他看到了一个拿着龙头琴吟唱的吟游诗人，对着湖水，坐在石头上，唱着古老的诗歌。

　　陈振风产生了兴趣，就过去坐下，听老人吟唱的那个故事，那老人见一个汉族人过来了，笑了笑，把唱歌的声音从藏语换成了汉语，这样陈振风终于听懂了那个故事。

　　"有谁能帮我杀死雪域荒原上的那匹苍狼王，我将答应他一个愿望，只要是我所能做到的，无论什么愿望都可以……"

　　"我什么都不要，我就要她，我就要央金卓玛……"

　　"明年这个时候，你到纳木错来找我……"

　　"你若爱我，我便永生相随；你若背叛我，苦入万世轮回……"

　　老人将故事讲完，静静看着沉思中的陈振风，问道："小伙子，可是在想这个故事？"

陈振风还没有平复被震撼的心情，他问道："老人家，那个央金卓玛的诅咒真的存在吗？"

老人点点头："存在，而且会不断吸引人走进这个诅咒，然后一直轮回下去。"

陈振风又问："我不相信，但是这个故事很迷人，如果可以作一幅画，应当很美，谢谢你给我唱这个故事，我先走了。"

陈振风拿起画架，继续往前走去。

老人远远地又叫住了他："孩子，太阳快要落山了，回去吧，不要往前走了。"

陈振风微笑着转身招招手，并不在意老人的提醒："谢谢，我想看看夕阳下的纳木错，应该很美。"

老人依然用心地说道："孩子，不要迷恋你所看到的！很多时候都是枯骨的虚象！"

陈振风不明白老人跟自己说什么，笑着摆摆手，回头继续走去。

老人站起身来，摇摇头，苦笑道："央金卓玛总会找到那个故事里的人，哎，万世轮回的苦！"

老人无奈地将龙头琴放在背后，往相反的方向走去，在金色的阳光下，湖岸边，两人分别了。

……

陈振风走到了一个月牙般的湖岸边，岸边有一个小山坡，山坡上有一个黑色石头的玛尼堆，立着一根柱子，挂着无数五彩的经幡，经幡在湖风中翻飞，呼扯着声音，在宁静的湖边仿佛古老的吟唱，陈振风爬到那个山坡上，看到一块黑色石头用藏文写着经文，而那用黑色层叠岩石垒成的玛尼堆里每一块石头都写了经文，好像一部完整的经书。

远处的夕阳变得越来越大，金色的阳光开始照亮整个念青唐古拉山，将整个山脉、纳木错湖，整个大地染得一片金黄，如同一幅金色染料渲染的油画。

陈振风抬起头，被眼前的景色震撼得说不出话来。他慢慢打开画架，放好画架，感觉今天可以完成那梦中的第七幅画，即使只是一幅风景画，也不错了。

就在他摆好画架的时候，有个骑着牦牛的穿着白色藏服的少女慢慢地来到了湖边，长长的头发披肩散落，发丝随风而动；少女走到湖边，跳下牦牛，在牦牛的头上拍了一下，牦牛走到湖边的草地上吃草，少女在湖边缓缓褪去身上的衣服，雪白的肌肤马上染上那一层金黄，显得美丽而圣洁。

陈振风忍不住地拿起了画笔，少女缓缓往湖边走去，那美丽的胴体慢慢浸入湖水中，身上的金色、湖水的金色、远处天空的金色、雪山的金色融为一体，那是一种说不出来的震撼和美。

陈振风呼吸急促，画笔快速地记录下这个画面，女孩的脖子上有一条白色的丝巾，湖面上起了一阵风，将丝巾吹向空中，刚好飘向陈振风的方向。

陈振风忍不住站起身来，往丝巾飘的方向而去，女孩就在此刻转身回望，陈振风看到了少女的脸庞，那是一张美丽的、纯洁无瑕的脸，就如纳木错女神一般；双眼中充满青涩、清纯、惊慌、疑惑、神秘，陈振风看呆了，直到那丝巾飘落在自己的脸上，他将丝巾拿在自己的手里，嘴巴微微张着，说不出一个字来。

女孩一声不响地走上了岸，披上衣服，招来那头牦牛，坐着牦牛就要走。

陈振风拿着丝巾追下山坡："你的丝巾。"

少女在牛背上回头说道（藏语）："那个已经不干净了，就给你吧。"

说完转身又要走。

陈振风听不懂女孩说的话，但是听得出女孩的拒绝，他不甘心，上前追问道："你叫什么名字！"

陈振风怕她听不懂，用手指着自己说："我的名字叫陈振风。"

又指着少女："你的名字叫什么？名字？"

陈振风的眼中有深深的渴望。

少女笑了笑，好像听懂了，笑着说道："央金卓玛。"

说完骑着牦牛往扎卡伦布寺方向而去。

陈振风看着离去的少女，手里握着那丝巾，深情恍惚。

回到画架面前，他先闭上眼睛，回忆着刚才的场景，然后在一个画面中定格下来，就是那个女孩在夕阳下回头，丝巾飘向空中的场景。

他快速地挥动画笔，记录下自己脑海中的那个画面，直到太阳完全下山，大地完全变黑了。

第二十七章　第一个疯狂的人

天黑后，陈振风一个人背着画架，失魂落魄地回到房中，冯毅和李言早就回了，见陈振风回来了，上前关心地询问："振风，你怎么回来这么晚？"

陈振风点点头，一言不发，自己进了房门，顺手还将房门关了起来。

冯毅和李言被弄得一头雾水，彼此对视一眼，都不清楚陈振风到底怎么了。

第二天，冯毅和李言一早出去写生，到陈振风门外唤他："喂，振风，我们出去写生了，你要跟我一起去吗？"

里面传来陈振风的回答："不必了，我已经找到了题材，我自己在家里画就好了。"

两人彼此看了一眼，只好自己出门去了。

出门的时候两人遇见房东，互相打了招呼，房东随口一问："怎么不见小陈？"

冯毅说道："他在房间里画画，他性格是这样的，之前在学校画起画来，关自己几天是常事，大哥不用在意。"

李言补充道："大哥，你回头跟嫂子说说，做了饭，送给他就行了，他创作起来就跟疯子一样，我们谁都不敢打扰的。"

房东点点头，心想这做艺术的人性格都是有些古怪的，也没在意。

冯毅和李言两人走了,房东跟妻子交代几句,也就去上班了。

这样的情况一直到了第五天,冯毅和李言两人才发现了事情的不妥之处,因为从第四天开始,陈振风再也没有进食,而且唤门都没有人回答了,两人贴在门上能听到里面一些莫名其妙的笑声、哭声,甚至自言自语的声音,冯毅和李言不免有些担忧。

房内,陈振风坐在画架前,房间只有昏暗发黄的灯光,灯下的陈振风面容枯槁,眼睛中布满血丝,嘴唇干裂、头发凌乱,但是他的表情极度亢奋,咧开嘴傻笑着看着眼前的那幅画,金色的雪山、金色的湖面、一个纯洁美丽的少女在湖中回头看向他,夕阳染红了她雪白的肌肤,而少女的丝巾正向他飘来。

陈振风眼中带着深深的迷恋,嘴里念叨着:"央金卓玛,央金卓玛!"

陈振风凭借着记忆将那天傍晚夕阳下自己看到的画面重现了,他伸出有些发抖的手,上前触碰画中少女的脸,突然他眼前一黑,倒在了画架前面。

一阵东西掉落地上的声音传到了外面,冯毅和李言惊骇得对视一眼,马上上前用力撞开了门,映入眼帘的是倒在地上,脸色惨白的陈振风,还有在昏暗灯光下,散发出一种独特魔力的那幅油画。

两人只是看了一眼,就都倒吸了一口凉气,李言从旁边拿起一块白布盖住那画架,冯毅抱住陈振风,将他放在床上,刚放好,居然听到陈振风打起了鼾声。

两人松了一口气,相视一笑,冯毅心有余悸地说道:"这家伙,原来是睡着了,他到底几天没睡了?李言,你去倒杯水,回头等他醒了,送他去医院,不过这附近恐怕没有医院,要不给聂叔叔打个电话。"

李言看着陈振风答应了一声:"行,等我。"

李言倒了水过来,喂陈振风喝下,又让他躺好了,两人稍稍放心下来,收拾房间里被撞倒的东西,当两个人再次揭开那幅画上的白布,重新站在那幅画前的时候,两人一时间竟然呆立着,谁也没有动作,脸上是惊骇万分的表情。

李言机械地开口了:"老冯,你看到那幅画了吗?"

冯毅点点头,上前想要摸一摸。

李言上前一把拉住了他的手,有些紧张地说道:"别动,这几天振风发疯应该就是因为这幅画,画中的女人看着太诡异了,看到眼中就拔不出来了,如果她是真实存在的人,会让人着迷,振风这几天到底经历了什么?"

冯毅将手收回来,说道:"可能那天晚上他在纳木错湖边看到了什么,你说得对,这幅画看一眼都感觉难以自拔,这小子到底画了一幅什么样的画,罢了,我们还是早点走吧,我心里不踏实,总感觉留下来要出什么事。"

李言说:"等他醒了,赶紧带他走,我去给聂叔打电话。"

说完又用白布将画盖上了。

……

陈振风这一睡居然睡了三天才醒来。

而他做了很多梦。

梦中他变成了一个勇士,为了心爱的女人,去猎杀雪域苍狼,他和最心爱的女人度过了一个美妙的夜晚……

他在湖边射死了一只小苍狼,但是那只狼变成了一个婴儿……

他看着一个美丽的女子抱着死去的婴儿走向湖中，回头的脸就是央金卓玛的样子，只是不再是纯洁的脸，而是充满了怨恨的脸，痛得让他无法呼吸……

在湖边，他用手中的羽箭刺入了自己的心脏，可是那种痛甚至比不上自己的心痛……

"不要走！"

一声惊呼，陈振风从床上猛然坐了起来，两行眼泪流下来，他站起身来，看着放在床边的那幅画，他穿好衣服和鞋，拿起画就跑出了房间。

守在床边的冯毅醒了，大声问："振风，你去哪里？"

振风没有转身，大声回答："我出去一下。"

陈振风跑出房门，碰到拿着饭菜进门的李言，差点打翻李言手里的饭。

李言惊道："振风，你醒了，你都睡几天了，你不吃饭啦？"

陈振风头也没回头："我出去一下，不用等我。"

然后风一样夹着画就跑了。

冯毅追出门，看到已经远去的陈振风。

李言也追出来，满脸疑问地问冯毅："他到底怎么了？"

冯毅无奈地说道："他醒了，拿着那幅画就跑出去了，我估计画里的女人真的存在，他可能去找那个女人了。"

李言有些担心地说道："那怎么办，聂叔叔派的车估计明天早上就到了，我们也该走了。"

冯毅摇摇头，无可奈何地说："他发起疯来，谁能管得了。"

房东也跑了出来，看着早就没影的陈振风，叹息一声："你们艺术工作者，真是不能用常理来形容啊。"

冯毅和李言有些抱歉地点点头："大哥，不好意思。"

三人摇摇头，又回了门。

第二十八章　寻找央金卓玛

小镇的街道上，陈振风一边跑一边叫喊着："不好意思，让让，我赶时间！"

周围的行人避之则吉，他在人群中灵活地穿梭着，脸上居然带着开心的笑。

陈振风一边跑，一边嘴里念叨："她的名字叫作央金卓玛，她去的方向是扎卡伦布寺。"

到了寺庙前面的街道上停下，他敲开了一户藏民家的门，有一个藏族的老人出来，陈振风将画给他看，问道："阿婆，您见过这个画里的女孩吗？央金卓玛，她住在哪里？"

那个藏族阿妈听得懂一些汉语，用手指向扎卡伦布寺旁边的一个灰砖墙的小院子。

"小伙子，她住在那里，但是她是纳木错女神的转世，巴彦活佛的女儿，那个院子没人敢去，小伙子，你当心些。"

陈振风笑着低头感谢道："谢谢你阿婆，我只是想把这幅画给她。"

行完礼，陈振风转身往那个院子跑去。

老人看着他的背影可惜地摇了摇头，轻声地自言自语："这孩子怎么不怕诅咒呢？"

……

陈振风顺着藏族阿妈说的方向，找到了一个位于扎卡伦布寺旁边的灰墙小院子，院子并不难找，因为院子的外面盘坐着那头藏牦牛，院门口居然还有一个玛尼堆，院墙上挂满了经幡。

陈振风走到门口的时候，停下来，让自己急促的呼吸平稳一些，那藏牦牛抬头看了他一眼，哞地叫了一声，好像认得陈振风一般。

陈振风走上前，想要拍打院子的门，就在此时，门开了，那个有着无比纯净眼睛，极其纯美的藏族少女就站在他面前，手扶着门，带着一丝疑惑看着他？

两人的双眼就这样彼此对视着，陈振风的脸上带着惊喜的笑，而少女也笑了。

"ཁྱོད་ཀྱིས་ཅི་བྱེད་དུ་ཡོང་བ་ཡིན། ཁྱོད་ཀྱི་དགའ་བཅངས་རྒྱལ་བཀའ་ལྟར།" （是你？你怎么来了？你遵从佛的旨意吗？）

少女说的是藏语，陈振风听不懂，但是那声音就宛如天籁一般，陈振风将手中的画举起来，让少女看，他用温柔而渴盼的声音对少女说道："央金卓玛，这是我为你画的画，我想你，我想见你。"

陈振风的眼神中充满了爱意，央金卓玛用手接过那幅画，看着画面中美丽的女子，脸上泛起了羞涩的红晕。

"འདི་ནི་ང་ཨེ། ཁྱོད་ང་འདི་རིས། ཏོམ་ཡག་གི། འོན་ཀྱང་ཁྱོད་ས་ཅིས་ནས་བ།" （这是我吗？你为我画的？真好看？但是你为何要画我?）

陈振风好像听懂了央金卓玛眼中的意思，他笑着用手指了指自己的心脏位置："央金卓玛，因为我的心里有你！"

一路的狂跑，加上几天的粒米未进，陈振风笑着说完这句话，身体一软，就这样昏倒在央金卓玛的怀里。

央金卓玛一把抱住陈振风，将他弄到了自己的床上，又给他倒了一杯奶茶,将热奶茶喂陈振风喝下,再让陈振风躺下。

央金卓玛坐在床边静静地看着眼前的男人,这个男人有着挺拔的鼻子,好看的睫毛,薄薄的鲜红嘴唇,她微微地伸出手指,轻轻地在陈振风的脸上触碰着,脸上带着幸福的羞涩,身带诅咒的她,从来没有男人敢走进她的院子,而央金卓玛的阿爸巴彦活佛虽然吩咐安顿好她,但是从不肯走出扎卡伦布寺,也从来不肯让央金卓玛称呼他为阿爸。

央金卓玛渴望得到爱,有时候她在夜晚独自骑着自己的牦牛来到纳木错湖边,褪去自己的衣服,当身体融入那片圣湖的时候,她才能感受到片刻的归属感,从来没有人敢在那里偷偷看她,都远远地避开着,因为人们传说她是带着诅咒转世的纳木错女神央金卓玛,藏族人太注重轮回,那句"苦入万世轮回"的诅咒太可怕了,犹如避之则吉的瘟疫一般。

可是这个男人不怕,他看向自己的眼神如同纳木错湖水一样纯净,没有欲望,而只有对于爱和美丽的渴望。

昏暗的油灯中,陈振风缓缓地睁开了双眼,眼前就是那个自己朝思暮想的少女,正闪烁着明媚的双眸静静地看着自己,陈振风左右看了一眼,发现自己已经躺在了少女的房间里。这是一个精致的藏式风格的房间,房间中的家具陈设都极为讲究,看上去像以前的藏族贵族的家具用品,柜子上摆放着佛像和经文,墙上挂着古老的唐卡。

陈振风想要坐起来,少女将他按住,陈振风刚想要说什么,就被少女吻住了双唇,陈振风目光迷离,那紧贴的温柔,融化了他所有的力量,两人就这样深深地融化着彼此的内心,待两人四目相对,少女无比深情地看着他的眼睛说道:

"གལ་ཏེ་ང་ས་ཁྱོད་དུ་བགྲེས་དེ་བོ་ར་ཁྱོད་ཉུང་མ་ང་བྲལ་ནས་ང་པ་ཁྱོད་ཀྱི"

"གལ་ཏེ་ང་ས་ཁྱོད་དུ་བགྲེས་དེ་བོ་ར་ཁྱོད་ཉུང་མ་ང་བྲལ་ནས་ང་པ་ཁྱོད་ཀྱི"

"གལ་ཏེ་ང་ས་ཁྱོད་དུ་བཅུག་དེ་སྒོར་ཁྱོད་ཆུང་མ་ང་བྱས་ནས་ང་པགོད་ཀྱི"

"如果我让你走进了这个院子，你就要娶我，做我央金卓玛的男人，你若爱我，我将永生相随；你若背叛我，苦入万世轮回。"

陈振风感觉到这是那个传说中的诅咒，可是他还是轻轻地点头，目光中没有一丝的犹豫。

女孩的脸上毅然决绝，缓缓褪去自己的藏袍，又褪去陈振风的外衣，两个人终于融为一体，陈振风大脑一片空白，他紧紧抱着这个少女，用手指滑过她的每一寸肌肤，女孩脸上有一种解脱般幸福的表情，当她坐在陈振风身上，当两人彻底地抱在一起，女孩发出了一阵痛苦而欢愉的声音。

待一切狂风暴雨的温存结束后，央金卓玛将身体依偎在陈振风的胸前，头浅浅地埋在他的胸口，她缓缓地说着（藏语）："阿爸告诉我，我身上有诅咒，在我十六岁的时候会遇到一个男人，那个男人会来到我的院子，我将会爱上那个男人，并且跟那个男人走。"

她深情地看着陈振风："我知道你就是我在等的那个人，从那天傍晚在圣湖边遇到你开始，我就知道，你就是那个人，我一直在等你。"

陈振风听不懂她的语言，但是能感受到她的爱，陈振风轻轻吻了这个女孩，女孩也回应着他，待双唇分开，陈振风将额头抵着央金卓玛的额头，轻声说道："央金卓玛，跟我走吧，去我的城市，让我一生守护着你，我会一生爱你。"

央金卓玛含泪点头，两人又再次融合在了一起，那一刻爱真的存在。

第二天，在扎卡伦布寺活佛法房的露台上，一个身穿黄色僧袍的老者站在上面，眼中带着担忧和悲伤，他望向远处的盘山公路，一辆吉普车正缓缓地沿着山路而行，老者流下了伤感的泪水，嘴里低声说着："央金卓玛，我的女儿，但愿你能找到可以陪伴你一生的人，永远不要回到这里。"

第二十九章 1984 年的故事

　　大殿内，宗巴噶大师说完了这个故事，指着那幅画说道："你手里拿着的这幅画就是陈振风当年画的那幅原作。"

　　向霖好奇地问道："这幅画为何不在陈振风手上，而在这里？"

　　宗巴噶大师解释说："这幅画曾经两次离开又两次回到扎卡伦布寺，第一次回来的是在央金卓玛离开三年后。"

　　向霖问道："为何央金卓玛会在离开三年后回到扎卡伦布寺？她和陈振风之间到底发生了什么？"

　　宗巴噶大师十分凝重地说道："那个诅咒还存在，她偷走了陈振风的一种能力。"

　　"什么能力？"

　　宗巴噶解释道："陈振风将她带走之后，两年内再也没有完成过任何一幅自己满意的作品，他沉迷在央金卓玛的温柔中，脑海中除了她的样子，再也容不下任何人的影子，所以他只能画央金卓玛，但是无论怎么画，都无法超越那幅原版的《央金卓玛》，最终他将所有不满意的画一次性烧毁了，精神几乎崩溃。"

　　宗巴噶大师继续说下去："不过他的西藏组画在国际画展上拿了大奖，他一夜成名，美国的杜克大学邀请他过去做访问学者，他就此出国，再也没有回来，而且他走的时候根本不知道央金卓玛已经怀孕了。"

向霖听到这里将所有的线索串联了起来，试探着推论："她生下了那个孩子，带着对陈振风的恨意回到了扎卡伦布寺，三年后自杀了，留下了一个孤儿，那个孤儿就是陈墨？"

宗巴噶大师点点头："没错，你的推论是对的。"

向霖摸了摸自己的脸，低声喃喃自语地说道："这样就一切清晰了，振风带走了央金卓玛，央金卓玛生下的那个孩子就是陈墨，陈墨的父亲就是陈振风！"

向霖眼中闪过一丝冷意："一定还有别的事情发生？一定还有！"

……

1984年，陈振风的画室内。

陈振风披头散发坐在画架前，眼神贪婪而狂喜，他的手在画布上描绘着一个美丽无比的女人，那个女人半裸着身体，目光有些哀怨地看着陈振风。

陈振风突然大吼一声，将手中的颜料泼到在画布上，毁了几乎快要完成的画，他扔下笔，喘着粗气，缓缓走向那个女子，他用皮鞭抽打着央金卓玛，用手指甲划破她雪白的肌肤，然后又用最兽性和野蛮的方式占有着这个女人，在他进入的瞬间，央金卓玛脸上的表情有迷恋、有怨恨、有兴奋。

等陈振风冷静下来，他又流着泪请求央金卓玛的原谅："对不起，我的卓玛，我不是有意的，我只是控制不了自己，我再也画不出任何画了，但是这个不怪你、不怪你。"

央金卓玛将陈振风搂入自己的怀里，用手指轻轻抚摸着他，她的身上布满了血痕和瘀青，如同一条条蜈蚣爬在她雪白的肌肤上，丑陋无比。

央金卓玛轻声在陈振风的耳边说（藏语）："我的爱人，这都无所谓，只要你在我身边，只要你爱我，什么都不重要，这是宿命，是诅咒，只要你不离开我，我一生都会在你身边。"

陈振风的眼泪，顺着央金卓玛的肌肤流淌下来，当沾到那些伤痕，她的身体都忍不住微微地颤抖。

……

宗巴噶大师非常平静地说着这一切，向霖心中一阵刺骨冰寒的抽搐，他也做过这个梦，那个变态、诱惑、诡异的一幕幕场景原来并不是梦境，如今在宗巴噶大师的嘴中说了出来，让他更加觉得心冷如寒冬，浑身发抖。

向霖不敢打断宗巴噶大师的话，深吸一口气，强忍住内心的诸多疑问，继续往下听着这个残酷的故事。

第三十章　央金卓玛的结局

从 1984 年开始,陈振风就开始留校任教了,他放弃了作为一个画家的理想,专心致志地开始教书,日子归于平静,他与央金卓玛度过了一段非常幸福的时光,陈振风的内心总算平静了下来,以往的伤痕在那个美丽的少女的抚慰下,好像消失了。

每天放学之后,他总是第一时间赶回家,在他的小家里,央金卓玛在等他。

如果不是一封从美国来的信,也许他们都有不一样的命运,这个故事或许不会成为悲剧。

1985 年,夏天,江南美院门口。

陈振风骑着自行车,从美院门口路过,门卫唤住他:"陈老师,陈老师。"

陈振风停下车,微笑着回头问道:"刘师傅,有事情吗?"

门卫刘师傅拿出一封信:"陈老师,这里有一份国外寄过来的信,我也不认得英文,不过邮差说这封信是寄给你的。"

陈振风接过信,说道:"谢谢你刘师傅。"

回去的路上,陈振风将车停在路边,拆开了那封信。

信的内容是美国杜克大学的邀请函,邀请他过去做访问学者。

陈振风将信放入自己的内衣口袋收好，他抬头看着天空，有些犹豫，但是目光渐渐地明亮起来。

一个月后，陈振风一声不吭地去了美国，留下一封信、一本存折给央金卓玛，还有那栋大房子，那房子是政府落实政策退回给他的老宅，央金卓玛在院子里烧掉了陈振风这两年画的所有的画，最后只留下了那幅《央金卓玛》。

……

宗巴噶大师有些悲伤地说着："她的肚子渐渐大了起来，央金卓玛不会写信，也不懂得如何说汉语，真不知道她如何在城市里生活下来，她就把自己关在那个大房子里，靠着那本存折上的钱生活着，最后自己生下了孩子，那段日子她往后再也没有提起！"

听到这里向霖低头看着画中的纯净少女，实在无法想象那是一种什么样的生活，他无法将残酷的现实与画中的梦幻少女联系起来。

宗巴噶大师叹息着继续往下说："央金卓玛抱着婴儿回到了扎卡伦布寺，巴彦活佛什么都没有说，只是从央金卓玛的怀中抱过那个婴儿，婴儿在阳光下笑得很甜，活佛用手翻开婴儿的衣服，皮肤上有一道红色的印迹，如血痕一般。"

宗巴噶说完看着向霖，哀伤地说道："所以这是故事的开始，也差不多开始了这个轮回的诅咒，陈振风、央金卓玛、陈墨、你都在这个诅咒里，我不知道还有谁牵扯进来了，甚至我也一样，也在诅咒中，不过无所谓了，这是宿命，只是我将一切告诉你，希望你可以揭开最后的答案。"

向霖低声问道："为什么是我？"

宗巴噶大师回答："因为你是一个游离者，一个观众，一个记录者，你记录下这个故事，故事也就结束了。"

向霖点点头，又问道："大师，告诉我央金卓玛的结局，如果不是因为那幅画，我永远不可能进入这个梦境中。"

宗巴噶大师继续说下去："巴彦活佛留下婴儿在寺庙抚养，他成了一个小僧人，而央金卓玛回到了自己的小院子，关闭了院门，就这样又过去了三年。"

1988年，纳木错湖边。

央金卓玛抱着孩子走向湖水中，孩子用天真的声音问自己的阿妈："阿妈，我们要去哪里？"

央金卓玛看着孩子，回答道："回家，回阿妈的家。"

孩子有些疑惑地眨着眼睛："阿妈的家不是在那边吗？"

用手指向远处的扎卡伦布寺。

央金卓玛摇摇头，用手指向纳木错湖面："阿妈的家在那里，在纳木错，他们都说阿妈是纳木错女神转世，阿妈的名字就叫央金卓玛，我们回到纳木错，就回到天上了，阿妈的家在天上。"

孩子笑了，笑得很好看，开心地拍着小手："阿妈，回家可以看到阿爸吗？"

央金卓玛突然停了下来，她怔在那里，脸上流着泪水，一滴滴地落在湖水中。

孩子看到阿妈哭了，也跟着哭出声来："阿妈，你怎么哭了，是我说错话了吗？"

孩子用小手拭去母亲脸上的泪，小心安慰着自己的阿妈："阿妈，你别哭，别哭，我保证不再惹你生气了。"

央金卓玛突然抱着孩子往岸边走去，她将孩子放在岸边，对孩子说："阿妈回家去了，然后再来接你，你待在这里不要动，记得这世上没有人可以相信，任何人都会背叛你，离开你，孩子，不要相信任何人。"

孩子有些懵懂地点点头,央金卓玛最后一次亲吻了孩子的小脸,转身往湖中走去,孩子看着自己的母亲走向湖水中,最后在夕阳的金色阳光中,央金卓玛回头看着自己的孩子笑了笑,消失在湖水中。

"阿妈!"

孩子的呼唤声响起,湖面平静如镜,除了玛尼堆上的经幡沙沙作响的声音,湖边寂静得可怕。

巴彦活佛在湖边找到了睡着的陈墨,将他抱起,看着漆黑的湖水,湖水轻轻拍打着岸边,发出哗啦哗啦的声响,巴彦活佛诵念了几遍超度的经文,流着眼泪,将孩子抱回了扎卡伦布寺。

从此扎卡伦布寺的这个小僧人,见人就说:"你见过我的阿妈吗?她是纳木错女神,她回家了,阿妈说会来接我的。"

"每每见到孩子这样说,周围的人都避之则吉,而巴彦活佛,总是低头念诵着经书,那幅画被他锁在了地藏王菩萨大殿的佛龛之下,这就是央金卓玛故事的结局。"

宗巴噶大师闭上眼,念诵一段佛号,如同卸下了千斤重担。

"谢谢你告诉我这一切,但是我还有疑问!"

向霖看着宗巴噶说道。

"你的故事、你和陈墨的故事,你是不是复制《央金卓玛》这幅画的人?"

宗巴噶大师点点头承认道:"是,你之前在魏文斌那里看到的那幅画是我画的,这是另外一个故事,你今天先休息吧,明天一早,我会让人接你去我的禅房,我会告诉你另外一个故事。"

宗巴噶大师站起来,拿起那幅原版的《央金卓玛》,问了一句:"你还要再看一眼吗?"

向霖摇摇头:"不必了,见过一眼就够了,我心里有一个人,我想知道这一切,只是为了能救她,为了能让她回来。"

宗巴噶叹息一声,将画重新放回佛龛中,回头说道:"她不是你的结局。"

向霖只是回答:"我不在乎!"

宗巴噶大师不再说什么,手拿着念珠,诵念着经文缓缓走出了大殿。

向霖站起来,转身看着他在昏暗中消失,自己也转身往略微光明的地方而去。

第三十一章　陈墨故事的开始

那一晚向霖睡得很熟,他没有任何的迷惑、任何的惊惧,甚至任何的梦境。

第二天一早,一个小僧人带着他去了宗巴噶大师的禅房。

两人还是分开两边对面坐下,茶几上摆放着酥油茶和糌粑,还有一些小点心。

宗巴噶大师抬手说道:"吃一点吧,你昨天应该睡得不错。"

向霖点点头,笑着端起酥油茶就喝,两个人一起用了一顿安静的早餐,从窗口望出去,天气很好,暴雨过后的空气好像变得清新了许多。

向霖轻声问道:"大师,您为何知道这所有的故事?您是听央金卓玛说的?"

宗巴噶大师摇摇头:"不是,她从城市回到这里,将所有的罪孽跟自己的父亲巴彦活佛坦白了,而我是在1988年,也就是她死后的第三年来到扎卡伦布寺的。"

向霖有些顾虑地问宗巴噶大师:"您知道陈墨的心理问题吗?他有非常强的虐杀心理,他变成变态的杀人狂魔,一定有原因。"

宗巴噶大师点头承认了:"这件事情我的师父巴彦活佛跟我说过,央金卓玛投湖自杀之前曾经跟活佛忏悔,她看到孩子时会忍不住产生对陈振风的仇恨,因为陈墨长得跟陈振风非常像,所以每当她心中的仇恨被点燃,她会虐打这个孩子,可是这个孩子不但不躲,反而每次都紧紧地抱紧自己的妈妈,说着我爱你,妈妈,所以她内心极度痛苦,对自己也产生了仇恨,这是她最后选择自杀的原因,本来她想带着陈墨一起自杀,一起解脱的,但是最后关头她留下了陈墨。"

宗巴噶大师脸色极为凄苦,他长叹道:"那个孩子失忆了,在他妈妈投湖自杀后的一年,逐步丢失了全部的记忆,甚至都不会说话了,有点傻了,他见到每个人都问:'你见过我阿妈吗?你知道谁是我阿爸吗?'巴彦活佛非常担心他,但是无能为力。"

宗巴噶大师继续回忆道:"在我成为他的养父,并且将他带回城市以后,我也慢慢地发现他的诸多问题,我尝试着去扭转,不过不太成功。"

宗巴噶大师叹息道:"其实,他的内心早在失去记忆的童年就已经发生了扭曲。"

宗巴噶大师向向霖说起了两段小回忆。

有一次,他无意间看到陈墨在一个院子里挖坑埋葬一只死去的小猫,那只猫已经被折磨将血肉模糊。

他质问道:"陈墨,你在干什么呢?"

满手是血的陈墨惊恐地回头说:"爸爸,不是我,不是我杀的。"

……

有一次,他在孩子的书包中发现了一本画册,里面有很多死亡动物的素描,狗、猫、老鼠、鸟,血流满地,异常恐怖,而且还有幻想的杀人的画面。

……

向霖开始明白陈墨心理疾病的由来，这个谜题解开了，但是还有一个问题，那就是为何宗巴噶大师会卷入这个诅咒当中，他又是如何带走陈墨，并且成为陈墨养父的？

向霖开口问道："我还有一件事情不明白，你为何会卷入这件事情。"

宗巴噶大师好像在极力地回避那段过往，但是他还是说了出来。

……

1988年秋，扎卡伦布寺。

宗巴噶大师回忆道："我曾经是一个摄影师，在1988年的春季进入西藏，开始为期一年的采风摄影，而在那年秋天藏历九月，我来到了纳木错，来到了扎卡伦布寺，那天和昨天一样，罕见地下起了暴雨，而我因为躲雨走进了扎卡伦布寺，并且借宿。"

宗巴噶大师慢慢说着："那幅画有诅咒，有央金卓玛的诅咒，它会寻找这个故事里的人，对他们发出某种召唤。"

宗巴噶大师说得颇为神秘，但是向霖相信，因为昨天在雷电声中，他也听到了歌声和哭声。

宗巴噶大师继续说下去："夜晚，雨还在下，电闪雷鸣，我跟着一阵奇特的歌声，顺着寺庙的回廊，找到了那个大殿，发现了那个佛龛，然后我跟你一样，打开了佛龛，看到了那幅画。"

向霖明白了："你偷走了那幅画？"

宗巴噶点点头："我忍不住，那幅画太美了，尤其是央金卓玛的眼神，让人着迷，我迫切地想要知道她是谁，如何才能找到她。"

"我趁着黑夜带着那幅画离开了扎卡伦布寺，之后的一段时间,我都在偷偷地寻找画中的场景,寻找那个女孩,我相信那个女孩一定存在。"

"我找到了天国湾,你应该也去过,就是那个玛尼堆所在的湖畔,这幅画上的画面所在,我遇到了一个游吟诗人,他跟我说起了那个关于勇士、唐古拉山神和纳木错湖神央金卓玛的故事。"

宗巴噶大师说这个故事的时候,神色变得凝重和庄严,好像真的在说某种神迹。

一个游吟诗人跟他讲述了那个传说,并且告诉他关于那个诅咒的一切。

……

诗人神秘地说道:"旅人,你要找的那个女孩,已经回归了纳木错,她叫作央金卓玛,在三年前,她从这个地方重新回归了家园。"

宗巴噶大师那时还是叫陈澜的年轻人,他看着那片湖水,不敢相信地问道:"你是说她已经死了?"

诗人摇摇头,回答道:"她只是回家了,她是纳木错女神央金卓玛的转世,不会死去,不过旅人,如果你拿走了她的画像,你也会成为故事中的人,最终陷入诅咒当中。"

诗人说完,沿着湖边跪拜着远去。

陈澜将画像放在玛尼堆旁边,自己也在旁边坐下,看着远处平静的湖水,内心波涛翻涌,甚至有些虚脱般的生无可恋。

突然一个骑着牦牛的小僧人闯进了他眼帘,那个孩子天真地笑着,在湖边转身冲他微微一笑,那张脸、那个笑容一下子触动了他的心,那个孩子和央金卓玛太像了。

而一个错误的决定突然出现在陈澜的心中,这个决定是另一个轮回诅咒的开始。

……

向霖轻声问道："所以你带走了他？"

宗巴噶大师点点头："是，我带走了他，但是并不是出自我的本意。"

……

"那个孩子看见我就冲我走过来，深蓝色的眼睛如同湖水一般纯净，他走到我身边问我：'你是我父亲吗？'不知道出于什么原因，那一刻我内心柔软的地方被触动了，我点点头回答了他：'孩子，我就是你的父亲！''那你能带我离开这里吗？'我又点了点头，其实那时候的我，并不知道这个孩子就是央金卓玛的孩子，我只是突然被触动了。"

"那年他只有五岁，被我带到了长州，我送他上学，教他画画，最后他考入了江南美术学院，而我每年都会进藏一次，我始终不相信那个画中的女孩死去了，我总在找她，直到我遇见了巴彦活佛。"

在宗巴噶大师的回忆中，一幕幕场景都如同向霖亲身经历了一般，闪现在他的脑海中，让他周身发冷，呼吸困难。

……

向霖目光凝视在桌面，不发一言，命运居然用这样的方式去完成一个轮回。

"陈振风带走了一个藏族的少女，而陈澜带走了一个五岁的藏族小僧人，陈墨又带走了红叶谷的麦子，那么我呢？我带走了谁？他们都在轮回的诅咒中穿梭着，我呢？我也在这个诅咒中吗？"

"诅咒中的人死去，再次轮回，再次死去，可是陈振风呢？麦子呢？我呢？"

一阵风吹进窗口，向霖只觉得一阵深入骨髓的寒冷，大脑一阵刺痛。

宗巴噶大师看出了向霖内心的波澜，拿起铜壶添上奶茶："喝杯热奶茶吧，会舒服一点，你不会有事的，但是其他的人不知道，我也只能在这所寺庙里赎罪，赎我那还不清的罪孽。"

向霖双手捧起银碗，一碗奶茶下去，总算感觉到了一些温暖，抬头再看向宗巴噶大师，问了最后一个问题："那个诅咒在你身上应验了吗？为何你会回到这里？"

宗巴噶大师释然地抬头一笑，那一刻当真有些解脱了。

"我曾经是一个还算知名的摄影师，可是之后我再没有灵感，我开了一个照相馆，给人照照相过日子，唯一的爱好就是偷偷临摹那幅《央金卓玛》，不过画得都不好，每次画不完就会被我毁掉，我从来没有将那幅画给其他人看过，包括陈墨，十几年后我终于画出了一幅我认为还算满意的《史金卓玛》。"

向霖问道："就是魏文斌手中的那幅吗？"

宗巴噶大师答道："没错，就是那幅，我把它送给了我一个开酒吧的藏族朋友，而我带着原画重新回到了纳木错。"

……

2003年，陈墨考上了江南美院，而我回到了纳木错。

那年我已经五十岁了。

我拿着画回到了月牙湾，站在玛尼堆旁边看着夕阳下的纳木错湖，对照着那个一模一样的场景，那一刻我觉得此生毫无意义，为了一个虚幻的梦，让自己进入了一个梦境中，无法自拔。

一个苍老的僧侣从湖边走来，他看到了我，缓缓走到我身边。

巴彦活佛用手抚摸我的头顶，用无比仁慈的声音净化了我的灵魂："从幻境中出来吧，那终究只是虚幻罢了，没有人可以真正拥有她，我、陈振凤、你、陈墨、未来的每一个人都不可能真正拥有她,这个故事总会有一个最终的记录者的。"

那一刻我痛哭流涕,不能自已!

我看着巴彦活佛问道:"你可以告诉我这一切的答案吗?"

巴彦活佛点头答应了我,我跟随巴彦活佛回到了寺庙,了解了全部故事。

不久我就在扎卡伦布寺出家了,而那幅画再次回到了佛龛之中。

我在此开始修行,巴彦活佛圆寂之前告诉我一个预言,他说十年后会有一个人来找这幅画,让我将所有的故事告诉这个人,这个人会成为整个故事的记录者和终结者,而这个诅咒将终止,我们都将获得解脱。

……

宗巴噶大师点燃三炷香,转身插到背后佛像前的香炉中,回头说道:"我说完了!"

向霖问道:"如果这个故事中的人都会死去,那么麦子呢?我呢?陈振风呢?"

宗巴噶大师给出了答案:"你会活下来。"

向霖有些迷茫:"大师,为什么是我?"

宗巴噶大师没有回答,微微抬手说道:"你该走了,这里已经没有你需要了解的故事了。"

他站起来,走到房间中,拿出那幅《央金卓玛》交到向霖手中,向霖看着画有些迷茫。

宗巴噶大师用白布将画包好,对向霖说道:"不用害怕,将这幅画带走,如果她无法看到这幅画,她的灵魂可能永远在迷失。"

向霖有些明白了:"你说麦子?"

宗巴噶大师点点头,转身走出自己的禅房。

"无论多大的痛苦,都终究会结束。"

……

两天后,一架飞机从拉萨飞往长州。

向霖怀里抱着那幅画,画已经被包裹了起来,他透过窗口看着那神秘的高原,心中想了很多他与麦子的过往。

"麦子,这个故事快要完整了,可是你在哪里呢?如果你也注定离开,那么能否让我再见你一面?"

"麦子,我不想你离开,你能为我留下来吗?我们不应该活在一个传说、一个故事里,因为我们是活生生存在的人,因为,我爱你。"

……

故事真的快完整了吗?其实刚开始罢了,只是那时候的向霖并不知道,还有更残酷的故事等着他。

第三十二章　麦冬的消息

向霖的工作室。

那幅《央金卓玛》的原画被向霖摆在了工作台旁边的画架上，昏暗的台灯将光柱直直地打在画面上，向霖看了一眼，点燃一支香烟，打开笔记本，在文本上敲下了标题"麦子的狂想"。

电话响起，显示：方小艾。

向霖接起电话，电话那边的人还不等他开口，马上就用非常急促的声音讲："向老师，你回来了吗？有件着急的事情，杂志社那边问你专栏还开不开了，我这几周都是拿着存稿在应付着，现在存稿也快没了。"

向霖说："小艾，终止和他们的合作吧，那本书我已经准备闭关写了，这本书写完之前，我不会写其他的东西，对了，你就定期过来给我买点生活用品，洗洗衣服什么的，估计我没有心思干这些。"

方小艾高兴道："向老师，真的啊，太好了，你总算开始动笔了，我都快等着急了。"

说完这个方小艾又有点不开心了："但是你老让我来照顾你生活这不行啊，我只是做你经纪人，可没说要做你老婆啊，这些事情不能都让我干了吧！"

向霖冷冷地回了一句:"小艾,别逼我把你开了啊!"

方小艾马上妥协了:"别别别,向老师,我去还不成嘛,我去,不过虽然我们和杂志社那边的合作断了,你还是应该继续支付我助理的工资吧,当经纪人是一回事,我给你处理的杂事也不少啊。"

向霖放下手机,操作了一下转账,然后回话过去:"我给你预付了三个月工资,少废话了,近期除了给我送吃的,洗衣搞卫生,其他时间帮我回绝所有的访问和约稿,我没时间。"

方小艾高兴地回答:"遵命老大。"

挂掉电话,向霖又看了一眼那幅画,墙上连着一幅人物线索图,张云天、陈振风、巴彦活佛、央金卓玛、陈澜、陈墨、麦子,还有自己,向霖喃喃自语:"陈振风的身份是陈建州司令的儿子,那他为何又会成为张云天的养子呢?张云天和陈建州是什么关系呢?还有那个杀掉陈墨的人。"

"他又是谁,如果是他快递那份地图去警局,他一定跟这件事情有关系?"

"不,这个故事还没有结束。"

向霖起身,走到线索图板面前,将陈建州的名字加上去,跟张云天、陈振风连起来,然后打了一个问号。

"这里有一段什么样的过往?还有很多谜题没有解开。"

向霖的脑子飞快地运转着,将所有已经知道的线索串联起来,他好像慢慢明白了什么。

此时突然传来了门铃的声音。

"来了!"

向霖应了一声,过去将门打开,只见穿着黑色西装的王鑫拿着一个文件夹站在门口。

"你果然在家!"

王鑫直接走了进来,打开冰箱拿出可乐直接给自己灌了几口,长舒一口气,将西装一脱,扔到沙发上,衬衣上的背带还挂着手枪。

　　向霖看了一眼,有些好奇,因为王鑫很少配枪出门,问道:"你怎么知道我回来了?发生什么事情了?"

　　王鑫在沙发上坐下来,把脚搭在茶几上,招呼向霖:"大哥,我查了你的航班信息,你先坐下,有些事情我觉得有必要过来跟你聊聊。"

　　向霖打开一罐啤酒,来到沙发上坐下,喝了一口问道:"怎么了。"

　　王鑫把手里的文件夹丢在茶几上,向霖想上前打开看,被王鑫一把按住:"先别看,我跟你先聊聊!"

　　向霖疑惑地看着他,把手收了回去。

　　王鑫问道:"你好像最近谈了一个女朋友对吧?叫麦子?"

　　向霖点点头,又摇摇头,说道:"嗯,其实也不算,可能在她眼里,我不算男朋友吧,你怎么问这个,我记得应该很少跟你说起她,她怎么了?"

　　王鑫表情有些严肃:"你对她到底什么感觉,认真的?"

　　向霖想了想,苦笑一声:"我倒想认真,可是她未必真的爱我。"

　　王鑫一脸见了鬼的表情,向霖居然会说出"爱"这个字?他惊讶地反问:"爱?爱?你会爱上谁?他妈鬼才信呢,你最好离她远点。"

　　向霖一听急了,还以为麦子出了什么事情,急忙问:"到底怎么了?你跟我说啊!"

　　王鑫放下瓶子,十分认真地说道:"你是我大哥,我自然不想你出事,不是麦子有事,而是她弟弟麦冬的事情,你知道我为何这么晚来找你？我不放心，很不放心。"

……

在王鑫的讲述中，向霖总算知道了事情的原委。

"一个多月前，陈墨的尸体被发现了，我告诉了你，你不是去了殡仪馆吗？"

王鑫冷静地说着。

向霖点点头，没有打断他。

王鑫神色凝重地说道："之后你去西藏采风，我给你打了电话，告诉你有人快递了地图给我们，我们借此破了这个案，发现了被陈墨杀害的所有女人，当时我们没有找到线索是谁快递了这份地图，又是谁杀了陈墨，现在有线索了，这件事情，让我不寒而栗啊，我很担心你。"

向霖开始有些认真起来："你是说这件事情跟我有关系？"

王鑫点点头说道："嫌疑人在你身边出现过，还不止一次，我事后想，如果他突然对你下手，妈的，我都不敢想象啊！"

王鑫一口喝完可乐，将瓶子捏成了一团，眼中带着凶光。

向霖感觉到他思维中断开的那一环好像有眉目了，他居然并不感到害怕，只是好奇。

"王鑫，怎么回事？你跟我说。"

王鑫将瓶子扔进了垃圾桶里，开口说道："我们没有其他的线索，只能根据受害者被发现时所在位置周边的监控来找线索，在这一年多的时间里，陈墨一共杀了六个人，平均每三个月就会杀一个，有几次我们看到了他出现的地方，有同一个人出现，那个人一直在跟踪陈墨。"

向霖问道："这个人跟我有关？"

王鑫点点头说道："这个人的名字叫作麦冬，就是麦子的弟弟。"

向霖突然心中一惊："麦冬,那个杀掉陈墨的人难道是他?"

王鑫皱着眉头回答:"我后来仔细看了那份地图,陈墨死亡的地点也标记在那份地图上,而从标记地图的方式和地图上遗留的笔迹可以认定,那地图不是麦冬标记的,是陈墨亲手标记的,也就是说,他每杀一个人都会做标记,而最后那个位置埋葬的是他自己,这个不合逻辑。"

向霖突然想到了什么,问道:"你是说,陈墨最后要杀的那个人被麦冬阻止了,并且麦冬杀了他!"

王鑫点头答道:"没错,而且是活埋的陈墨,用的还是陈墨一贯杀人后埋尸的大皮箱!"

向霖顿时浑身起了一层鸡皮疙瘩,冷得要命。

他用有些颤抖的声音问道:"陈墨要杀的人是麦子?"

王鑫微微点头:"对,就是麦子,我们查到了,其实大半年前,他就潜回了长州市,暗中在麦子身边等候时机,不过被跟在他身后的麦冬发现了。这还是我们的推论,我们还需要进一步的证据,不过我们已经在追查麦冬了,可惜他失踪了,麦子也没有踪迹,你最后一次见她是什么时候,她跟你说了什么?"

向霖有些犹豫,许久他轻声问道:"王鑫,我能不说吗?"

王鑫脸色阴沉,用手指着他,有些怒其不争地骂道:"向霖,你不要命了!我该怎么说你?我他妈的来这一趟,你丫的看看这些东西。"

王鑫将手头的文件袋推了过去,向霖打开了文件袋,里面有一些监控照片,可以看出来监控地点就在自己的公寓附近,上面有麦子进出的记录,但是他看到了一个身影,在麦子进入电梯后,从角落偷偷地走出来,脸上带着愤恨的寒意。

向霖明白了,原来麦冬一直在偷偷地跟着自己的姐姐,他继续往下看，后面又看到了自己回来的照片，身后有一个人偷偷跟了上来，可以看到那人手里拿着刀，所幸保安出现了，那个人连忙躲开了。

向霖放下照片，脸色有些发白，他深吸一口气，没有说话。

王鑫将照片收起，庆幸地叹息道："所幸，你去西藏前几天麦子走了，如果麦子还继续待在你身边，真不知道会发生什么，所以我也懒得问你了。向霖，我告诉你，你别不把这当回事，你若死了就死了，但是我绝对不会原谅你的，向颖更不会原谅你，你不能太自私了。"

王鑫愤恨地站起来，转身就往外走，到了门口还十分生气地回头说道："你丫的，我若不是你兄弟，我管你丫死活，关我屁事。"

说到这里王鑫竟然眼圈有些红了："你好自为之吧，别自己把自己玩死了。"

向霖万分愧疚地说了一句："对不起！"

王鑫顿时心就软了："有什么事情马上给我电话，我会赶过来，还有别轻易开门，最近这几天别出门了，等我抓到那小子再说吧，小心！"

说完，王鑫推门而去。

向霖呆坐在沙发上，许久的沉默，很久之后他走到线索图前加上了一个名字，麦冬，将他与陈墨、自己还有麦子联系起来，这幅拼图好像变得完整了。

第三十三章 永嘉巷

向霖的工作室，时间又过去了一周。

当他按下播放的按键，歌声在房间里蔓延开来：

我该如何去爱你

我该如何找到你

把我的心安放在你怀里

我才能够平静

……

（向霖的内心独白）：麦子，我们到底是什么关系，你此刻在哪里，我该怎样才能找到你？一夜的无眠让我精神疲惫，我的眼前是墙上的一个个名字，如绳索捆绑着我迷思的大脑，它们看上去越清晰，就有越多没有解开的线索困扰着我，把我的大脑搅成一团乱麻，越思考越迷乱。

收音机里的歌声还在回荡着，来自歌手林云的《我该如何去爱你》，向霖手里的咖啡杯险些烫到了他的手，他把咖啡杯放在桌面上，看到手指上的红色，有点刺疼，拉开窗帘的那瞬间，阳光刺得他一阵眩晕地盲。

向霖透过窗子看着这个城市，街上的人依旧穿梭来往，对于彼此他们都是陌生人，无所谓对方的快乐与痛苦，可是两条平行线一旦交错在一起，就会被命运的惯性摆动得纠缠不清，难以解开,如同他和麦子,只是偶尔不可能地纠缠在一起的两条平行线。

充斥着香烟的肺部,一阵酸痛,向霖掐掉香烟,回头看到墙上的资料,从一篇新闻里撕下一角,笔记本电脑上的小说草稿已经有了不少篇幅,记录的都是他和麦子的过往,但是对于那些最黑暗的东西,他始终没有办法写下去。

央金卓玛死了,陈墨死了,陈澜出家了,他突然想去见见陈振风,想了解他到底是一个什么样的人,那些冷酷的画面是否真的就是他本来的面目。

他从一旁的白板上揭下一张便签,上面写了一个地址:"南府路永嘉巷57号。"

陈振风画室的地址。

之前向霖一直回避去找他,甚至有些害怕,但是此刻他觉得应该去见见他了。

那是一条老岭南风格的小巷,巷子口矗着石头门楼,用行书写着"永嘉巷"三个字,两边的对联已经分辨不清了,红色的衬底有些斑驳了,两侧石头门房还用着老旧的木闩子门框,斑驳水渍的墙壁,偶尔还可以从上面分辨出雪花膏的美女图来,用石灰粉饰盖住的标语,从脱落的缝隙中露出来。

远处转角街口旁边的店铺墙上有一个大大的"当"字,保留民国的古老遗风,为这条街道带来了一些历史的穿越之感,所有曾经寻常的东西,在经历时间筛洗后,都如同老旧黑白照片般成了可以典藏的艺术品。

这里确实是一个好地方,向霖看到街边的老人三五个围着喝茶聊天,收音机里播着戏剧的软浓唱腔,路边小摊贩卖着早就失传的腌榄,这里有一种与都市隔绝的绝美气息,如同埋在山石中的化石,让第一次发现的人惊喜不已。他不禁想起小时候故乡的青石小巷，高竖的白泥灰墙，黑色的青瓦屋檐，狭小的小巷里老人挑着担子叫卖的声音："辣酱菜啦……腌萝卜……"

那个曾经流传了一百多年的传统手艺，在那个九十岁高龄的和蔼老人离世后，也被掩埋在向霖记忆的长河里，他能记起他以往的叫卖之声，却再也无法回味个中滋味。

向霖突然很羡慕陈振风，居然在这个繁忙而浮躁的城市找到了最后的一片净土。

可是当他转过街角看到墙上如同血色般写下一个歪斜的"拆"字，他的内心有了一种如同撕裂般的痉挛，我们还来不及记录这个时代，就已经毁掉了所有值得回忆的过往。

向霖站在那座房子前，钉着永嘉巷57号的门牌早已锈蚀，卷着边，长满青苔和爬山藤的墙上艳红的"拆"字好像是从这个已经有了灵魂和血肉的关东老宅子身体上透出来的血迹，呼喊着救命，他想到了陈墨掩埋泥土中已经化为黑色的血痕，都那么让人觉得不舒服。

推开房门的瞬间，"吱呀"声音时高时低地响起，灰尘从门缝中滑落，移动的门檐扯破了蛛网，蜘蛛顺着门框爬进了墙缝里，透过推开的门，向霖看到了那个穿过门廊的大厅，中间一个木头墩子的工夫茶座、四周散落的撕碎的画稿、东倒西歪砸坏的画框、大厅门头悬挂的挂满蛛网的"怡心堂"牌子，两侧天井中大水缸早已干涸，枯败的荷叶软搭在缸边，一派落败的景象。

这里已经空无一人了？也许再过几天，这里就只残存一片有待清理的瓦砾。

看来，他无法找到他想找的那个人，也无法从他的口中得知麦子的任何消息了。

"呵呵。"

他一阵冷笑,不知该高兴还是失望,向霖站在大厅的中间,居然笑了,闭上眼睛的时候,脸上有些微凉。

向霖又再度关上门,一个巷子里的街坊好心地问了一句:"小伙子,你来找这家人?你跟陈大师什么关系啊?"

向霖想了想回答道:"您好,师傅,我是陈教授的学生,刚从外地回来,听说教授在这里就过来拜会,不承想这里空了,您知道教授去哪里了吗?"

那人哦了一声,说道:"原来这样啊,陈教授回美国了,他辞去了江南美院的教授职务。这里马上就要拆了,要是你晚几个月来,恐怕都成瓦砾了。"

向霖道了声谢,问道:"陈教授为什么要辞职?"

那人犹豫了一下,谨慎地说道:"我也是道听途说啊,陈教授身边常年有一个年轻漂亮的女孩,别人都说他是老树发新枝,你知道的,可能现在已经带女孩去美国定居,享受人生去了,不过这话没什么依据,只是陈教授搬走之前,确实天天见到那个女孩在这里。"

向霖心中一阵空,险些有些站立不住,面色有些冰冷地哦了一声,点头谢道:"谢谢!"

待那人转身离开,他脸色瞬间变得死灰。

"麦子走了?就这样走了?"

这可能是他最不愿意听到的结果,可是好像也合情合理,麦子也许真正爱的人是陈墨和陈振风吧,自己算什么,不过是一个她倾诉内心伤悲的去处罢了。

"至少她安全了,解脱了!"向霖这句自言自语更像是自我安慰。

向霖想要推开门,进去看看是否能找到一些什么,突然他的手停在门上,放下来,转身离开。

"这毕竟只是一个故事罢了,没有多特别,每个人都是如此,自己也许高看了自己。"

"至于小说中所有的真相真的那么重要吗?不,这只是一个故事,断掉的地方,自己去构思一下,编个曲折离奇的故事出来,也能圆过去吧,我不就是一个编造故事的人吗?"

向霖一阵自嘲,好笑自己为何在一个小说的故事中真的把自己当成了主角。

第三十四章　宿醉的告白

那晚，向霖去了酒吧。

再次走进暗夜酒吧的时候，向霖居然有一种陌生感，他独自选择在吧台一个僻静的角落坐了下来。

酒保黑仔笑着过来打招呼："向哥，好久不见啊，第一杯喝什么，我请。"

向霖挤出一丝笑意："黑仔，给我一杯拉佛格吧，不要加冰。"

酒保黑仔笑道："哟，哥，你是有情殇啊，上来就跟我要药水，也好，疗伤。"

也对，拉佛格威士忌创建于1815年，位于艾雷岛南部的Ellen港附近，酿造的单一麦芽威士忌以超重泥煤风味著称的威士忌，许多泥煤爱好者都是它的忠实拥趸，为何叫作药水？是因为这种威士忌有一种非常独特的味道，被饮者评价为碘酒、消毒水，论风味之独特，没有哪家酒厂可以比得过它，故而在美国禁酒令期间，作为"药用酒"打入了美国市场，成为美国禁酒令期间，唯一进口的苏格兰单一麦芽威士忌。

这也是向霖最喜爱的威士忌品牌。

"向哥，你的酒！"

黑仔给向霖的水晶杯里倒了一杯，琥珀色的酒浸染在底部，向霖端起酒杯，晃动两下，一饮而尽，放下酒杯，长呼一口浊气。

"再来一杯！"

黑仔看出他今天心情不佳，笑着又给倒上，然后将剩下的那瓶酒放在吧台上。

"向哥，你今天肯定有事，老弟帮不上什么忙，这酒你拿着喝吧。"

向霖道了声谢，伸手想去口袋里拿钱包，被黑仔一把按下。

"向哥，不用了，这酒是我自己的，我请你喝，不过你悠着点喝，真喝醉了，我得叫车送你回去。"

向霖笑着谢道："谢了，黑仔！"

黑仔摆摆手，毫不在意地说道："谢什么，咱们也不是第一天认识。"

旁边有客人叫服务，黑仔回头应了一声，对向霖说道："哥，我先去忙了。"

……

那晚向霖去得很早，酒吧里人还不多，向霖独自一人慢慢喝着，脑子中在快速梳理着一些线索。

"陈振风的父亲是陈建州将军，受到打击后，他父亲和母亲都去世了，陈振风因此被张云天收养，所以张云天应该认识他的父母，而且不是一般的关系。要解开这个故事，我要去一趟红叶村，至少要知道张云天身上曾经发生过什么。"

……

"还有麦冬，他是麦子的弟弟，他杀陈墨一定是因为想保护自己的姐姐，这个我能理解，想要杀我难道也是因为这个原因？我总觉得没那么简单。"

"还有陈振风,他去了美国发生了什么?为什么没有回来,为何没有去找央金卓玛?他肯定不知道陈墨是自己的儿子,有些奇怪……"

"不过这样想,好像也没什么,这个故事虽然不是百分百还原了全部真相,但是一切是合理的。"

……

在酒精的刺激下,向霖的大脑转得飞快,但是半瓶威士忌下去,他的脑袋有些糊涂了,思绪也就断断续续,他一招手。

"黑仔,给我拿支笔,还有拿张纸。"

黑仔拿了张纸和一支笔过来,问道:"够吗?"

向霖笑笑:"谢了,够了,我记点东西,怕喝多了会忘记?"

周围的嘈杂已经无法干扰到他了,他低头自顾自地记录着时间线索:

……

1966年:巴彦活佛被赶出了扎卡伦布寺,勒令还俗,他娶了一个老牧民的女儿为妻。

1967年:央金卓玛降生,巴彦活佛的妻子死去,活佛重新开始修行。

1967年:陈振风的父亲陈建州司令被批斗,之后父母双亡,陈振风被张云天收养。

1971年:巴彦活佛回到了扎卡伦布寺,而央金卓玛被人送到了寺里。

1979年:陈振风考入江南美术学院。

1983年:陈振风进入西藏采风,创作《藏地天魂》组画,遇见了央金卓玛,创作了《央金卓玛》的原画,并且将其带到了长州市。

1985年:陈振风的《藏地天魂》组画获得国际大奖,陈振风出国，抛弃了央金卓玛，同年央金卓玛生下了一个孩子，这个孩子就是陈墨。

1986年：央金卓玛带着婴儿和那幅《史金卓玛》的原画回到了扎卡伦布寺，画被巴彦活佛锁在了地藏王菩萨大殿的神龛内。

1988年：央金卓玛投湖自杀，留下了年幼的陈墨，陈墨失去了记忆。

1991年：陈澜到西藏采风，入住扎卡伦布寺的时候偷走了《央金卓玛》的原画，带走了陈墨。

2003年：陈墨考上了江南美术学院，陈澜带着《央金卓玛》的原画回到了扎卡伦布寺出家，同年将复制品送给了朋友。

2006年：陈墨和魏文斌来到西藏写生，陈墨在纳木错湖边发病，同年魏文斌在新开的藏地酒吧外发现了《央金卓玛》的复制品，并且偷走了那幅画。

2007年：陈墨开始留校任教，而魏文斌开始了寻找央金卓玛的历程。

2008年：巴彦活佛圆寂，圆寂之前告诉陈澜，十年后有一个人会来到扎卡伦布寺化解诅咒，而那个人是我。

2012年：陈墨在红叶谷遇见了麦子，并将十八岁的麦子带到了长州市，麦子成了他的私人模特。

2015年：陈墨险些杀了麦子，之后失踪不见了。

2015年：陈振风归国，进入江南美院任教，在陈墨失踪之后，同年麦子成了陈振风的模特。

2017年10月：我偶遇了魏文斌，第一次看到了《央金卓玛》的复制品，同月我第一次见到麦子。

2017年12月：我在暗夜酒吧第二次见到了麦子。

2018年1月：我将麦子带去了秘密花园。

2018年5月：麦子跟我说要去找麦冬，而我收到了陈墨死去的信息，而且死于半年前，也就是2017年底或者2018年初的时候。

2018年6月：我去了西藏，将巴彦活佛、央金卓玛、陈振风、陈澜、陈墨的线索串联了起来。

可是我还有几个问题不明白，张云天和陈振风的父亲陈建州是什么关系？之前发生了什么？麦冬是从什么时候开始跟踪陈墨，并且发现他是一个杀人狂的？他如何杀掉的陈墨？陈振风真的带着麦子去了美国？可是麦子不是要找麦冬吗？

麦子，你到底在哪里？

你到底在哪里？

……

想到这里，向霖的脑子实在想不过来了，他放下笔，又饮了半杯威士忌，终于晕了，他低着头靠在吧台上，嘴里不停说着："麦子，麦子，你到底在哪里？"

一个打扮时尚的年轻女孩走了过来，用手推了推向霖，喊着："向老师，向老师，你怎么一个人啊？"

向霖趴着睁开眼睛一看，眼前的脸确实熟悉，再一看才认出来是刘靖，他含糊地说着："刘靖，是你啊，你怎么在这里？"

一口浓重的酒气喷出来，刘靖用手扇了扇，说道："向老师，你是喝了多少啊？我跟几个朋友来的，刚才看你背影有点熟悉，不过也没想到真的是你。"

向霖看向刘靖目光的位置，卡座上坐着五六个年轻人。

"你过去陪你朋友吧，我没事，我先走了！"

向霖拿起桌面上的字条，支撑着起来，摇晃着想要往外走去。

刘靖有些担心:"向老师你没事吧?"

话音没落,向霖就往前倒去,被刘靖一把架住,黑仔一看情况不对,连忙出来吧台帮忙。

向霖手中拿着的字条飘落在地上,刘靖跟黑仔说了一声:"你帮我一下。"

说完弯腰捡起字条,看了一眼,脸色一惊,顺手放在了自己的口袋中。

黑仔问了刘靖一句:"美女,你是向哥的朋友?"

刘靖点点头说道:"对,我去跟我几个朋友说一声,然后我回来送向老师回去,等下麻烦你帮我一起送向老师上出租车。"

黑仔点点头,刘靖过去跟朋友打好了招呼,在一片调侃声中,又回到吧台,两个人一起将向霖架着往酒吧外挪。

上了车,黑仔交代了几句,转身回去了。

司机问道:"小姐,去哪里啊?"

刘靖用手推了推向霖:"向老师,你家在哪里,告诉我一下,我送你回去。"

向霖满嘴说的胡话,意识已经不清醒了,刘靖只好把自己家的地址报给司机,到了公寓楼下,又多给了司机一百块,将人送到了刘靖公寓中,放在了床上。

司机走后,刘靖将向霖的鞋和袜子脱了,又将其盖上了被子。

向霖侧身想吐,刘靖一阵手忙脚乱,拿垃圾桶接住,又用热毛巾帮向霖擦了脸,喂了热水,向霖总算沉沉地睡去了。

刘靖闻了闻自己身上的酒味,去洗了个澡,围着浴巾出来,从挂着的衣服口袋中拿出那张字条,坐在沙发上看了起来。

越看脸色越凝重，不过片刻之后，她看向了熟睡的向霖，居然慢慢地笑了。

"你果然会一直去找这个答案的，大概这就是你的本性吧。"

……

第三十五章　刘靖的要求

第二天，刘靖的公寓，清晨。

时间的指针指向上午 9 点，刘靖在厨房准备早餐，公寓中传来一阵手机的铃声，向霖摸索着在床上寻找手机，眼睛还没有睁开，片刻后他从自己的裤子口袋中翻出手机来，随手按下接听。

"喂，哪位？我还在睡觉，能否晚点再说？"

对话那边的王鑫一阵暴怒："你个王八蛋，你他娘的在哪呢？我一晚上找不到你，我都以为你出事了，你看看我给你打了多少电话？"

向霖迷糊地应道："我在家啊！"

王鑫不依不饶地大骂："你在个屁啊，我就在你家里呢，一个人影都没，我不是告诉你别出去嘛，现在麦冬没抓到，他随时有可能对你不利！"

向霖这才睁开眼睛，一看周围都是陌生的场景，白色、粉色的装饰，精致的台灯、墙上挂着的艺术写真，还有床上的几个布娃娃，显然是一个女生的房间。

他缓缓坐起来，突然一阵头疼，大脑有些眩晕。

"疼，我这是在哪儿？"

他目光看着床头柜上摆着的相框："这人好像有些眼熟啊。"

刘靖端着早点从厨房出来,看到向霖坐起来,笑着说道:"向老师,你醒了,过来吃点东西吧?"

向霖这才察觉,自己原来在刘靖的房间里,他顿时有些歉意地说道:"对不起,刘靖,我怎么到你家来了,我没做出什么不好的事情吧?"

刘靖看了看自己穿着的睡衣,明白向霖担心什么,她笑着指了指向霖的衣服:"向老师,你可别冤枉好人啊,你可是衣冠整洁呢?"

向霖低头一看自己的穿着,顿时有些尴尬了:"对不起,我昨天在酒吧喝醉了,是你送我过来的?"

刘靖点点头,笑着说道:"对啊,昨天我本来陪朋友去玩的,结果遇见你,你还喝得烂醉如泥,问你家住哪里都不知道,我只好把你带来我家了,弄得我手忙脚乱的。"

向霖连忙抱歉道:"对不起,给你添麻烦了。"

刘靖摇摇头:"没事,过来吃点东西吧。"

桌上摆着牛奶、煎蛋,还有吐司。向霖走下床,脚步还有些虚浮,头也有些晕乎,他敲了脑袋两下,走到饭桌旁边坐下,就坐在刘靖的对面。

刘靖笑道:"向老师,看来你调查了不少东西。从西藏回来怎么不来找我?"

向霖有些苦笑:"这又不是什么好事,你不知道也许更好。"

刘靖从口袋里拿出那张纸,递给向霖:"这张纸上的东西我是无意看到的,光看一眼就让人不寒而栗了,这还真是个有点恐怖的故事,而且好像你已经接近最后的答案了?"

向霖将纸接了过来,看了一眼,在手中撕碎。

刘靖惊讶地问道:"你撕了它做什么?"

向霖没有说话,继续吃着早餐,刘靖也就不再问了。

许久向霖用很严肃的表情对刘靖说道:"刘靖,你别卷进来,很危险,我不知道该怎么跟你说,但是也许我也会死,我不希望你出事。"

刘靖惊讶地睁大眼睛看着向霖,好像很诧异于他说的话,她笑了笑说道:"好吧,我知道了,我希望你也不要有事,这终归只是一个故事。"

向霖点点头,两人无语,低头继续用着早餐。

吃完饭向霖想要告别,刘靖一把拉住了他的手。

"向霖,我不会干涉你的任何事情,但是我希望你记得我不是小孩子,还有,我喜欢你!"

刘靖突然而来的表白,让他突然呆住了,他看着这个自己不过见了几次面的女孩,二十来岁的年纪,还有些稚嫩的脸,他突然不知道如何回答这个问题。

许久他只说了三个字:

"知道了!"

然后转身离去,当门关上的时候,他回头看了一眼大门,这一点都不荒诞,至少对比自己做的事情,自己那混乱的大脑,这不算荒诞。

门里的刘靖笑了,显然向霖的回答并没有出乎她意料,反而在她意料之中。

向霖出了公寓楼,站在阳光下,突然觉得有些温暖,连心情也轻松了很多,回头他看了一眼刘靖房间的窗口,微微笑了笑。

他拿起手机,在地图上寻到那个叫作红叶谷的小山村,当他确定这个地方之后,他定了一张机票,原来那个叫作红叶谷的小山村在湖北一个叫作岸谷的地方。

他拨打了方小艾的电话,方小艾接了电话后,抢先说道:

"喂，向老师，我在你家，怎么你没在呢？只有王鑫在这里？"

向霖说道："我没事，我要出去办件事情，可能要过一段时间回来，短则四五天，长则十来天，你记得帮我喂鱼啊。"

方小艾一听急了："喂，喂，向老师，你到底干吗啊，不是说要写书啊？怎么还到处跑啊！"

向霖解释了一番："我还有一些东西没有弄明白，我需要去弄明白，你帮我跟王鑫说一声，别为我担心。"

电话那边王鑫抢过电话："喂，你丫不怕死啊，还到处跑，你赶紧给我回来！"

向霖回了一句："我必须去，我不会有事的，挂了！"

说完向霖挂断了电话。

电话那边，王鑫不停地喊着"喂喂喂！我去，你这个浑蛋，你就死外头吧，我绝对不给你收尸！"

王鑫气得几乎要砸手机，马上被方小艾一把夺了下来："王鑫，这是我的手机！"

方小艾气呼呼地抢下手机，用几乎杀死人的目光看着王鑫："王鑫，你要死啊，到底怎么了？"

王鑫看着方小艾，想了想，只回了两个字："没事!"

说完气鼓鼓地拿起衣服就往外走，方小艾摸不着头脑，看着背影叨叨一声："都是神经病！"

……

第三十六章　张云天的故宅

2018年7月底，向霖终于来到了红叶谷。

从长州市飞武汉只需要两个小时，从武汉又坐了五个小时的车到了一个小县城，最后再顺路搭一辆小货车，颠簸了两个多小时，终于到了一个山谷中的小山村，司机看着两手空空的向霖，实在不相信他是一个游客。

走下车向霖终于看到了麦子描述过的那片金色的麦田。

金色的麦浪随风摆动，沙沙的声音时起彼伏，从远处慢慢地传过来，传过你的耳边，又去得很远，在天边接近山谷的位置停下来，然后又来了第二波、第三波的声音。

向霖张开双臂，闭上双眼在麦田旁边听了很久。

许久后他开始沿着麦田中间的小路往山上走，他的目的地是红叶小学，张云天的故宅，那里应该还遗留着关于张云天和陈振风的一些线索，或许还有知情人，知道关于张云天的故事。

他凭借麦子跟自己讲述过的记忆，沿着山路一直走。

他走到了一个山岗平台上，远处就是连绵不断的山脉。

"这里该是麦子曾经唱山歌的地方吧？"

他沿着那条最大的山路继续走着，接近傍晚的时候，他看到了几个沿着山路放牛的孩子。

向霖向孩子们问路:"孩子们,去红叶谷小学怎么走?"

其中一个小孩笑着回答:"大叔,我们都是红叶小学的学生,沿着这条山路,过了那个山梁,再走个二里地,看到一个灰瓦片、红色木头柱子、灰色墙的大房子,那就是我们的小学了。"

向霖点头谢过,和孩子们挥手告别,继续沿着他们指的方向走去。

太阳快下山的时候,向霖远远地看到了那座民国古宅。

围着灰白色的院墙,正门木头门廊,拱顶,红色柱子,黑漆的门,与中原地带的屋顶不同,这里的屋顶显得坡度更大一些,瓦楞有些蓝灰色,整个建筑看上去十分庄重地坐立山下的一处大广坪上,下面道路的两侧是一大片的金色麦田,越走越近,向霖的心跳就越快。

"大概当初陈墨和麦子沿着路走过来,看到的也是这样的场景吧!"

向霖心里念着,心中的期待也更多了几分。

"汪汪汪!!汪汪汪!"

一条黄色皮毛、黑脸的土狗吠叫着从小山坡上冲下来,也不近前,就远远地叫着,随着向霖往前走,它也慢慢往后退,只是叫的声音越来越大。

"来福,回来!"

一个披着蓝布衣,头上戴着蓝帽子,手里拿着一个铜嘴子黑木杆烟斗的老者,从大坪上缓缓走下来,脸上带着平和的笑意。

老者看着向霖,略有些好奇地问道:"小伙子,现在可还不到看枫叶的季节啊,怎么独自一个人进山啊?走亲戚?"

向霖笑着问道:"您是张爷爷吧。"

张爷爷一听有些吃惊地看着向霖:"小伙子,你认识我这老头子?"

向霖点点头:"嗯,看来没认错,我听麦子提起过您。"

张爷爷一听麦子,马上惊喜道:"麦子,你认识麦子,这丫头,突然跑了连个消息都没有,我都担心了好几年,你是麦子的……?"

老人家看着向霖,急切地想知道答案。

向霖答道:"张爷爷,我叫向霖,是麦子的男朋友,她挺好的,因为我在武汉出差,想起麦子跟我说过的地方,想过来看看她生活过的地方。"

张爷爷大声说着:"好好好,小向,进来坐。"

张爷爷冲着来福大叫一声:"来福,跟着我!"

来福马上老实地跑回张爷爷身边,跟在后面摇着尾巴。

向霖跟着张爷爷进了红叶小学,从青石台阶往上,迈过黑色大门,门廊上挂着一块古旧的牌匾,写着楷书"望杏敦耕"四个字,阴刻红字,笔法遒劲有力,只是被岁月侵蚀得有些斑驳,向霖抬头仔细看看。

张爷爷笑着解释道:"这牌坊是张家先祖所写,七代祖荣公,曾经中过举人,留下这四个字,大概是劝说子孙不忘耕读传家的祖训。"

向霖笑了笑,问道:"张爷爷,看来你们家也是书香门第了?"

张爷爷谦虚地笑道:"这房子原本是我族叔张云天的祖宅,他十七年前过世的时候,因为没有子嗣,就留下遗言,将这宅子改成学堂,我们这些晚辈就遵照他的遗愿执行了,族叔过世后政府过来考察,说这老宅是文物,也就保护起来了,如今既是文物,又是学堂。"

张爷爷娓娓道来，向霖也微笑点头应和着。

张爷爷起了兴致，难免多说几句："十七年前，也就是族叔张云天过世后，我们翻出了一些遗物，有一些还是新四军时期的东西，我们就把这些东西交给了县政府，这一交不要紧，牵出了一些了不得的事情啊。"

向霖有了兴趣："张爷爷，什么了不得的事情，您给说说啊！"

张爷爷先卖个关子："说来话长，不着急，先吃饭！"

入了门是一个大天井，四周回字廊，上下两层，一层三个厅，左右两间当作教室，正堂放着神牌、匾额，墙上挂着四扇屏的画，两侧摆放好了圈椅，都是暗红漆，中间镶嵌螺钿四季花卉飞鸟图案，看材质像是老红木的，有些年代了。

二层是四间厢房，从侧面略有些陡狭的楼梯上去，墙上挂着历史人物的画像。

张爷爷介绍道："这房子，是个两院三进，带天井的设计，这头一进就作为教室来用，一共分为五个教室，不过学生不多，八九十个孩子，都是附近村里的。"

张爷爷带着人往里头走，是一个小院，院子里摆放了一些游玩的运动器械，就一层，四间房间，此时左侧房间出来一个穿着白汗衫的年轻人，见张爷爷带了人进来，笑着问道："爷爷，这位是？"

张爷爷连忙介绍："陆伢子，这是你麦子姐的男朋友，从城里来的，说是过来看看。"

年轻人一听高兴起来，上前伸出手："麦子姐的男朋友？我叫张陆，很高兴认识你！"

向霖伸出手跟对方握在一起："你好，我叫向霖！"

张陆连忙打听道："向大哥，麦子姐还好吗？"

向霖点点头说道："她挺好的，经常说起红叶谷，所以我这次有机会来湖北,就过来看看。"

张爷爷见自己孙子来了,就跟张陆说道:"陆伢子,你带着你向哥四处看看,我先去弄点吃的。"

张陆笑着点头道:"爷爷,你放心,我带向哥转转。"

张爷爷回头笑着对向霖做了个喝酒的动作:"小向啊,回头整两口,我们边喝边聊。"

"好咧!"

向霖愉快地答应下来,他们的热情让他感觉很放松。

张陆带着向霖继续参观着:"这中间院子是给孩子门活动的,课余休息,也可以做做锻炼。"

向霖看着这栋大宅忍不住说道:"张陆,这宅子看着不简单啊!"

张陆有些骄傲地说道:"确实不简单,这是我叔曾祖父张云天的故宅,张云天的一生很传奇,现在做了学校,我和爷爷就也兼顾着守护这个故宅。"

向霖笑道:"等下我得听张爷爷说说这个故事,应该很有意思!"

张陆点点头,笑道:"向哥,我带你去里面的院子看看,那里以前是张云天还有他夫人山本信子住的地方,这些年没有动过,应县文物局的要求,保持原样,给保存了起来,这个房子除了做小学,还有一个名字,叫作张云天故居。"

向霖心中微微一想:"大概只有名人的故宅才能叫作故居,难道这个张云天是个历史名人?"

张陆年轻人心性,说到兴起也收不住嘴,不待向霖问就自己先说了起来:"曾叔祖张云天确实是个了不起的人,他若有心名利,恐怕早就青史留名了。"

向霖带着疑问,跟着张陆走进了张云天故居的所在。

第三十七章　故居往事

走进最里面的一进,居然有一个小园林,中间露天位置有假山和小水池,还有些造型奇特的松柏、花草,两侧也被设计成了景观回廊,往下就可以看到水池中的游鱼,四周还开了景观窗,窗外就是山中的景色,有些一步一景的文人雅致。

最里面是一个书房,书房门口挂着一副牌匾"秋叶斋",看来这就是那书房的名字了,书房对外有一排的飘窗,挂着竹席帘子,正对着的就是那院中的景观,实在是文雅,但是细看整个园林的风格,有些像是日式的感觉,十分奇特。

张陆带着向霖走在景观回廊上,笑着说道:"很特别吧,这处的景观是信子太奶奶布置的,这些年一直维持着,没有变过,曾经毁坏过一次,张太爷用了好多年才将这里复原了。"

张陆说这话的时候声音有些沉重,向霖隐约觉得有些许的隐情。

张陆带着向霖走进书房中,书房墙上挂着不少黑白老照片,还有几幅水墨古画,一床黑檀木的胡榻、一个黄花梨的屏风、一个明代风格的多宝格,还有一个长条造型简练的书桌,这个书房给人的感觉像穿越到了明清文人书斋。

向霖一一看着,正中桌案上居然放着一把日式军刀,与这书房的风格有些格格不入,向霖走过去一看,刀鞘上刻着一行文字:"天皇御赐,昭和八年。"

"张云天太爷毕业于日本陆军大学,1934年毕业,由于成绩非常优异,被日本天皇授予了这把军刀。"

张陆没有往下细说,向霖也没有着急着马上问,跟随着张陆继续看下去。

书桌后面的墙上挂着一幅油画,油画里画的是一个美丽的枫叶山谷,阳光如光圈浸染,红色从四面的山坡上,如红毯一般铺下来,地面也落满红色黄色的落叶,一条小溪流过,带走片片零散的叶子,画面恬静绝美。

"小陆,这幅画画的是红叶谷吗?"

张陆答道:"对,就是那红叶谷山中的景色,听说画于1933年的秋天,是张云天亲手画的。"

向霖的手停在半空中,没有去触碰那画面。

"这地方很美!"

张陆笑了笑:"向哥,你来的不是时候,如果是10月底来,我可以带你去这个红叶峡谷看看,确实就是这样的景色,很漂亮。"

向霖笑了笑:"下次有机会一定去看看!"

当向霖走过那一整面的照片墙时,他看到了不少带有时代背景的照片。

一旁的张陆耐心地一一介绍:

"这张照片是张云天去日本留学之前拍的,旁边那个就是张家老爷子!"

"张云天是当时考入日本陆大的三名中国学生之一,这是他们的合影!"

"这是获得学校的嘉奖。"

"这位是张云天的老师,山本博闻伯爵,日本陆军中将,也是日本的华族,他很欣赏张云天。"

向霖指着一个身穿西装的年轻人和一个身穿和服的美丽女子合影的照片问道:"这个是张云天和山本信子?"

张陆点点头:"对啊,这就是山本信子,她是山本博闻将军的女儿。"

向霖轻声赞道:"很漂亮!"

张陆点头说道:"嗯,信子太奶奶当年是极为出名的名媛,听说当时日本朝香宫亲王的次子也在追求她,可是她偏偏一如既往地选择了张云天。"

两人沿着照片墙一直看下去,张陆也慢慢地介绍着。

"这个是信子的弟弟山本哲夫,当年也在日本陆军大学上学,是张云天的学弟。"

"这是张云天和信子回国后的照片!"

"这个是他们的结婚照,完全按照中国风俗举办的婚礼,看不出信子是日本人对吧!信子为了和张云天结婚断绝了与山本家族的一切关系。"

……

向霖一张张照片看过去,那是一段段真实的历史,不过向霖发现,从1938年到1949年十一年间,没有留下任何照片。

而之后的照片,出现在1968年,照片上一个十来岁的男孩和张云天站在一起,再之后还有一张,照片上现实的时间是1979年,一个接近二十岁的小伙子和满头白发的张云天在照相馆拍的一张,照片上写着:"陈振风考入江南美术学院留念。"

向霖终于看清楚了陈振风年轻时的模样,他的样子确实和陈墨长得极为相似。

张陆上前说道:"这是张云天太爷的养子,叫作陈振风,你可能听过他的名字，是一位享誉国际的画家，两年前他回来过，还去张云天墓前祭拜，不过他自从 1979 年离开后，这是他唯一一次回来。"

向霖没有多说什么，随口问道："为何 1938 年到 1949 年之间没有照片呢？"

张陆回答道："这里的故事说来就话长了，那段时间张云天不在红叶谷，这也是他隐藏着了十一年惊天的秘密，我们也是在他过世后才发现了端倪。"

张陆和向霖走出书房，张陆指着二楼的卧房说道："那些秘密就藏在楼上的故居里，都是压在箱子底没人知道的事情，谁能想到张云天是新四军的高级将领呢，打过抗战，也打过解放战争，但是居然隐姓埋名在这个小山村生活了一辈子。"

"陆伢子、小向，吃饭啦！"

张爷爷呼喊着走了进来。

"小向，来来来，我们先吃饭，那些老事我跟你说。"

张爷爷兴致很高，向霖愉快地答了一声。

三人来到前厅，饭桌上已经摆上了几个山里的野味好菜，连同山民酿造的米酒，香气扑鼻。

张爷爷笑着说道："山里没什么好吃的，别嫌弃，今晚喝醉了也不怕，就在这里住几天，放假了，娃们都回去了，我和陆伢子也冷清，你来了正好，陪我喝喝酒，聊聊天。"

"没问题，我就多叨扰两天！"

张爷爷笑着问道："小向，你是做什么工作的啊！"

向霖答道："张爷爷，我是一个小说家，就是写故事的！"

张爷爷爽朗地一笑："哎呀，太好了，我告诉你啊，这天底下所有的故事，可都不如张云天的故事来得精彩哪，老头我得慢慢跟你说。"

向霖高兴地点点头:"好,我听您老好好说。"
　　三人气氛热烈,酒过三巡,人也有了兴致,那个被埋藏了很多年的故事也被张爷爷徐徐讲来。

第三十八章　日本求学

那幅画卷徐徐地展开，是一段尘封了八十多年的过往，一段凄美的爱情，一个悲剧，所幸还有人记得，所幸还有人说起，向霖是这样想的，这个故事应该出现在自己的这本小说中。

1934年夏，张云天在全校毕业生的过目下，从陆军大学校长衫山元中将手中接过了天皇御赐的军刀，整个陆大每一届毕业生中，只有六个人能获得这份荣耀。

坐在贵宾席上的山本博闻中将露出了欣赏的神色，因为这位英俊挺拔的中国小伙子是他的学生，也是他最欣赏的弟子，颁奖结束后，他邀请张云天去自己的私人府邸用餐，张云天欣然答应了恩师的邀请。

在山本伯爵官邸中，山本博闻中将居上坐着，张云天和山本博闻的儿子山本哲夫陪同着，在张云天旁边还坐着一个娴雅纯美的日本女孩，就是山本信子。

饮过几杯酒，山本博闻笑着对张云天说道："云天，你是我最得意的弟子，你也是一名优秀的军人，未来势必成为优秀的指挥官，能获得天皇赐刀的人，日后在日本军界都会成为佼佼者，我年轻的时候，也曾经有幸获得天皇的赐刀。"

张云天低头道："都是老师的教诲，云天惭愧！"

山本博闻严肃地说道："这是你自己努力的成果，帝国陆大是帝国军界精英的摇篮，能进入学习已经很难了，作为整个陆大为数不多的几名中国学生，能拿到天皇赐刀的人，你是第一个，不必过分自谦。"

一旁的哲夫也说道："学长，父亲大人说得对，虽然你是中国人，但是我们所有的学弟都服你，你是我学习的目标，希望我毕业的时候，也可以获得天皇赐刀。"

山本博闻欣慰地说道："哲夫，你能有这样的想法，父亲很高兴。"

他对张云天说道："云天，为师有一件事情想跟你商议，哲夫、信子，你们先出去！"

哲夫和信子点头退出去了，房间中只留下了山本博闻和张云天。

山本博闻问道："云天，你爱信子对吗？"

张云天点头回答："是，恩师，我不能否认对信子的爱，而且我愿意用一生去保护她。"

山本博闻听完很满意，继续说道："很好，我愿意把信子的幸福托付给你，但是有一个条件。"

张云天点头道："老师请讲！"

山本博闻郑重地说道："我只有一个女儿，而且她是山本家的千金，为师是大日本帝国的伯爵，你是陆大的精英，并且获得了天皇御赐的军刀，所以为师希望你考虑加入日本国籍，以为师在军界的影响力，你未来前途会一片光明，而且你也可以给信子更好的生活。"

张云天的脸色变得有些难看，他低下头行礼，然后端坐身体郑重地说道："恩师，您的教诲弟子永生铭记，我是中国人，中国还很贫弱，我来陆大学习，就是希望回去之后可以报效祖国，中国与日本之间，希望可以永远友好和平，弟子认为我与信子的爱，不应该跟我是不是日本国籍相关。"

山本博闻有些怒了："云天，你要明白，中日未来可能会有摩擦，甚至战争，你让信子如何自处？"

张云天平静地说道："如果真的有那一天，我会用我在陆大学习到的，全力保护我的祖国不受外敌入侵，维护我民族的尊严和自由，尊严和自由是恩师您教导我的，您忘了吗？"

"巴嘎！"

山本博闻大怒，从身后拔出武士刀，直接架在张云天的脖子上。

"张云天，你是我的弟子，但是别忘了，我是帝国陆军的中将，帝国的伯爵，我绝对不允许获得天皇赐刀的人成为大日本帝国的敌人！"

张云天平静地看着自己的老师："老师，如果尊严和自由是可以被武力所屈服的，那么这两个词便毫无价值，这个国家也毫无希望，中国人不会被武力屈服，更不会丢掉自己的尊严和价值，而信子，她会选择爱一个勇士，而不是懦夫。"

此刻门被推开，信子和哲夫冲了进来。

信子跪下哀求道："父亲，求你了，让云天自己去选择自己的道路吧，也让女儿自己去选择自己的幸福吧。"

哲夫跪下向张云天哀求道："学长，你只有留下来才有前途，那个腐朽老旧的国家，不能施展你的才能，为什么不能留下来呢？如果你留下来，我愿意放弃日后山本家督的位置，让你成为我们山本家族的继承人，我相信你才能光大山本家族的荣耀，我求你留下来，拜托了。"

山本博闻最后一次劝说道："云天，你不要执迷不悟了，这也是为师的意思，你是足以继承我山本家荣光的男人，只要你放弃你的国籍，成为我山本博闻的女婿。"

张云天眼神平静地说道："我是中国人，我永远不会放弃我的尊严和自由！"

"学长，你会毁了自己的！"

哲夫已经大喊出来，而信子将张云天抱紧，只是默默地流泪。

张云天转身看着信子说道："信子，如果我不能给你幸福，请你原谅我，我没有办法背叛我的祖国和我的信仰。"

说完他抬头看着自己的老师："老师，我走了，如果你要杀我，随时来取我的命！"

说罢，他推开山本博闻架在自己脖子上的刀刃，站起来，转身要走，山本博闻的脸色变得极为狰狞，手颤抖着想要举起刀。

"父亲，不要啊！"

山本信子上前抱住父亲的手。

哲夫有些犹豫，最后还是劝道："父亲，算了吧！"

山本博闻一气之下，将刀往后一挥，一道门被分成了两半。

"张云天，你走吧，如果你日后死在战场上，不要后悔今天的选择！"

张云天走到门口，回头再深深鞠躬，抬头说道："老师，感谢你的教导！弟子希望永远不会有和您有交手的一天，但是如果那一天真的来了，弟子宁可死在战场上！"

他又看着信子说道："信子，找个人嫁了吧，我终归只能为国家而负了你，对不起！"

说罢推门而去。

"云天！"信子哭着想要追出去。

山本博闻大怒："哲夫，拦住你姐姐！"

哲夫拼命地拉住了信子，在庭院中即将离开的张云天泪流满面。

……

向霖听完这段过往，手中的酒杯微微颤抖，他可以想象那时候的场景，还有张云天心中的悲伤，他好奇地问了一句："张爷爷，信子日后不还是嫁给张云天了吗？发生了什么？"

张爷爷继续往下说。

"张云天怕被强留，就定了五天后返回国内的轮船，想要直接回国，陆大那边本来想要强行挽留，甚至不惜施压，不过山本博闻还是为张云天说了话，使他最终拿到了回国的船票。"

"不过信子在得知了张云天回国的日期之后，做了一个决定。"

……

山本官邸。

信子偷偷地收拾好行礼，准备出门。

哲夫拦住："姐姐，你不能就这样走，父亲会气疯的！"

信子拿出船票说道："哲夫，我已经偷偷买了票，我此生只能追随我的爱，那就是云天，除此之外，我什么都不在乎！"

哲夫劝说道："姐姐，我知道你爱学长，我也很敬佩他，但是如果真的发生战争，你该如何自处啊？况且父亲是帝国的贵族，贵族的女儿是绝对不能嫁给中国人的啊！如果你走了，父亲一定会跟你断绝父女关系的！"

信子笑了，他摸了摸哲夫的脸说道："哲夫，这世界上，总有你会舍下一切去追求的东西，如果你今天拦下了姐姐，姐姐一定不能活下去的，姐姐求你了。"

哲夫只好松开了手，轻声说道："姐姐，父亲还没有回来，我开车送你去码头吧，我希望你真的可以幸福，如果日后发生什么，我一定去中国接你们！"

信子点点头，哲夫开车将信子送到了码头上，信子并没有在人群中发现张云天的身影，但她还是义无反顾地登上了那艘开往中国的船。

……

张爷爷说得很生动，连张陆也听得入迷，向霖更是心中感慨万分，这种跨越国家、跨越身份的爱，真的十分美好，他心里想到了麦子，如果自己和麦子也可以放下所有，放开一切去爱一次，该多好呢？

"真希望，他们可以在船上遇见，一定很美好！"

张爷爷两眼放光地说："他们相遇了，第二天，张云天从底层客舱走到船头甲板上吹风，他看着远处的海面，思念着心爱的信子，心中万分惆怅，可是就在此时……"

身后一声轻轻的呼唤："云天！"

张云天猛地一回头，他的眼睛已然模糊，那个美丽的身影就在他的眼前，他紧紧地抱着这个可爱的女人，那一刻应该很幸福吧。

张爷爷一口气喝完杯中酒，高兴地长吁一口气："真好啊，人这一辈子，只要那么爱过一次，死也值了。"

"是啊！"向霖陪着喝了一杯，忍不住赞叹。

张爷爷慈祥地看着向霖："小向啊，你和麦子也要如此，过去不管经历了什么，未来才是重要的，明白吗？"

向霖知道张爷爷话中的意思，他点点头："张爷爷，你放心，我会全心全意地去爱她的。"

说完这句话，向霖又闷了一杯，掩盖住自己眼中的惶恐和不安，抬头的时候脸上带着笑，看上去单纯而幸福。

第三十九章　红叶谷哀歌

如果知道注定会是悲剧，你还会做同样的选择吗？选择那个人，选择让她来到你身边，选择相信爱情？

其实当所有的事情发生之前，我们都愿意相信美好，即使在悲剧发生之后的很长时间里，我们也是带着回忆在生活着。

向霖感叹地说道："信子重情重义，张云天义薄云天，确实很感人，张爷爷，你多说说，我想听这个故事。"

张爷爷笑道："小向，你可以把这个故事写下来，我也想让更多人知道这个故事啊。"

向霖答应道："我会的。"

两人喝着酒，继续往下说着。

……

我记得她是一个非常温柔的女人，说话的声音轻轻的，很好听，初来的时候穿得很时尚，是那种飘落的洋绸白花裙子，还有好看的红色皮鞋，白羽花帽子，大家都很好奇，跑出来围着她转，她拿了一种黑色方块的糖给大家吃，那时候我们都还小，有些害怕不知道什么东西，最后还是我勇敢地第一个尝试，真的很好吃，后来她告诉我，那个糖叫巧克力。

张云天的父亲老太爷是一个开明的乡绅，并没有因为信子是一个日本女人就心生不满，反而对信子愿意放弃一切跟随张云天感到高兴。所以那场婚礼是我见过最热闹的婚礼,附近乡村的人知道张云天娶了一个日本贵族的女孩,都轰动了,所以在张家大宅外开了足足两百来席,吃席的超过两千人,桌位都排到麦田里了,那真是非常壮观的场景,可能是我们红叶村办过的最大的喜事了吧。

信子阿姨真美啊,虽然穿着红色的嫁衣,那是一个中式和西式结合的婚礼,信子在村里一个有德老者的牵引下来到了张云天身边,由县里教堂的一个牧师证婚,之后又根据传统礼节给张云天的父母敬茶。

张爷爷说到这里脸上带着追思的微笑,很开心地回忆着。

"信子阿姨留下来之后,小山村很快就改变了,你知道这红叶小学什么时候开的吗?"

张爷爷笑着问向霖,向霖摇摇头:"不知道。"

"红叶小学就是信子阿姨开设的,她在日本就是中学老师,所以她跟公婆商量,将前厅捐出来,开设了乡村小学,信子阿姨就这样做了我们的老师,还从城里买来了教材,我们才开始了解山外的世界。"

"她经常下去各个村民家走访,了解村民的困难,不遗余力地去帮助大家,也曾经跟大家一起在小河里洗衣服、一起种麦子甚至帮助孕妇接生,帮村民看病,她用她的温柔和善良打动了这个山村的每一个人。"

"就这样过去了两三年,山村里的人再也没有人认为她是一个日本女人,都把她当成了中国人,都非常喜欢她,有时候我会想,如果没有发生后面的事情,一直这样下去,多好啊!"

向霖焦急地问道:"发生了什么事情?"

张爷爷的眼神有些冰凉:"因为战争发生了,从 1937 年开始,战争就来了。"

"起先大家还并不太在意，我们这里就是一个小乡村，北京、热河、河北、河南、山东都打起来了，但是湖北还很平静，不过哲夫很担心，一连发了十几封信给信子，劝信子和张云天离开中国去日本，说父亲已经原谅他们并且愿意接纳他们。"

"信子回信说，她已经融入了中国，这里的人都很善良，不愿意离开这里。"

"而湖北国民党军方的人也开始来找张云天，力劝张云天进入军队，甚至提出让他担任少将参谋，不过张云天并没有马上答应，当时国军的主要方针还是对内打共产党，这让张云天无法接受。"

"事情的转变发生在1938年6—10月的武汉会战。"

张爷爷的眼中带着丝丝的愤怒和伤感，他开始回忆起那段不堪回首的过往。

"武汉会战开始后不久，村里好几十户人家都办起了丧事，参加会战的一个师几乎全军阵亡，这个师里部分官兵是我们这里的人，村里就有好几十户亲人阵亡，他们是孩子，是丈夫，是父亲，是兄弟；仇恨的种子在弥漫；怒火毁灭了他们的理智，仇恨泯灭了他们的良知，愤怒的村民冲进了张云天家，他们手拿锄头、棍子、铁锤围着张云天和信子，最后信子阿姨还是被他们给拖了出来，张云天跪着求他们放过信子。"

"信子没有罪过，她曾经帮你们的孩子治过病，给你们家里接济过粮食，教你们的孩子识字，你们曾经和她一起生活在这里，忘记她是一个日本女人，可是今天你们怎么了？她有什么错，要这样对她，只是因为信子是个日本女人？"

张爷爷越说越激动，身体激烈地发抖，双拳紧握战栗得几乎无法自制。

"张云天悲痛万分地疾呼着，咆哮着：'那些事情和她有什么关系，她是那么善良，对人从来没有恶意，她是那么善良的人啊，你们为什么会这样对她，为什么？'"

张爷爷回忆道："我永远无法忘记那天的一幕幕场景！"

"张云天永远无法忘记信子眼中的绝望和恐惧，信子浑身发抖不知所措，她紧紧抱着张云天，眼泪湿透了他的后背，在他们强行拉开她的时候，她大声对张云天呼喊着：'云天，带我去红叶谷。'"

"张云天被摁在地上，鲜血浸染的眼睛与信子的痛苦眼神交织在一起，他的耳朵里只能听到一个声音。"

"云天，带我去红叶谷。"

"张云天指着他们，吐着鲜血痛诉着：'你们把我也杀了吧，让我和信子死在一起。'"

"信子的身上已经看不到一寸好的肌肤，鲜血顺着她的身体渗入土地，染成了红色的一片黑暗，如同张云天被千刀万剐的心一般。"

"所有的曾经善良的村民都麻木着，每个人的脸上都是空洞的木讷，血还在他们的棒子和锤头上滴淌，每一滴滴落的复仇之血，都会让你们破碎的仇恨之心变得更恶心，张云天在他们的注视中抱起信子，信子流尽了血，早已没有一丝呼吸。"

向霖听到这里，只觉得呼吸都是冷的，浑身战栗着，说不出一句话来，那种彻骨的痛，让他无法呼吸。

第四十章　冷酷的悲剧

"为什么会这样,为什么?"

向霖不停地说着这句话,他感受到了那种绝望,一种发自内心的无比的绝望。

张爷爷的声音也哽咽了,而张陆早已泪流满面。

张爷爷的声音还在讲述着,这是一个无比真实,又无比残酷的故事。

……

张云天抱着信子走了,在红叶谷他挖了坑,用石头给信子垒了一座坟墓,然后昏倒在那里,几天后一个药农救了他。

那个药农还救了另外一个人,一个共产党的团长,叫作陈建州,被国民党打散受了重伤,被药农留在山里养伤,他毕业于北京师大。

他告诉张云天,战争在毁灭人性,他见过很多日本年轻士兵,稚气的脸上带着邪异的杀气,他们没有了灵魂,那是一个个被毒害的生灵,延安抓到了一些日本的战俘,可是他们很多人宁可绝食而死,也不愿意悔悟自己的罪行,你懂日语,应该去帮助这些罪恶而迷茫的灵魂。

张云天想到了信子还有一个最小的弟弟,叫作正夫,信子说他也参军了,那是一个快乐的孩子,很有礼貌,以前张云天去见信子的时候,他总是远远地躲在树后面看着他们,张云天很难相信这样孩子会端着刺刀,刺向那些无辜的人。

张云天想要为信子做一件事情,去拯救那些无辜的灵魂,他决定了,跟随陈建州去延安。

向霖心中默默一动:"陈建州!陈振风的父亲,原来如此,张云天是他父亲的战友。"

不过向霖并没有提出来,张爷爷喝酒的表情显得十分痛苦,好像在酝酿着什么,他连续喝酒好几杯,向霖看着他,和张陆默默地陪着。

许久后,张爷爷才准备好,长吸一口气开始往下说下去。

"1938年的10月17日,那一天我终身难忘!"

一队日本骑兵进了红叶谷,为首的是一个年轻的军官,长得正派英俊,他来到的时候起先是客气地问路,问的是张家大宅的位置。

不过所有红叶村的人都吓呆了,他们可都是在张家大宅的行凶者或者旁观者,路人不敢说话,吓得瑟瑟发抖,而那个军官察觉出来,用枪威胁那人带路,又安排人封锁住出村的路口。

等到了张家大宅,整个张家多数早已人去楼空了,除了老管家和几个家仆还守着老宅,就是张云天的一个寡嫂支撑着张家,当时小学还在开课,有那么三十多个学生还在上课。

年轻的日本军官不是别人,正是信子的弟弟山本哲夫,哲夫是来接他的姐姐和姐夫张云天的,可是一打听自己的姐姐已经被村民打死了,而张云天下落不明,生死未知。

哲夫盛怒之下,将全部村民驱赶到大坪上,让张家人指认凶手,张家寡嫂不愿意那么多人为了自己的弟妹陪葬,但是管家在日本刀的威逼下,指认出了所有参与行凶的村民,广场上一百多颗人头落地,哲夫杀红了眼,最后除了张家的几个仆人、管家、寡嫂还有在学校念书的三十多个孩子活了下来,整个红叶村没有留下其他活人。

哲夫命人封锁了张家大宅的门,门外是地狱般的凄厉惨叫声,那声音就如同修罗地狱,让人发抖,当时的我就是那三十多个孩子中的一个,躲在桌下,捂着耳朵不敢去听,屠杀结束后张家寡嫂直接在大厅上悬梁自尽了。

整个红叶村,除了张家大宅,全部被烧毁,所有人的尸体都被挂了起来,飘摆在大树上,等我们走出张家大宅的时候,哲夫已经带兵离去,红叶村全毁了,那场景如同地狱,真的不敢再去回想,每每想起,都让我深深地惧怕,为何要伤害一个跟战争无关的人?而人的仇恨激发出来的魔鬼,毁了所有的宁静,毁了这个宁静的山村。

等张云天和陈建州回到红叶村的时候,他们简直不敢相信眼前的一幕,张云天想哭,哭不出来,他想不明白,往日的宁静,往日的善良,为何会变成血色的暴虐,让整个世外桃源沦为修罗地狱。

陈建州了解了事情的原委,他跟张云天说道:"云天,这就是为何我们要去做那些事情,那些恶魔的灵魂,会让世界变成地狱!"

张云天毅然决然地离开了红叶村,去了延安,化名张思信,起先从事的是战俘工作,之后陈建州成了新四军新一团的团长,跟中央要搭档的时候,带走了张云天,张云天之后做了新二团团长,他的部队抓获的日本战俘人数最多,教育战俘的人数最多,甚至最后他的新二团里,居然出现了一个日本连,足足一百五十名日本人为了中国人的抗日战争在牺牲流血,他成了毛主席都褒奖的军事指挥官。

而在之后的抗战中，他抓获了一个战俘，这个人正是第二十七师团骑兵大队的大佐山本哲夫。

山本哲夫见到张云天几乎疯狂，大喊着："是你害死了我姐姐，是你！你是凶手！"

山本哲夫在那几年的战争中，杀害了无数中国平民，他将他姐姐的仇恨转化到了中国百姓身上，不少人建议杀掉山本哲夫，但是张云天没有答应，他阻止了山本哲夫的自杀，在一年多的时间里，他将他带在身边，让他看看新四军如何作战，如何为了国家、为了正义、为了尊严、为了自由而战，最后哲夫终于醒悟了，开始忏悔自己的所作所为。

日本战败后，哲夫回到了日本，成了一个坚定的反战人士，张云天答应为信子拯救的灵魂，他做到了。

他打了八年的抗日战争，经历了无数的血战，拯救了数百个日本战俘，成了整个新四军中最勇猛也是最仁慈的军事指挥官。

但是他始终思念着信子，坚守着自己唯一的爱。

1946 年，解放战争爆发了，张云天被调到东北，加入了四野，一路打到了湖北。1949 年 5 月，终于到最后渡江大决战的时候了。

可是这时候，张云天阵亡了！没有人找他的尸体，他的战友陈建州汇报是阵亡，尸骨无存。

……

那个在抗战和解放战争中化名张思信的将军在新中国成立前夕阵亡了，他重新变成张云天回到了红叶村，此时的红叶村已经没有什么人了，他回到了那个老宅，等老管家死去后，很少有人知道他的过往，但是我知道，因为我是他的堂侄，我见过那些过往，但是对于他失去的那十一年，我几乎一无所知，我根本不会想到他就是张思信。

最后离开的时候，张云天跟陈建州说："老陈，我要走了，重新成为张云天，成为山本信子的丈夫，她在那里太孤独了，我想去陪她，秋天为她画枫叶，冬天陪她看雪，春天等待映山红开满山，夏天听树林中的虫鸣；十一年了，我们终于等到了新世界的到来；中国需要建设者，不需要那么多将军，我会回到红叶谷为孩子教书，教他们画画，如果有机会，你可以来看我，记得悄悄地来，悄悄地走！"

你们知道吗？后院的那个园子，原来是信子阿姨设计和营建的，后来都毁了，张叔回来一点点又恢复成了过去的样子，还和我们小时候看到的一样，只是那书房从不让孩子们进去，所以关于这一切的秘密直到他去世后才一点点被揭开，我在他的书房里找到了他的日记，那里记录了很多的过往。

向霖问道："张爷爷，那本日记我能看看吗？"

张爷爷摇摇头："看不到咯，被博物馆拿走了，只有那把刀，在我强烈要求下，留了下来，当年他在部队遗留下来的东西都带走了，他是1997年去世的，最后政府来了人，部队也来了人，证实了他的身份，所以这宅子就成了张云天故居，国家不会忘记他所做的贡献，还有日本的一些中日友好人士，都是当年他帮助过的那些战俘和战俘的后代，每年都会过来看看，二十年了，从未中断过联系。"

张爷爷说完故事，心情好了一些，端起酒杯笑着说道："你看，我这一聊啊，反倒耽误喝酒了，小向喝一杯。"

向霖和张陆那一晚陪着张爷爷喝到很晚，三人都喝醉了。

第四十一章　麦冬的身世

第二天，向霖让张陆带自己去麦子以前的家看看。

一路上两人都在聊一些关于麦子的过往。

向霖说起了麦子跟自己说过的关于她的名字的故事。

张陆点头回答着："是啊，麦子姐家过得苦啊，一方面村里接济一点，因为她妈妈本来就智力有点问题，只能养几头猪，帮人收点麦子什么的，家里还有两个孩子要养。"

向霖没有刻意问起麦子的情况，就顺着张陆的话茬往下说："我听麦子说起过她弟弟麦冬，但是对于情况不太了解。"

张陆说道："麦冬是四岁到的红叶村，说起来麦冬其实和麦子没有血缘关系。"

向霖疑问道："为什么，麦冬不是麦子爹的儿子吗？"

张陆解释道："麦子的爹到了城里，在工地上打工，认识了工地上做饭的一个比他大几岁的离婚女人，不知道怎么就好上了，两人也没结婚，那女人带着一个孩子，就是麦冬。麦子爹认识那个女人的时候，孩子不过一岁多，还是个特别小的孩子，麦子爹对麦冬也很好。"

向霖这是第一次听到麦冬的身世，他没有打断张陆的话。

张陆继续说着："麦子爹在工地出事死了，那一年麦冬四岁，谁知道那个女人突然就失踪了，工地的老板赔了一笔钱，麦子爹就被火化了,孩子也不知道要送到哪里去,就让工友带着送来了红叶谷。"

……

王大叔把这个孩子领到麦子娘身边,告诉麦子娘:"这就是拴柱(麦子爹的名字)的孩子,挺可怜的。如今拴柱死了,他妈也跑了,才四五岁的孩子,也没个着落,在工地上有一餐没一餐的,真要送去孤儿院,孩子也不愿意,没办法,只能送你这里来,看你认不认,不认我只能送去孤儿院了。"

"冬子,叫妈妈!"

王大叔推了推孩子,孩子怯生生地走上前,低着头轻轻的叫了一声:"妈妈。"

孩子大概已经知道自己被亲妈给抛弃了,当他叫出那一声"妈妈",孩子已经战栗在那里泣不成声了。

麦子娘看着孩子那瘦小的身体,心如刀割,但是又如同化了的糖一般,一种感情从她的内心中激发出来,瞬间她就用力拉过了孩子,紧紧抱住了他。

孩子紧紧偎依在母亲的怀抱,感受他之前从未感受过的那种温暖,他哭的声音突然间变得歇斯底里,他的内心压抑了太多的委屈。

麦子娘用手摸着孩子的头,冬子紧紧抱着麦子娘的腰,一声声叫着:"妈妈,妈妈!"

"你叫麦冬对吗?那以后妈就叫你冬子了。"

……

张陆的描述中自然没有那么多的情感和心理描写,只是平铺直叙地说过程,但是和之前一样,向霖的作家大脑不自觉地脑补开始了,他总是给那些别人给他说起的故事加上很多自己的解读,好像自己都经历了一翻,这种感觉让他心力交瘁,但

211

是也让他甘之如饴。

向霖此刻就站在麦子家的老房子面前,房门紧紧关闭着,门上的锁都锈死了,三间土砖房,破败不堪,门口的院坪里早就长满了杂草,一旁的猪圈垮塌了,周围还有三五户老房子,都一样的景象,一个人都没有。

张陆说道:"老人们死后,年轻人都去城里打工了,也不愿意回来,现在这些房子都是这样,没有人了,麦子姐走后不久,麦冬也就走了,说起来他还是我初中同学呢,本来成绩很好的,有机会考上好高中,然后上大学的,可是麦子姐突然失踪,让他很难接受,不久他就去了城里,说是找他姐。"

"走吧!"

向霖回头说了一声,然后问道:"小陆,这里离埋葬张云天爷爷和信子奶奶的那个红叶谷有多远?能带我去看看吗?"

张陆指着远处的一座峡谷说道:"在那个方向,我们现在出发,估计要走四五个小时吧。"

向霖:"能带我去吗?"

张陆笑了:"反正也没事,我每年也都要过去祭拜的,等下我们路过前面的村子,吃点东西,然后再出发。"

向霖想了想再次说道:"小陆,算了,我们回学校吧,这次不去了,我希望下次可以带着麦子一起去拜祭他们。"

向霖无法向死去的两人撒谎,为了那个美好而悲伤的爱情,他希望自己与麦子有一个好结果。

张陆也没多想,向霖转身拍了一张照片,照片里一所荒凉的泥砖房子。

"这就是麦子长大的地方!"

下午的时候,向霖去了一趟镇里,取了十万块钱,回到张家老宅交给张爷爷。

向霖把钱摆在桌子上:"张爷爷,这是我和麦子捐给学校的钱,给孩子们改善一下生活和学习环境!"

张爷爷死活不肯收下:"小向,不用了,现在我们红叶小学条件没有那么艰苦。"

张陆也在劝:"向哥,小学有县里的拨款,偶尔也有过来助学的,真不用。"

向霖还是坚持让他们留下:"张爷爷,这是麦子的意思,也是我的心意,求您收下吧。"

推让了很久,最后钱还是留下了。

向霖在张爷爷和张陆充满歉意和感谢的目光中,在山路上不断回顾和挥手告别。

向霖再度走在麦海中的时候,他回头去看了看那片峡谷的方向,那里是红叶谷的位置。

他终于找到了张云天的故事,也证明了张云天和陈建州的关系,不过陈建州到底经历了什么,已然还是一个谜,还有麦冬去城里找麦子之后发生的一切,这一切都一定会和整个故事有关。

向霖对自己一阵苦笑。

站在麦海之中,看着眼前的一个稻草人,他学着稻草人的样子,缓缓张开自己的双臂。

第四十二章　深秋夜凉

中巴在山间公路上盘旋着缓缓而行，山路崎岖，向霖的整个身体都在剧烈地晃动着，他的思绪也在剧烈地晃动，他脑海中不断去回想关于张云天和山本信子的故事，一幕一幕回想那些可能发生的对话和场景，这是他创作的习惯，可是越想心中越发悲哀。

作者的情绪有时候就如同不断被折叠弯曲的铁丝，总有承受不住断裂的时刻，此刻的向霖的内心就是如此，过去的一两个月，他听过太多冷到绝对零度的故事，可以冻住人的思维，他不知道当这些故事经过自己文字的加工，写到小说中的时候，自己的情绪又是否会崩溃。

但是这个故事对向霖来说很重要，因为他跟诅咒没有关系，他跟那些被自己所遗忘的美好感觉有关系，他必须写好这个故事。

秋夜渐凉，向霖回到了工作室，他没有告诉其他人自己去了哪里。

他站在阳台上，看着高架桥上的车水马龙，城中的万千灯火，手中的烟已经燃到了尾端，手中的酒也快喝完了。

麦子依然没有任何消息，但是向霖的心情反而平静下来了，他们彼此都约定不留电话号码和联系方式，向霖也无从找起。

所幸这次的红叶村之行收获很多,那个故事也慢慢地清晰起来,如今的素材足够他去完成这本小说的大部分了,所以回来之后的一段时间,他关闭了手机,专心地关在家里写书,方小艾每隔几天会送吃的过来,留下来搞搞卫生、洗洗衣服。

向霖不出门,王鑫倒更放心一些,他还在追查着麦冬的下落,只是差不多每天会给向霖打个电话,向霖都有点不胜其烦了。

"王鑫,是不是向颖让你天天给我盯梢的!"

王鑫在电话那边气得跳起来:"滚,关心你还有错啦,狗咬吕洞宾,不识好人心!"

向霖笑笑:"好,我错了,行了吧。麦冬有消息了吗?"

王鑫说起了麦冬的事:"没有,我感觉那小子很聪明,几次发现了他的踪迹都被他溜了,对了有一个事情跟你说一下。"

向霖本能地马上问道:"是麦子有消息?"

王鑫马上惊叫道:"我去,你是狗鼻子啊!是,除了我们在找麦冬,我们调查了麦冬出没的一些地点,发现麦子也在找他。"

向霖听到这消息竟然有些开心了,因为麦子并没有跟随陈振风去美国,她还在这个城市里,还在自己的周围。

向霖尝试着问道:"她在哪些地方活动?"

王鑫不等向霖继续说下去,连忙制止他内心的想法:"打住,打住啊!别去找她,现在谁靠近麦子,谁就有危险!麦冬这个人有点古怪!"

向霖听出了一些话外音,连忙问道:"王鑫,你是不是有什么没有告诉我?"

王鑫矢口否认:"没有,总之你别去找就行了,你也别问我,我不会说的,老实在家写书吧,警察的事情交给我们警察处理,瞎掺和什么啊!挂了!"

王鑫噼里啪啦说了一通,直接挂了电话。

向霖把电话放下,靠在工作椅上,又给自己点了一支烟,片刻之后,他打开了笔记本电脑,继续打字。

……

1933年春,东京,樱花盛开的季节,信子收到了一件从中国跨洋运过来的包裹,一个中国留学生将包裹和信交给了她。

信子很高兴,因为她知道这是张云天从中国托人给她送来的,那里藏着一幅画,画中有一个地方,去年深秋,张云天在和她去神社的路上,跟她说过一个叫作红叶谷的地方……

他真的将一片红叶送给了她,信子将那片红叶幻想成了一身红色的嫁衣,中国样式的,和日本的白色嫁衣不一样,那种红色更让她向往。

……

向霖写着,脸上的表情一直在变化着,从不由自主地微笑,到不解,到悲伤,到悲痛,到痛哭,他突然将笔记本用力合上。

"啊!"

孤独的夜空中,他大叫了一声,那些故事真实残酷得像在他心里划刀子,但是最可悲的是这一切跟他无关又跟他有关。

"叮咚!叮咚!"

门铃响了,向霖收拾好自己的情绪,大声说着:"小艾,你自己有钥匙!"

门外没有动静,又响起了两声门铃,向霖走出去开门,他在猫眼里看了一眼,门口站着一个女人,是刘靖。

"她怎么找到这里的?"

向霖迟疑了一下，还是打开了门。

刘靖穿着一件白色的大毛衣，戴着一个可爱的八角编织帽，小皮裙，有些活泼可爱。

她笑着看着向霖，眨着眼睛问道："怎么，不欢迎我？"

向霖摇摇头："请进，你怎么找到这里的？"

刘靖笑了："你忘记了，你给过我名片，上面可是有你工作室地址的。"

向霖这才想起来，自己第一次去美院的时候，确实给刘靖留过名片了。

刘靖好奇地打量着，这个大概六七十平方米的公寓，向霖喜欢偏暗一些的光线，故而整个房间有种神秘和暧昧的氛围。

向霖看着放在工作台旁边的画架，连忙跑过去，用一块白布将那幅画盖住，然后将刘靖领到沙发上坐下。

"你喝点什么。"

"冰水！"

向霖走到冰箱拿出一瓶水，回头的时候发现刘靖已经揭开了盖在画上的白布，向霖摇摇头，早知道刘靖要来，自己应该将那幅画藏好的，这件事情不应该将她牵涉进来。

"你的水！"

向霖将水递给刘靖。

"谢谢！"

刘靖没有回头，将目光盯在那幅画上，脸上带着渐渐明悟的微笑。

"我明白了，原来陈老师画的是这个女人，这个场景，那些所有的画，都不过是这幅画的影子罢了，我明白了，他没有见过这幅画，但是他应该见过这个女人！"

向霖上前将刘靖拉开，然后用布包裹住画，走到里面的房间将画放好,又出来关上门,刘靖就看着他的这些举动,没有多说什么。

向霖做完这一切走到她身边说道:"那幅画有点问题,我不想你牵涉在里面。"

刘靖点点头,笑着问道:"你在乎我?"

向霖不知道如何回答,许久说道:"我不想节外生枝。"

刘靖从他身边走过,靠近他的时候笑了笑,将手中的水还给向霖。

"给我拿杯威士忌吧,跟你喝的一样。"

刘靖回到沙发上坐下,向霖回头看了一眼,走过去拿着杯子和酒过来,给她倒上,也给自己倒上。

两人对视着喝下杯中的酒。

刘靖轻声问道:"向霖,看来你接近最后的答案了,对吗?"

向霖并不否认:"快了,不过这个故事很复杂,连我都觉得很复杂。"

刘靖又问:"对了,如果你写完了,发表之前,能先给我看看吗?我没有去追寻最终答案的勇气,但是我有好奇心。我会是一个很好的读者和编辑。"

向霖笑着点点头:"好,写完我第一个给你看,听听你的意见。"

刘靖笑了,她将杯中酒喝完,说道:"我就是来看看你,对了,以后我永远不会跟你说我的故事,因为我知道,你听过的故事都有结局,我不想我们之间那么快就有结局。"

向霖仔细想想,其实这话也有道理,他好像知道了很多关于麦子的故事,剩下的故事不说更好吧,这样他和麦子之间就不算结局了。

向霖回答道:"我不会要求你说自己的故事!"

刘靖对这个答案倒是满意的,她起身往外走去,回头说道:"向霖,你安心写书吧,你书写完之前,我就不来吵你了,等你跟某个人的故事有结局了,未来的日子我们再开篇吧,不管是否还能开篇,不过我总归是期待的。"

向霖微微点点头,没有说话,也没有送她,只是看着她打开门,走出去,又关上门,房间又安静了,他走进房间,重新拿出那幅《央金卓玛》放在画架上,看了一眼,又将白布盖上。

第四十三章　突如其来的消息

一个月后，2018 年 8 月 17 日，凌晨三点，向霖的公寓中。

向霖床头的手机响了，显示来电：王鑫。

王鑫的声音有些焦虑，有些担心，还有些抱歉："向霖，我现在跟你说正事，我刚才跟我们李队吵了一架，他让我给你打电话，我他妈的实在不想打这个电话，不过如果事后真的出事了，我没有告诉你，估计我们兄弟交情也就到头了。"

向霖马上意识到事情跟麦子有关，他大声问道："你废什么话，快说，是不是麦子的事情？"

王鑫承认道："我们找到麦冬了，本来打算今天晚上实施秘密抓捕，谁知道城中村麦冬住的房子里还有一个人，现在麦冬抓了她做人质，正在跟我们警方对峙。"

向霖心中一紧，马上反应过来："麦冬劫持的人质是麦子？"

王鑫声音有些紧张："是，而且居然点名要见你，否则就杀了麦子，然后自杀。麦子倒是冲我们警方喊，让我们不能让你来，结果我跟李队杠上了，我说这事你是旁人，不能连累你，但是李队意思是不能刺激麦冬，让我打电话，说你来不来，都不怪你。"

向霖马上说道："你赶紧把地址定位发给我，我马上过去，王鑫，我求你了，一定不能让麦子有事，否则我没你这兄弟。"

王鑫声音一阵懊恼："认识你我算倒了八辈子血霉了,什么事啊这叫。行,我把定位给你,我跟队长说了你是麦子的男朋友,没准可以缓和局势,你过来可以,但是你最好保护好自己,妈的,否则你们家向颖能要了我的命。"

向霖马上回答："我马上到,这事你不能跟向颖说。"

王鑫大吼一声："你当我傻啊,我还想不想活了!"

向霖挂了电话,拿起一件衣服急冲冲出了门。

......

长州市郊区的一处城中村内一栋五楼的普通民居楼,居民楼外面围满了人,路边停着几辆闪着警灯的警车,所有武警在周围警戒隔开人群,现场拉起了警戒线。

楼下,站在警车边手持扩音器的李队长正在冲楼上喊话："麦冬,我们已经安排人去叫向霖过来了,请你保持克制,我们争取谈判,不要伤害人质!"

放下麦克风,李队长冲着旁边一个警察喊道："去,把围观的人给我赶走,他手里可能有枪,真发生枪战,流弹伤着人怎么办?"

那警察点点头,下去安排去了。

楼道里,不少武警持枪,准备解救人质,五楼的一间房子,大门紧闭。

李队长打开耳麦,轻声说道："1号位、2号位、3号位,没有我的指令不要开枪,争取谈判解决,我们先等等!"

对讲机里同时传来三个声音："明白!"

人群外围,王鑫挂了电话,骂咧了一句："妈的,我这干的什么事?"

说完收好电话回到李队身边。

李队看他一眼,问道："向霖什么时候到?"

王鑫有些没好气地说道："头，你可是知道我和向霖什么关系，他要是出点什么事情，我家就翻了。"

李队瞪了他一眼："这事处理不好，我们先翻。"

王鑫没了脾气，把背往车上一靠，掏出烟就自己点上了。

"给我拿一支！"李队伸过来抢烟盒。

王鑫没办法，只好将手里的烟盒递了过去。

……

五楼的一个房间内，柜子已经被挪到门口顶住，床被移动到了一边，大厅里，只摆放了两把椅子，一把椅子坐着一个女人，另外一个男人坐在对面，正是麦子和她弟弟麦冬，麦冬175厘米左右的身高，人比较瘦，秀气的五官，留着短发，身上穿着一件黑色的T恤，手里拿着一把枪，目光中有些许的愤怒。

麦冬对着麦子大吼道："陈墨他不该死吗？姐你不知道那个男人就是一个畜生啊！他杀了那么多人，他死有余辜的！"

麦子痛心地劝说着："冬子，姐知道，但是你不该杀了他，他是个杀人狂，你可以去报警抓他啊，搭上你才是让姐最心疼的事情。"

麦冬摇摇头，他有些无奈地说着："姐，来不及了，那天如果我不动手，他就得杀了你，我只能杀了他了，但是我不想连累你，只能把他埋了，我不后悔。"

麦子急促而懊悔地说着："他不会杀我的，他不会杀我的，我早就知道他是什么样人，但是他不会杀我！我知道的！"

麦冬用手抓住麦子的双肩猛烈地摇动着，想要将她从幻想中拉回来："姐，你醒醒吧，他控制不了的，这两年他不止一次潜回长州市，他躲在你看不见的地方，如果不是因为我，他早就对你动手了，是我一直在暗中保护你，也只有我才能保护你,姐你怎么就不明白呢?"

麦冬情绪激动,忍不住过去抱住麦子,麦子挣脱开来,但是麦冬越抱越紧。

麦子大喊一声:"麦冬,你冷静点,我是你姐。"

麦冬突然停止了所有的动作,缓缓松开麦子,背过身去狠狠地扇了自己一个巴掌,回头看着麦子,突然大笑起来。

"哈哈!哈哈哈哈!"

"姐,你跟着陈墨跑了,把我丢在那里,不管不顾,你在乎过我吗?之后陈墨也跑了,你又去找那个糟老头子,你知道我有多心疼?"

此刻的麦冬眼中满满累积起恨意,表情开始变得有些狰狞。

"后来你又跟那个叫作向霖的小说家纠缠不清,姐,为什么?为什么你总是如此放纵自己,然后让我痛心?姐,你为什么非要如此作践自己,明明只有我是爱你的,只有我才不会背叛你,只有我才是一生陪伴你,永远不会离开你的人,他们都将离开你,我不会,我不会,可是你却随手就将我抛弃了。"

麦冬的话语中充满了不断的控诉和不满,情绪几乎失控。

麦子突然扇了麦冬一巴掌,然后就哭了,然后轻轻抱着自己的弟弟:"麦冬,我是你姐姐,永远都是你姐,我的人生已经一塌糊涂了,我不想你和我一样,所以你自首吧,法官会轻判的。"

麦冬挣脱了,脸色凶狠地看着麦子。

"不,我不可能自首的,我还要杀一个人,等下他就到了!"

麦子惊恐地问:"你还要杀谁!"

麦冬有些恐怖地笑着:"姐,你以为谁把我的名字供出去的，知道我存在的，在你身边的只有一个人，就是他，如果不是他跟警察说出了我，警察也不会跟踪我，让我落到这个地步。姐，这个人不值得你等他，他必须死，只有他死了，你才能真正安全。"

麦子狂怒着抓住麦冬的手臂，大喊着："麦冬，我不允许你动他。"

麦冬一掌敲在麦子的脖子上，将其打晕过去，用绳子将麦子绑在凳子上，然后他用平静温柔的声音说着："姐，我总是恨自己，为什么我是你弟弟，不过现在好了，我把所有能威胁你的人都杀掉，以后你就安全了，而我也解脱了，我不用再被这种痛苦折磨，我解脱了，这辈子我以你弟弟的身份活着，太累了。"

他温柔的用手轻轻抚摸着麦子的脸，目光柔和得像看着自己最心爱的女人。

楼下，李队又拿起扩音器冲楼上喊话。

"麦冬，其实你自首我们会宽大处理的，因为是你将陈墨的犯罪地图提供给了警方，客观上对我们破掉这个连环杀人案起到了关键作用，这点你是有功的，而且你杀陈墨的动机是为了保护你姐姐的安全，所以综上情节，你一定不会受到重判的，所以不要做傻事，你只要放下武器，释放人质，投案自首，我会帮你向检察院和法院陈述的。"

李队说完，放下扩音器，楼上还是没有人回答，他眉头紧锁，更加担心。

麦冬偷偷撩开窗帘，往下探出半边头观察，1号位狙击手对李队轻声汇报："李队，他现在在我的视线里，是否需要执行任务？"

李队在耳麦里小声说："稳住，不要开枪，尽量挽救。"

1号:"明白。"

……

麦冬看了看下面的情况,轻笑一声,然后向楼下大喊:"让向霖来跟我谈,我要见他,他来了,让他上楼,另外其他人都撤出楼内,否则我不保证人质安全。"

李队拿起扩音器大声回话:"麦冬,你冷静一些,那是你姐姐,我相信你不会伤害她,我们可以撤出来,向霖正在赶过来,但是我们不能保证他愿意进去跟你面谈,我还是希望你考虑我的建议,出来自首。"

麦冬大声回答:"我在这里等着。"

李队招手叫王鑫过来,吩咐道:"王鑫,你让武警的同志先撤出来,保证人质安全。"

王鑫点点头:"头,明白!"

王鑫入楼去安排,不久武警都退了出来,麦冬往下看了看,终于松了一口气,将手枪放在窗台上,从兜里拿出一支烟点上。

第四十四章　麦冬的愤怒

一辆出租车急停在现场，向霖从车上下来，走到现场警戒线位置，被维持秩序的武警拦住。

武警大声说道："喂，危险，你不能进去。"

向霖看到了王鑫，急忙大声叫他："王鑫，是我。"

王鑫看到向霖到了现场，急忙走过来，在民警身边吩咐了一下："放他进来，是李队安排的，人质的男朋友。"

武警放向霖进了现场，王鑫上去搭住向霖的肩膀，有些担心地说道："你可别逞能，安全第一，你可千万别出事。"

向霖知道王鑫对自己的关心，点点头答应下来："我知道。"

王鑫带着向霖走到李队身边，跟李队介绍："李队，这是向霖，我兄弟，老大，你可给我留心一点！"

李队看了看向霖，然后又瞪了一眼王鑫："你怎么婆婆妈妈的。"

李队转身对向霖说道："向先生，不好意思，是我让王鑫联系你的，麦冬劫持了他姐姐，也就是你女朋友麦子，躲在了这栋楼的五楼，他点名想跟你谈谈，这很危险，其实我们不建议你亲自犯险，所以无论你做什么决定，我们都不会说什么。"

向霖点头说道："我知道。"

李队继续说道:"之前王鑫也告诉过你,有人提供了陈墨的犯罪证据,就是麦冬提供的,而且麦冬杀陈墨也有保护他姐姐的意图,综合以上因素,他不会被判很重的,他还年轻,以后还有大好前途,所以如果能劝他出来自首,我会替他向检察院还有法院说明情况,你可以转告他我的原话,但是你是否愿意进去见麦冬,由你自己决定,我们会在你身上安装监听设备,一旦发现情况有变,我们会马上强攻救人,最大限度地保证你的人身安全。"

向霖想了想,点点头,然后用手指着扩音器:"我想先跟麦冬说几句话。"

李队点点头,把扩音器交给向霖。

向霖拿起扩音器,对楼上喊话:"麦冬,我就是向霖,我愿意进来跟你沟通,但是我想知道麦子是否安全?"

隔着窗子,麦冬大声回话:"我比你更在乎她。"

向霖放下扩音器,跟李队示意自己准备好了。

"李队,我愿意进去跟麦冬沟通。"

李队对旁边的刑警吩咐道:"来,给小向穿防弹衣,上监控设备!"

李队安排四个特警跟随其后保护,又跟向霖小心吩咐:"以保护自己的安全第一,你一旦进去,我们就鞭长莫及了,你只能灵活处理。"

向霖点点头:"谢谢你,李队,我会的,我会救下麦子的。"

李队补充一句:"你的安全和人质的安全是第一位的,我们外面有狙击手,如果事不可为,我们会强攻。"

"送向霖进去,你们当心一些!"

护送的四个特警点头答应下来:"李队,明白!"

四个特警左右掩护着向霖进入了居民楼。

李队在对讲机里吩咐:"1号、2号、3号,如果发现麦冬有伤害人质的情况,在条件允许的情况下,允许射击,突击小队,等我指令,随时突击。"

对讲机里传出回答:"明白。"

……

到了楼道口,领队的警察示意后面的人停下来,向霖走到门口,敲门,门打开一条缝,麦冬一把将向霖拉进门内,他与麦冬相见了。

麦冬手里拿枪指向向霖,向霖看到麦子躺在床上,不知道是睡着了,还是昏迷了,麦冬用枪示意向霖过去坐下,自己拿起一把椅子坐在他的对面,两人互相看着,也没有说话,之后麦冬先开口。

麦冬看着向霖问道:"你为什么会来,不怕我杀了你吗?"

向霖平静地回答:"对比我的生死,我更在意麦子的安全,当然我也希望你可以安全,因为麦子很在乎你。"

麦冬笑了笑说道:"你和他们不一样,你对我姐的感觉更纯粹!"

向霖也笑了笑:"我只是希望她快乐,解脱,不要困在过去,未来才是值得期待的。"

麦冬又问道:"你能一直照顾她吗?"

向霖眼神肯定地回答:"我会,一定会,否则我不会来。"

麦冬松了一口气,说道:"今天我叫你来,有两个考虑:如果你是一个最终会伤害她的人,我会杀了你;如果你是可以照顾她的人,我会将我姐托付给你。"

向霖有些疑惑为何麦冬会如此说,他反问道:"你不怪我?"

麦冬摇摇头:"我不怪你,因为从我把陈墨的证据快递到警局的时候，我就知道我早晚会被抓住的，我逃不了，也没想逃，是不是你说出我的名字，没有改变。"

向霖说道："我没有说出你的名字，不过我还是希望你出去自首，让你姐不至于太绝望，你还有未来。"

麦冬苦笑道："我早就被折磨够了，我不需要未来了，这对我来说是最好的结果，帮我照顾好我姐，最后再听我说完整个事情，我知道你在追寻整个事情的真相，我想把我知道的告诉你，至少你会记录下来，也许我能永远活在故事里。"

麦冬问道："我和麦子并没有血缘关系，你知道吗？"

向霖点点头："我知道！"

麦冬笑了："看来你也调查过我的事情。"

麦冬开始自顾自地说着："我只比她小一岁，我第一次见到我姐和我妈的时候只有四岁，我妈让我管我姐叫姐，我只觉得她跟我差不多大，不过是个漂亮的女孩罢了。"

……

1999年那年我爸死了，我亲妈抛弃我跑了，我成了一个孤儿。

……

王叔叔带着瘦弱不堪，衣衫破烂的我来到我妈面前，我有些害怕，躲在王叔叔背后。

王叔叔跟我妈说起了我的事情，说若我妈不收留我，我就只能去孤儿院了，其实那时候我特别希望她能收留我，我不想一个人去孤儿院生活。

但是我没有想到她会哭着抱着我，那种感情很真实，说真的，在我亲妈身上，我都没有感受过这种情感。

我妈旁边的那个女孩，我妈让我管她叫姐。

我好奇地打量着她，她有一双特别大的眼睛，个子跟我差不多，长得很好看，我一点都不觉得她像我姐姐，只是觉得是一个漂亮的小女孩。

所以我很久才叫了一声："姐。"

她拉着我的手，笑容很漂亮，我记得我们穿过一片一望无际的金色麦田，那天我终于有了一个家，那天是我一生中最开心的一天。

……

麦冬的眼光突然变得柔和起来，眉角自然而然地展开了。

她们对我很好，日子虽然苦，但是过得也很快乐，但是后来我妈病死了，只剩下我和我姐一起生活，我姐从小就长得好看，我就在她身边保护她，谁欺负她，我就揍谁。

……

有一次我跟人打架，被人揍得鼻青脸肿，我姐给我涂药酒，我疼得直咧嘴，我姐心疼得直掉眼泪。

我跟她说："姐，别哭，那二癞子就是个小流氓，这次我不收拾他，他会天天去学校骚扰你。"

我姐只会抱着我哭："冬子，别为姐跟人打架，姐只有你一个亲人，姐不想你出事。"

从那天起我就发誓，一辈子都不会让人欺负她，任何人都不行。

麦冬说这话的时候目光是柔和和坚决的。

……

那时候，我和我姐都在镇上的中学上学，不过她的成绩比我要好，她有机会读大学。

有一天晚上我回家发现她在收拾自己的行李。

她跟我说她要放弃读书，去城里打工，然后赚钱让我读书，供我念大学。

我抢下行李，跟她说，如果她走了，我就不读了，我让她先别走，那天她留了下来。

第二天，天还没亮，我就偷偷地离开了家，给我姐留了一封信，说我去城里打工了，我能赚钱供她念书，读大学。

我希望我姐有一个更好的人生，而不是留在那个山村里，这是我唯一能为她做的。

到了城里我什么苦都成吃，再累也不怕，我当过保安、做过建筑工地的小工、当过搬运工。

只要我姐幸福就好，她如果能考上大学，我就很高兴了。

结果那年高考，我姐告诉我她考上了长州师范，假期在我们村里的小学代课，我很高兴，所有的努力都没有白费，我想我姐的未来应该会很幸福。

麦冬说到这里的时候表情越来越难看，说话的声音越发冰冷。

夏天快结束的时候，我拿着积攒下来的两万块钱回了家，我想给我姐做学费，结果别人告诉我，她跟一个支教的城里人走了，连大学都不上了。

我气疯了，我想不明白，为何一个陌生人可以让她抛下我？如此轻而易举毫不犹豫地抛下我，我是她唯一的亲人。

她只给我留了一封信，上面留了地址，我决定去城里找她。

第四十五章　猎人的眼睛

我永远无法忘记那个男人的眼睛，阴冷而可怕。

我找到了我姐，但是她眼中除了那个男人，什么都没有了，她就跟没有了灵魂一样。

我特别恨那个男人，我从小就在山里打猎，我见过猎人看到猎物是什么眼神，那个男人的眼神就是这样，他看我姐不像一个男人看自己心爱的女人，更像一个猎人看到猎物的眼神。

……

长州市的一个画室。

麦冬按了门铃，响了几声之后，一个戴着眼镜、拿着画笔的男人出来开了门。

陈墨看着麦冬问道："您找谁？"

麦冬不由分说就往里闯。

陈墨怒道："你干什么，这是私宅，我要报警了。"

麦冬冲进画室，就见到赤裸身体躺在床上做模特的麦子，麦子看到进来的是自己的弟弟，惊呆了，惊呼着用毯子包裹着自己的身体。

麦冬喘着粗气，眼前的景象冲击着他的大脑，让他几乎难以控制，一股怒火直冲他的脑门。

陈墨紧跟着冲了进来："你到底是谁！"

麦冬转身一拳把陈墨打倒在地，上去又不停地用脚踢着陈墨。

麦冬双眼通红，从旁边拿起一把椅子就要砸下去。

麦子惊呼："麦冬，住手，你疯啦!"

麦子快速穿好衣服，上前去扶起陈墨，麦冬想要继续下死手，他甚至想杀了眼前的男人!

但是看到自己的姐姐如此，一下子不知如何是好，他放下手中的椅子，抬头看着天花板，脸上尽是绝望的神色。

陈墨擦去自己嘴边的血，指着麦冬大声呵斥："你这个疯子，你想干什么，我报警了!"

麦子拉住陈墨，痛苦地低头说着："陈墨，不要这样，不要报警，他是我弟弟。"

麦子拼命拉着麦冬出了门，麦冬就这样直直地看着麦子，他脑海中全是刚才自己看到的那一幕："姐，你在做什么，你应该要准备去上大学，你看你在做什么，你到底在做什么，不是我疯了，是你疯了，跟我走，离开这里。"

麦子摇摇头，脸上有些许愧疚和羞愧，但是她平静地说着："麦冬，你不要管我，我爱他，陈墨是一个画家，我想和他在一起，我会去上大学，但是麦冬，以后你要自己去生活，只是为了自己，而不是为了我，他会负担我的学费和生活，我会嫁给他。"

麦子的话如刀片割着麦冬的心，他举起手，想要打醒自己的姐姐，但是看到那样陌生的姐姐，他下不去手，眼泪从他脸上流下来，他感到通体的冰冷和绝望。

他转身跑出了院子，回头的一瞬间，他看到了站在门口看着自己姐姐的陈墨，那个男人的眼睛显得异常诡异，脸上的笑容带着一种莫名的阴冷。

……

麦冬面容狰狞地对向霖说道："向霖，你不会这样对我姐的，陈墨看我姐眼神不一样，那不是对一个爱人应该有的眼神，所以从那一刻开始，我就非常担心。"

麦冬说完，苦笑着看着向霖，又回头看了看依然昏迷着的麦子。

向霖始终看着麦子，轻声说着："我也不会让她有事的。"

麦冬点点头："我相信你，我姐对陈墨的爱是畸形的，但是我能感觉到她从你工作室出来时候的表情，没有惶恐，没有迷茫，她总会在楼下，抬头看着你工作室亮起的灯，只有淡淡的不舍，我能感觉到，你让她安心。"

向霖问道："你其实一直在跟着我对吗？"

麦冬没有否认："是，我害怕我姐再次遇到伤害她的人，所以有一次我看到我姐哭着从你那里跑出来，我以为你伤害了她，我就想杀了你，不过后来发现不是，所以我放弃了。"

向霖继续问道："你就是从那时候开始调查陈墨？"

麦冬点点头："他的眼睛我认识，那是猎人的眼睛，而我姐就是他的猎物，但是我姐深爱着他，不惜一切代价也要在他身边，我想让我姐认识到这一点，然后她可以回到我身边。"

向霖不解地问道："那你为何要杀了他，你掌握证据报警就可以了。"

麦冬用手敲打着自己的大腿，深吸一口气，缓缓地说："他每次总是乔装身份后才出去杀人，每次杀人的快感，可以让他满足三到四个月，他总是选好猎物，然后悄悄接近，并且取得对方的好感和信任，最后骗到隐蔽的地方，画下那些痛苦的女人之后再杀掉，并且秘密掩埋，他很谨慎，从来不在一个地方重复作案，因此我总是抓不到他的证据。"

向霖问道:"他知道你在调查他吗?"

麦冬想了想,才回答:"他应该知道,否则早在三年前他就控制不住想要杀掉我姐了,就是因为我悄悄在我姐身边,他无从下手,也正是因为这样,我没有办法跟踪调查,否则我可以更早地掌握证据,或者不会让他溜掉,早点杀了他。"

向霖看向麦子,问道:"你姐知道这一切吗?"

麦冬摇摇头,神情有些忧伤:"她并不知道陈墨的事情,而且还爱着他,我看着她沉沦,很心痛;陈墨、陈振风、你都从她生命中走过,而我只是一个影子一般存在。"

向霖能理解那种心情,他突然一丝对自己的嘲讽,轻声说着:"麦冬,你在麦子的生命中很重要,她总跟我说起你,说你是她最重要的人,她很后悔当初离开你,选择自私地自我逃离,而我对她来说,仅仅只是一个过客,你不该让她伤心,而且如果你真的出事了,她可能会精神崩溃。"

麦冬苦涩地摇摇头,有些失态地轻声笑了起来,笑声显得很突兀:"呵呵,来不及了,早就来不及了,你不知道我其实也是一个魔鬼、一个变态的人,所以能救我姐的人,不是我,应该是你。"

麦冬突然脸色归于平静,他认真地对向霖说道:

"我想要让你记录下整个故事,至少证明我们都活过,都爱过,所以我尽量告诉你这一切,你做好准备去听这个故事了吗?"

向霖直视着他的眼睛:"我愿意听这一切,并且我希望你都告诉我。"

第四十六章　陈墨之死

麦冬鼓起勇气，开始说起这段残酷的回忆。

"后来，我总算调查得差不多了，我可以证明陈墨是一个什么样的人，我带着所有的证据去找我姐，可是她明明知道这一切是真的，她也不愿意相信、不愿意离开。"

向霖听到这里，心里隐隐有些不舒服，但是他没有开口问什么，他平复自己的心情继续听麦冬说起。

……

两年前，麦子的家中。

麦冬将那些失踪女人的照片和陈墨的油画照片放在一起，然后摊开放在客厅茶几上，对麦子说着自己调查到的一切。

"五年间，失踪了三十二个女人，遍布全国，这些女人最后都变成了他的油画，姐，你等的人是一个魔鬼，而你本来也应该是他的猎物，姐，他并不爱你，而是想杀了你，而且他曾经就对你动过手，所幸最后放弃了，否则将会是什么结果，姐，你醒醒吧。"

麦子绝望地看着桌子上的这些照片，她拿起照片一一看过，她摇着头、满眼含泪、浑身战栗，绝望的声音不断重复着：

"不会的，不会的，不会的，他不会杀我的，他爱我。"

麦冬抓着麦子的双肩一阵狂叫:"原来他杀人的事情你早就知道了,而他想要杀你,你也知道,可是为什么你还要在这里等着他,等着他来杀你吗?"

麦子哭着对着麦冬大喊起来:"他没有,他没有杀我,他爱我。"

麦冬抓住她的双手,呼吸急促、眼中几乎要喷出火来,他的声音都开始变成了嘶吼。

"姐,你别自己骗自己了,他早就控制不住自己了,他能忍住一次,他能忍住第二次吗?他现在是跑了,但是他会回来的,他这种人心理变态,你就像他心里的一根刺,他早晚要来拔掉这根刺的,他会回来的,我不能让他伤害你。"

麦冬突然松开麦子,自己低着头,看着地面,不停地自言自语:"我要杀了他,找不到他的证据,没办法将他绳之以法,那我就杀了他,杀了他,姐你就安全了。"

麦子惊恐地一把拉住麦冬,用哀求的声音说道:"冬子,姐求你了,求你了,你别乱来、别乱来,你别去找他。"

麦冬摇着头,挣脱了麦子的手。

出门的时候他目光凶狠的回头看着麦子:"姐,我不会让任何人伤害你,他该死。"

"冬子,冬子……"

麦子的呼喊毫无用处,她呆坐在地上,抱着头痛哭着。

麦冬说完这些,居然笑了,那笑声中带着极为复杂的情绪。

向霖听完麦冬疯狂的讲述,缓缓地闭上眼睛,用手盖住自己的脸,用力揉搓了几下,才让自己冰冷的脸稍微暖和起来。

……

麦冬冷冷地说道:"那是两年前,陈墨刚从我姐身边离开的时候,之后我一直在找他的行踪,我姐也在找他,不过他就这样失踪了,没有任何踪迹。"

向霖问道:"他去了哪里?"

麦冬说道:"我不敢离开太远,我怕他会偷偷回来,而且我确定他会再回来,我相信他也会在暗中观察我姐。"

麦冬突然冷笑道:"这一切直到有一个人出现,我知道他该出现了!"

向霖马上问:"谁?"

麦冬毫不犹豫地说:"你。"

向霖有些疑问:"我?"

麦冬点头道:"没错,猎人是不会让另外一个猎人抢了自己的猎物的,在他眼里,你也是一个猎人,所以最好的办法就是先下手,把猎物拿到自己的手里。所以当你开始对这个故事感兴趣,我就留意着你,我知道有人会比我更感兴趣。"

麦冬说完,带着一种自信、得意的眼神看向向霖,向霖心中有一种异样的感觉,看来精神偏执的人都一样,都很可怕。

麦冬说起一件事情。

"半年前,我姐有一次从你家出来,从公寓大楼出来,打了一辆车。"

向霖点点头,他记得那次麦子跟他说要去找麦冬,这件事他还有些印象。

麦冬有些严肃地往下说:"其实那次陈墨就开车跟在我姐后面,不过他没有注意,我也跟在他的后面!"

……

麦子回到自己的公寓,下了车上了楼,陈墨将车停好,下了车,看周围没有人跟着,就走到车尾厢,打开车尾厢,从里面拿出一个超大行李箱,又戴上白手套,看了一眼麦子住的楼层，准备上楼去。

麦冬突然拿起铁棍，在陈墨后脑一敲，陈墨被打晕了，麦冬将陈墨的手脚用胶带绑好，塞进车尾厢并关好，发动车开出了小区。

在高速公路的休息站，麦冬发现了副驾驶位上的一张地图，上面记录了很多打×记号的地点，但是有一个记号标记为钩，麦冬在导航里做了一个定位，然后将车往那个标记的地点开去。

麦冬来到标记的地点，在京山上的一处偏僻地方，他将车停好，打开车尾厢，陈墨已经醒了，但是他没有剧烈挣扎，只是眼睛直勾勾地看着麦冬。

麦冬没有躲避他的眼神，只是冷冷看着他："陈墨，你不用这么看着我，你埋那些人的时候，应该看过很多惊恐的眼神了，你该想到有今天。"

然后麦冬不由分说地，将陈墨从车里拽出来，装进大行李箱中，拉好拉链，拽着往那个打钩的地点而去，果然，那里就有一个已经挖好了的深坑。

麦冬将大行李箱的拉链拉开，陈墨喘着粗气，他看到了这个地方，显然也知道自己的最终命运，他开始剧烈地挣扎着，想要说些什么。

麦冬脸上带着残酷而冷漠的笑，他看着那深坑，又回头看着陈墨，然后用轻松得意的口吻说道："我知道你会忍不住的，最近我都跟在我姐身边，我就等着你出现，你果然没有让我失望，所以这次我不会让你有机会逃走，你给自己挖的这个坑很好，刚好够你用。"

陈墨没有再挣扎，但是呜呜地示意着自己想要说话。

麦冬看了看他，有些犹豫，最后还是摇头。

"我不想听了，跟我没有关系了，我只想终结这一切，最后关头我不会给你在人间忏悔的机会，你到了那边去跟阎王忏悔吧。"

说罢麦冬将大行李箱的拉链拉上，用脚将行李箱踹入坑中，里面一声闷哼，这个时候行李箱开始剧烈晃动起来，不停地发出嗯嗯的声音。

麦冬面无表情地铲土填坑。

他表情无比开心、无比放松，甚至开始唱起了歌。

一铲一铲的土盖在行李箱上，满满地覆盖住整个行李箱，可以看到土还在不停地抖动着。

三个小时后，一切归于平静，麦冬上前将土踩得紧些。

"永别了，我算做了一件对的事情了，你的罪孽还不轻！"

麦冬回到车上，将铁铲放入车尾厢，开着车上了盘山公路，半路上将白手套扔出了车窗，他点燃一支烟，深吸了一口，无比畅快，那破了嗓子的歌声开始在盘山公路上响起。

到了山中的一个水库，麦冬停下车，他将铁铲和一些陈墨杀人的工具扔到了水库里。

此时远处的天空已经开始有微微的红光升起了，他回到车上，看了看那张地图，他决定去地图上的地点看一眼。

……

五楼的房间里，向霖在听到那一刻的时候，居然也如同麦冬一样，脸上浮现出一丝笑意，他突然有一点胆怯和羞愧，对于自己那一刻真实心情的流露有些不爽，但是他还是笑了。

"罢了，至少麦冬这样做挺解恨，有时候正义的举动让人无可奈何，快意恩仇反而让人有一种提气的感觉。"

向霖不再隐藏自己内心的想法，至少他真的就是这样想的。

……

"我去了几个地点,确实都埋了尸体,所以我将那张地图寄给了警方,然后开始了逃亡,在逃亡之前,我去见了我姐,我告诉她,她安全了,因为我杀了陈墨,但是她打了我一巴掌。"

第四十七章　麦冬之死

麦冬突然有些忧伤地对向霖说："向霖，你知道吗？我很羡慕你、羡慕陈墨，甚至羡慕陈振风，你们也许都爱过我姐，我姐或许也曾经给你们爱，我也爱她，不过我只能以弟弟的身份去爱她，我知道她也是爱我的，可是那是姐姐的爱，但是我并不是她弟弟啊，我们没有任何血缘关系，我们只是一起生活、一起长大罢了。"

……

麦冬回到了麦子家中，他将自己杀掉了陈墨的事情告诉了麦子。

麦冬用狂喜而疯癫的笑容说着："姐，他已经死了，被我杀了，以后他再也不能伤害你了，姐，你安全了，我们走吧，以后只有我们姐弟相依为命了！"

麦子听到这个消息，整个人呆住了，眼泪止不住地往下流，她绝望地摇着头，喃喃地说着："不可能，陈墨不能死，麦冬，你不能杀了他！"

麦冬怒吼一声："不，他已经死了，我亲手杀的！"

"啪！"

麦子狠狠地扇了麦冬一巴掌，那一刻麦冬嘴角流着血，眼中尽是不敢相信的表情，他表情麻木，突然一点点笑了起来，越笑声音越大,居然吓得麦子愣在原地。

"不是我疯了,是你疯了,为了一个杀人狂,为了一个要杀你的人……"

麦冬拿起衣服,转身往门外走,步伐有些踉跄,那一巴掌打碎了他的心。

"冬子,对不起!可是,我没有办法……"

麦子突然从后面抱住麦冬,麦冬能感觉到他后背被热泪浸染着。

麦冬猛然转过身来,用手抓住麦子的双肩,他目光热烈注视着麦子,那眼光是从未有过的侵略感,带着急切与暴虐。

他突然低头,嘴唇就要碰触到麦子的嘴边,麦子的脸快速地往旁边一躲开。

"冬子,你疯啦,我是你姐!"

麦冬的脸上有一种绝望和羞愧的神色,他猛地抽了自己几个巴掌,飞快地转身夺门而出,楼道里传出急促下楼的声音。

麦子呆在原地,然后急忙叫喊着追了出去:"麦冬,你别走!你别走!"

待麦子跑到楼下,麦冬已经发动车,逃走了。

麦子在后面追着车狂喊:"麦冬,你回来,你回来!"

麦冬回头看着奔跑着的麦子,他根本不敢停下来,他无比羞愧与绝望,一边开车,一边狂扇自己的耳光:"妈的,我还是人吗?"

麦子追了几步,摔倒在地上,她转过身背靠冰冷地面,躺在那里痛哭,眼泪顺着脸庞,流到了地上。

……

麦冬带着羞愧眼神问向霖:"向霖,我们都不正常对吗?"

向霖不知道如何去回答这个问题,因为面对麦子,他有时候也有一种无力的羞愧感,他干脆问了另外一个问题:"你既然已经走了,为什么要回来?"

麦冬叹了一口气:"我放心不下她,我以为警察没那么快把嫌疑放在我身上,不过那份地图是我快递出去的,或许也是咎由自取吧,我这次回来,我本来想解决一个人,就是陈振风,他这个人更可恶,可惜我忍不住去见我姐,被警察发现了。"

向霖劝说道:"你只要自首,应该不会判很重的,李队长会向检察院和法院为你求情,麦冬,你未来的时间还很长。"

麦冬摇摇头:"我逃不了,我让他们找你来,只是想告诉你这一切,以后拜托你照顾我姐,我麦冬谢谢你了。"

向霖此刻居然有些感激,如果不是这样他也许再也见不到麦子了,也永远不会知道麦子真实的想法。

……

楼下,此刻距离向霖进入大楼已经过去了差不多两个小时了,越是平静,越是让人不安。

王鑫已经不知道自己来回走了多少圈,抽了多少支烟,电话里向颖的未接来电有几十个,他根本不敢接,而李队靠在车旁自顾自地抽着烟。

王鑫耐不住了走到李队身边说道:"老大,这都进去两个小时了,我这心里七上八下的。"

李队看了看窗口说道:"刚才狙击手看了,说他们两个人在聊天,麦冬愿意聊总归是好的,至少有机会,先等等吧。"

王鑫只好点点头,给自己点了一支烟,跟着李队守着,李队对耳机说道:"1、2、3号位注意,留意室内变化,一旦出现不可控情况,允许你们行动!"

"明白!"

……

说完了所有的故事，麦冬站了起来，拿起手中的枪对准了向霖，就在这个时候麦子醒过来了，看到麦冬拿着枪指向向霖，急忙从床上翻身起来，跑到向霖身边挡住。

麦子苦苦哀求麦冬："麦冬，我求你了，你不要伤害他。姐求你了，你不要伤害他。"

向霖知道麦冬没有杀自己的想法，所以将麦子拉到一边，温柔地说道："麦子，没事的，麦冬不会伤害我。"

麦冬笑着问道："向霖，我能问你一个问题吗？你爱我姐吗？"

麦冬问完这个问题，麦子转头看着向霖的眼睛，那目光急切而忐忑，向霖回应着那目光点头道："爱，很爱，我爱麦子，很爱。"

麦子笑了，笑得无比开心，她抱着向霖的身体有些发抖，在向霖的耳边轻声说着："我也爱你！"

麦冬仿佛松了一口气，最后说了一句："帮我照顾好她。"

麦子猛地回头："麦冬，你要做什么，不要。"

在麦冬的微笑中，麦冬拉开了窗帘，然后将手中的枪举向了向霖和麦子。

"姐，下辈子我不想做你弟弟……"

就在一刹那，一声枪响，麦冬的头上出现了一个血洞，他的身体往后倒下，手中的枪掉落地上，他倒在了一片红色中。

"不！"

"不要！"

"冬子！"

"麦冬！"

在麦子和向霖的惊呼声中，一群警察冲进了房间。

倒在地上的麦冬，看着自己姐姐和向霖的方向，脸上浮现出一种解脱般的微笑，那一刻无数场景在他脑海中浮现。

"麦冬，这是你姐姐！"

"麦冬，以后我就是你姐了，跟我们回家吧！"

"姐，我去城里了，你就安心上大学吧，我打工给你赚学费！"

"冬子，以后你一定要找到一个善良漂亮的姑娘做你的媳妇，否则姐可不答应啊！"

"姐，你说我们能永远在一起吗？"

在意识最后存在的瞬间，麦冬的脑海中想到的居然都是美好的回忆。

第四十八章　向霖的自问

那么一瞬间，向霖觉得太残酷了，麦冬死了，在跟他经过接近三个小时推心置腹的交谈之后，在听他讲完所有的故事之后。

他一心寻死，没有一丝想要活下去的想法，向霖并非不能理解他的绝望，他无比深爱着躺在自己怀中的女人，麦子在绝望的悲伤之中已经昏迷了过去，惨白的脸上还挂着泪痕。

向霖看着武警破门而入，他看着麦冬被覆盖白布，然后被抬走，盖上白布的那一刻，向霖认真地看了看他的脸，多么年轻秀气俊美的脸，那一刻他的脸上是一种轻松解脱的微笑，仿佛卸下了千斤重担，但是向霖呢，他觉得自己的心很沉重，重得几乎无法呼吸。

……

医院病房内，麦子正在床上安睡，向霖在一旁守着，没有表情，低着头好像在想些什么？

病房外，王鑫正准备点燃一支烟，护士走了过来，将他的烟从嘴里抽走。

护士有些生气地说道："王警官，医院禁烟。"然后用手指向禁烟标示牌。

王鑫不好意思地举手道歉，用手接过香烟，重新放回烟盒中。

"对不起，对不起，我收起来。"

王鑫看了一眼屋里的麦子和向霖，问道："护士，她没事吧，什么时候能醒？回头还得麻烦她去录个口供。"

护士白了王鑫一眼道："她没什么事，但是身体虚弱，而且怀孕了，受了惊吓，加上身体极度悲伤，所以现在处于意识昏迷状态，可能得过个一两天才能醒，现在应该减少对她的刺激，建议你们短期内不要让她想起伤心的事情。"

王鑫惊呼一声："她怀孕了！"

然后赶紧用手捂住嘴，小心地往里面望去，看向霖一心都在麦子身上，并没有听见自己的对话，不由得松了一口气。

护士白了他一眼，进了病房。

护士走到向霖身边说道："向先生，今天已经很晚了，麦小姐需要静养休息，要不你先回去，明天早些来。"

向霖抬头问道："我回去收拾一些行李，我能否在病房搭张床，方便照顾她。"

护士点点头说道："可以，不过向先生，您不用太担心，她是孕妇，身体有些虚弱，加上受到一点惊吓，所以意识昏迷，休息两天可以恢复的。"

向霖听到这句话突然抬头，目光有些复杂，惊喜、惊讶、期望、疑惑，他再次确认地问道："你说，她怀孕了？"

护士点点头："快两个月了，所以更要小心，否则容易流产。"

向霖突然笑了："谢谢你，我这就回去准备一下。"

护士点头，走出了病房，向霖低头无比温柔地看着麦子，轻轻握住她的手，并没有说话，许久才不舍地放开，往门外走去。

门口王鑫见向霖出来，拉住他说道："老向，我们聊几句？"

向霖点点头，两人来到天台，点了烟。

王鑫吐了口烟，有些抱歉地说着："对不起。"

向霖并没有责怪他，只是平静地说道："你们不该开枪，麦冬没有想伤害我们。"

王鑫微微摇头："李队为了你的安全，给了狙击手决定是否行动的权限，那个时候他举起了枪，狙击手认为你很危险，没有办法。"

向霖吸了一口烟，吐出烟来，拍拍王鑫的肩膀，想要让他宽心一些。

王鑫还是有些愧疚地说道："向霖，我后悔将麦冬的事告诉你们，否则麦冬和麦子都不会出事。"

向霖并不在意，反而安慰道："你应该告诉我的，否则我不可能找到麦子。"

向霖转身趴在栏杆上，看着远处说道："这件事情麦子是受害者，跟她无关，我希望你跟李队说说，暂时别来打扰她，她身体很虚弱，而且怀孕了。"

王鑫点点头："我知道了，我会跟李队说，过一段时间她身体恢复了，还是要录个口供，我们好结案。"

向霖将抽完的烟蒂掐灭，回答一声："行！"

王鑫小心地问道："孩子是你的吗？"

向霖苦闷地笑着："我希望是我的，不过无所谓了。"

王鑫没再问，将烟头掐灭，然后走了，没有回头地挥手道："老向，分清楚什么是现实，什么是小说，别陷里头。"

向霖看着王鑫离去的背影，不知道如何回答，脸色迷茫地回头看着远处的城市，突然笑得很甜："麦子，我终于可以留住你了，我们会幸福的。"

……

向霖回到了家中,虽然只是离开了几个小时,但是他觉得好像自己离开了很久。

家里非常整洁,向霖打开手机微信,里面有好几条方小艾的留言。

"向老师,卫生我给你搞干净了,吃的东西在冰箱里,还给你准备了一些生活必需品,放在储物柜里了,您需要我补充的时候,给我留言。"

向霖回复微信:"小艾,谢谢,我需要你的时候再联系你,这段时间我可能不在家。"

发出去后,那边回复了:"OK!"然后是一个可爱的表情!

向霖看着窗外露白的天色,嘴里嘟哝了一句:"她怎么起来这么早。"

向霖打开衣柜,里面衣服挂得整整齐齐,向霖收好衣服放在箱子中,又收拾了一些生活用品,然后将工作台上的笔记本电脑里准备写的小说的文档删除,清空回收站,然后合上,向霖掀开盖在《央金卓玛》画上的布,看了一眼,然后再盖上,找来一个大纸盒,将画放在其中,又在画上放了几本书盖住,然后将盒子扔在壁柜第二层的一个角落里。

做完这一切向霖自己对自己说道:"麦子那些故事,我不在乎了,什么真相、什么诅咒我都不在乎了,只要你可以在我身边,这就是比什么都真实的故事。"

他长舒一口气站起来,拖着行李箱出了门。

走出公寓大楼的瞬间,向霖看到了初升的太阳,那阳光淡淡的,有些暖和,他的心也一样,总算开始变暖和了。

第四十九章　简单的生活

医院病房，昏迷了两天的麦子总算醒了过来，而向霖此刻正趴在床边沉睡着，成熟干净的脸，长长的睫毛，麦子看着他，用手轻轻去撩动着向霖的头发，目光中柔情似水，动作显得极为轻柔。

向霖缓缓地睁开眼睛，双目刚好与麦子对视。

"你醒了？"

向霖微笑着轻声地问道。

麦子点了点头，想要坐起来，向霖马上上去扶住她。

"你要当心一点，你现在有了孩子。"

麦子有些惊讶，不过很快露出了羞涩的笑意。

"向霖，本来我还不确定，看来还真是有了？"

向霖温柔地说道："所以你要注意好身体，先安胎两天，然后再跟我回家，家里我都安排人收拾了，回头再给我们宝宝整理一个婴儿房出来。"

麦子听到这话有些安心，但是向霖什么都不问就这样说，也让她很感动。

麦子试探着问了一句："你就什么都不问？"

向霖摇摇头，平和地说着："不问，你和孩子都能在我身边，我已经是世界上最幸运的人了。"

麦子点点头，又轻声地问道："向霖，我弟弟麦冬呢？"

向霖知道这个问题无法回避，所以他直接告诉了麦子："冬子已经走了，昨天火化的，现在骨灰寄存在了殡仪馆，我给他在公墓准备了一块墓地，等安葬好了，我带你去看看。"

"谢谢！"

麦子低下头，眼泪滴在床单上。

向霖轻轻地将她搂在怀里，麦子终于放声大哭起来，向霖没有去劝解什么，只是紧紧抱着她，此刻麦子也许更需要大哭一场。

……

一周后，向霖和麦子一起去了公墓，麦冬墓碑上的照片是一张微笑着的照片，墓碑上刻着"弟弟麦冬之墓"，姐姐麦子立，墓碑上有一句话：在生命中最后一刻依然深爱的人，那就是永恒！

麦子问道："向霖，这句话是你写的对吗？"

向霖点点头："是，我不知道如何形容麦冬这个人，但是我觉得这句话或许适合他。"

麦子笑了笑，挽着向霖的胳膊说道："向霖，我们走吧，如果以后我死了，将我埋在红叶谷吧，在张云天爷爷和信子奶奶旁边。"

向霖看着麦子，回答了一个字。

"好！"

四个月后。

这个城市少了一个故事的猎人，少了一个三流作家，多了一个寻常的居家男人，多了一个幸福的男人；而且他庆幸自己终于可以安心下来，去面对一个确定的未来，那个未来对他有无与伦比的吸引力，他不去问任何会影响这种确定的问题，不去做任何会影响这种确定的事情，此刻他只有一个念头，跟麦子一起生活下去，用最简单的方式。

……

"向老师，你现在书也不写了，杂志社的约稿你也推了，这样下去不行啊，坐吃山空啊，虽然你按月给我发工资，但是没事做，我总感觉在占你便宜啊，还有我们的约定，你这样下去，我的经纪人梦就落空了啊！"

电话那边的方小艾一个劲地控诉着。

向霖苦笑着回答："那要不，我把你工资停了？"

电话那边方小艾马上求饶："别别别，咱们合作么多年了，你不能这么冷酷无情啊！"

向霖调侃道："你这个人，不干活拿工资还不好，还抱怨，好，我答应你，等你嫂子生了，我再恢复工作，目前我只想陪着你嫂子，谁也不能打扰我。"

方小艾无语了："得，浪子变情圣，服了你了，你好好陪着麦子吧，对了需要帮忙随时呼我啊，我帮你打打杂，心里还痛快一些。"

向霖笑道："知道了，挂了！"

挂了电话，向霖笑着耸耸肩，一旁的麦子将腿搭在向霖大腿上，看上去略微有些发胖了，肚子已经明显隆起了，她嘴里吃着话梅，笑着看着向霖。

"向霖，你这样一直不工作真的好吗？"

向霖无所谓地说道："没关系，你怀孕期间我都不工作，我就陪着你，我们一起等宝宝的到来。"

麦子抿着嘴，开心地点点头，脸上的笑容都快化开了。

向霖见麦子心情大好，尝试着问道："麦子，我妹妹向颖和王鑫想要叫我们过去吃个饭，你觉得呢？"

麦子听到王鑫的名字，脸上的表情微微有些抖动，不过很快让自己平静下来，淡淡地说道："随便你吧，我都可以。"

而向霖显然已经明白了麦子的想法，她还在因为麦冬的事情迁怒于警方的处理，从那次以后，每次见王鑫总没有好脸色，向霖沉思片刻，说道："算了，今天不去了，我们去逛逛商场吧，去婴儿专柜给孩子先预备点东西。"

麦子这才笑了，开心地点点头。

……

商场的婴儿专柜。

麦子穿着宽松的衣服，向霖推着购物车，麦子挽着他的手，一步步小心地走着，看着货架上的商品，麦子的脸上显得幸福祥和。

麦子指挥着向霖："向霖，那个奶瓶、奶嘴多买几个，还有那个围巾、暖奶器要买好……"

在麦子指挥下向霖将一件件东西放进购物车里，都快堆满了。

向霖看着四周，得意地插着腰问道："媳妇，还差什么呢？我都买下来。"

麦子掰开指头数着："婴儿床、玩具、学步车还有背孩子背包凳都有了……"

向霖想了想："嗯，应该够了，不够我们下次再来！"

麦子笑着点点头，向霖一抬胳膊，麦子顺势挽着他的胳膊，两人推着车去结账。

在收银处，向霖看着跟收银员结算的麦子，精神有些恍惚，他脑海中浮现起那些自己与麦子幸福生活的场景，一切如此真实，又如此梦幻，他不知道自己是否真的有资格拥有这一切，自己好像生活在故事中，一个他自己编写的童话故事，他有一种感觉，好像自己偷了谁的生活。

那些场景在他的脑海中快速地闪过。

从背后抱住给自己做饭的麦子。

躺在沙发上喂麦子吃水果。

在床上紧紧地将麦子抱入怀中。

听着肚子里孩子的跳动声，用手感受孩子的动作。

在晚上说晚安，然后深情的拥吻而眠。

……

"这一切不正是我渴望的吗？我终于等到了，可是为何我会如此的不安？"

向霖居然在心中问了自己一个不应该存在的问题。

……

收银员打出小票，看了看收款机的屏幕："先生、太太一共1786块，您是刷卡、现金还是微信、支付宝？"

麦子回头叫向霖："向霖，向霖！买单，想什么呢？"

向霖才从浮想联翩中清醒过来，马上笑着摇摇头："没什么！"

向霖拿出自己的手机，打开微信给收银员："刷我的微信。"

麦子看着向霖的背影，刚才那一阵的恍惚深情，让她有了一丝的担心，但是很快她让自己笑了起来，在向霖买完单回头的时候，麦子上前紧紧地挽着向霖手。

向霖笑着看着麦子，用温柔的声音说道："亲爱的，我们走吧。"

收银员笑着对两人送别："先生、太太慢走，你们长得那么好看，以后孩子也一定会非常漂亮的。"

麦子微笑地点头："谢谢你。"

然后她紧紧地挽着向霖的手，唯恐失去一般，微笑的眼睛中，掩盖不住那一丝惊恐，向霖突然有些不敢低头，带着有些僵硬的笑，与麦子往前走去。

往后的日子里，一切都归于平静，很美好，向霖努力地将那些让他不安的念头驱赶出自己的大脑，他用自己一切的温柔和细心去照顾着麦子。

只是麦子在一个人的时候，总会发呆，目光空洞地抚摸着自己日益大起来的肚子，不知道脑海中在想着什么。

不过只要向霖一出现，她就变得极为开朗，总是带着笑，她真的是一个好女人，那个小家在她的操持下，开始渐渐有了温度，家的温度，这是向霖接近二十年没有体验过的东西。

第五十章　陈振风的突然到来

在那半年时间里,向霖的生活变得极为轻松和简单,他不用去考虑这个城市恋爱的男女,不用去选择相信或者不相信,不用去考虑那一个个死去还是活着的名字,他的眼中只有一个女人——麦子。

但是那个名字依然出现在了他的面前——陈振风。

早晨八点多,向霖准备好早餐,两人幸福地享用着。麦子的肚子已经快八个月了,再过一个多月差不多孩子就该出生了。

向霖几乎不再让麦子做任何的事情,整个工作室从冷酷的北欧风格,变成了暖色调的可爱风格,尤其是那间布置成蓝天白云,还有海洋主题的婴儿房,各种婴儿的东西都早早地摆好了,就等孩子的到来。

两个月前向霖向麦子求婚,麦子答应了,戴上了向霖的结婚戒指,两人约定等孩子出生满月了就去婚姻登记处登记,从那天开始向霖的心情好像变得更平静一些了,他不再胡思乱想,一心想的都是麦子和孩子。

有一次王鑫好心地提醒他一句。

"孩子出生后你最好去做一下亲子鉴定,麦子的过去你不是不知道!"

向霖气得直想揍王鑫。

"滚,你再说这话,我们兄弟都没的做,我一定让向颖将你扫地出门!"

王鑫马上怂了,只用弱不可闻的声音嘀咕:"我也是为了你好!"

向霖表面并不在意这个问题,因为对比失去麦子,那更让他难以忍受,他只能在内心宽慰自己,不管这个孩子是不是自己的,他都不会去追寻答案,他会全心全意地去爱这个孩子,这孩子就是自己的孩子!

想通这一切的向霖让麦子有些安心下来,麦子对他的称呼在改变,她开始叫向霖老公,那一声叫出来的时候,向霖几乎想要将麦子抱起来,不过看到她挺着的大肚子,只好从背后轻轻抱着,亲吻了她的发梢,轻轻地也呼唤着:

"老婆!"

"嗯,老公!"

"嗯,老婆!"

"老公!"

……

两人跟两个傻子一样互相叫了一遍又一遍。

吃过早餐后,向霖决定出去买菜,以前让方小艾帮忙还比较合适,现在麦子肚子太大了,向霖反而日益成了一个成熟的家庭主男。

向霖出门前,对里屋喊道:"老婆,我出去超市买点菜,顺带买点水果,还有零食,你想吃什么?"

麦子挺着大肚子出来,微微抬头想了想说道:"嗯,我想吃红烧排骨,还有紫苏煎黄瓜,还有白萝卜龙骨汤,还有芒果和哈密瓜。"

向霖高兴地答应着，又耐心地吩咐："你在家别乱动，需要做什么等我回来，我很快就回来，你就在客厅看看电视吧，少玩手机和电脑啊，我怕辐射太大，会影响我儿子！"

麦子有些假装生气："是女儿，不是儿子！"

向霖笑着点头："好，好，好，女儿，女儿我也喜欢。"

向霖转身出了门，身后传来麦子的声音："老公，路上小心啊！"

向霖只要听到这个声音，总会开心地笑起来。

出了公寓的大门，路边停着一辆豪华轿车，见向霖出来，有人推开车门下来，是一个年纪六十多的男人，一身黑色的精致的定制休闲西装、深棕色的休闲皮鞋，戴着一副金丝框的眼镜，虽然可以看出岁月衰老的痕迹，但是他的五官显得轮廓分明，很有文人的气质，岁月并不能磨灭掉他儒雅的气质和魅力。

向霖只是看了一眼，就明白来的人是谁，他想假装视而不见，从一旁快速走过去，那男人上前一步拦在他面前！

"你是向霖吧？我是陈振风，能跟你谈谈吗？"

向霖知道麦子可能会在窗口看着自己离去，他皱着眉头，实在不想让麦子看到这一幕。

他有些生气地说道："别在这里说，换个地方吧。"

陈振风点头，向霖快步走到副驾驶位置拉开车门上了车，陈振风抬头看了看窗口，随即也上了车，车缓缓开走了。

而站在楼上窗口的麦子，恰好看到了这一幕。

她背过身去，慢慢地走到沙发上坐下，脸上毫无表情。

车停在了一个河堤边上，向霖走下车，陈振风也跟了上去，两人站在河堤上。

向霖冷冷地说道："我们其实没有什么可以可说的，过去的事情我也不想了解，我希望外人别来打扰我们的生活！"

陈振风将手放在身后，看着河面，早晨的阳光照射河面，波光粼粼。

他好像并不是很着急，看了看向霖说道："岁月总是无情的，无论你经历过多少，最后总只能在回忆中去追思，我的人生早过去大半了，遗憾总是有的，所以遗憾多了，就不太执着于什么东西，我来找你，不是为了打扰你的生活，只是有一件事，我想请你帮忙，其实也不叫请你帮忙，而是我这一生总需要对自己有一个交代。"

向霖嗤之以鼻地冷哼道："你的人生跟我有什么关系，你自己跟自己交代就行了。"

陈振风回头说道："你别误会，我不会来打扰你们的生活，麦子虽然爱我，但是毕竟我们年纪差距太大，我不可能娶她，我早就是美国国籍了，总归是要回洛杉矶的；所以你来照顾她很好，麦子可以过得幸福，我也为她高兴。"

向霖握紧了拳头，压抑住心中的怒火，冷冷地看着陈振风："你真无耻！"

陈振风冷笑着，并不在意，依然自顾自地往下说："有一件事情我必须告诉你，出于私心，也是为你考虑，我想要提醒一下，麦子怀的孩子是我陈振风的孩子，我一生未婚，这个孩子可能是我唯一的孩子，我不可能不要，我会给你们一大笔钱，足够你们一生过得很好，这样你也不用留一个心里的疙瘩在身边，而我会带着孩子去美国，给他最好的教育，你们可以开始你们幸福的生活，这是为你们好，你不妨考虑一下？"

说完陈振风从西服内里口袋中拿出一张支票，转手递到向霖身边："这是五百万美元，应该够你和麦子的生活了，她跟了我几年，这是你们应该得到的，当作我给她的嫁妆吧，孩子的事情，我会让我的律师联系你，以收养的名义办到美国去，我在为你消除未来的隐患，你应该感谢我！"

向霖咬紧了牙，攥紧了拳头，他的大脑几乎被愤怒掩盖，但是他最终压抑了下来，因为如果今天他真的打了陈振风，事情闹大了，势必最后会惊动警察，或许麦子就会知道这件事，他不想让麦子受到一丝一毫的影响。

他转身离开，回头冷笑着说道："陈先生，你年纪大了，不抗揍，我就不打你了，麦子是我的太太，孩子也是我的孩子，不劳你这个外人操心了，如果你再来打扰我的生活，我会报警，你有头有脸，不会想让自己颜面尽失吧？另外你可能有健忘症，你并非没有结过婚对吧？并非没有过孩子，只是你自己忘了吧！"

向霖说完，直接转身离开，陈振风被向霖的话弄得怔在原地，突然他想起了什么，马上追了上："向先生，你到底知道什么，如果你知道一些什么事情，能否告诉我？"

向霖回头悲哀地看着这个头发斑白的老者，垂垂老矣，年轻时的背叛与无情，让此时此刻的他丝毫不值得同情。

向霖将手指放在自己的嘴唇边，做了一个嘘声的标志。

他突然冷笑着对陈振风说："陈先生，你谁都不爱，也不值得任何人爱，就这样孤独终老很好！一辈子就活在自己的世界里吧。"

向霖鄙夷地笑了笑，不肯再多说一个字，留下陈振风愣在原地，陷入过去的沉思中，秋风吹着落叶滚过他脚下，他想起了很多事情，那些许多年都不愿面对的事情。

深秋的风渐凉，寒冬来临的时候总有一些人很难度过。

第五十一章　麦子的离去

在向霖上了陈振风的车离开后，麦子从壁柜的第二层翻出了一个大纸盒，她小心翼翼地打开盒子，取出被几层白布包裹着的那幅油画，缓缓地将画拿出来，好像并不是第一次打开这个盒子。

她将那幅《央金卓玛》的画拿出来，摆放在画架上，坐在画的对面，如同看着镜子一般，仔细凝视着画中的女人。

她又从向霖的工作台的抽屉里翻出一个笔记本，笔记本里夹着一张字条。

"陈墨，我不过是这个女人的影子对吧？你画的所有的画都是这个女人的影子对吧？"

……

1934年：张云天在日本陆军大学毕业，同年与山本信子回国。

1938年：信子死去，张云天加入了新四军，从事战俘工作。

1939年：张云天成为新四军新二团团长。

1949年：张云天隐姓埋名回到红叶村。

1966年：巴彦活佛被赶出了扎卡伦布寺，勒令还俗，他娶了一个老牧民的女儿为妻。

1967年：央金卓玛降生，巴彦活佛的妻子死去，活佛重新开始修行。

1967年：陈振风的父亲陈建州司令被批斗，之后父母双亡，陈振风被张云天收养。

1971年：巴彦活佛回到了扎卡伦布寺，而央金卓玛被人送到了寺里。

1979年：陈振风考入江南美术学院。

1983年：陈振风进入西藏采风，创作《藏地天魂》组画，遇见了央金卓玛，创作了《央金卓玛》的原画，并且将其带到了长州市。

1985年：陈振风的《藏地天魂》组画获得国际大奖，陈振风出国，抛弃了央金卓玛，同年央金卓玛生下了一个孩子，这个孩子就是陈墨。

1986年：央金卓玛带着婴儿和那幅《史金卓玛》的原画回到了扎卡伦布寺，画被巴彦活佛锁在了地藏王菩萨大殿的神龛内。

1988年：央金卓玛投湖自杀，留下了年幼的陈墨，陈墨失去了记忆。

1991年：陈澜到西藏采风，入住扎卡伦布寺的时候偷走了《央金卓玛》的原画，带走了陈墨。

2003年：陈墨考上了江南美术学院，陈澜带着《央金卓玛》的原画回到了扎卡伦布寺出家，同年将复制品送给了朋友。

2006年：陈墨和魏文斌来到西藏写生，陈墨在纳木错湖边发病，同年魏文斌在新开的藏地酒吧外发现了《央金卓玛》的复制品，并且偷走了那幅画。

2007年：陈墨开始留校任教，而魏文斌开始了寻找央金卓玛的历程。

2008年：巴彦活佛圆寂，圆寂之前告诉陈澜，十年后有一个人会来到扎卡伦布寺化解诅咒，而那个人是我。

2012年：陈墨在红叶谷遇见了麦子，并将十八岁的麦子带到了长州市，麦子成了他的私人模特。

2015年：陈墨险些杀了麦子，之后失踪不见了。

2015年：陈振风归国，进入江南美院任教，在陈墨失踪之后，同年麦子成了陈振风的模特。

2017年10月：我偶遇了魏文斌，第一次看到了《央金卓玛》的复制品，同月我第一次见到麦子。

2017年12月：我在暗夜酒吧第二次见到了麦子。

2018年1月：我将麦子带去了秘密花园。

2018年5月：麦子跟我说要去找麦冬，而我收到了陈墨死去的信息，而且死于半年前，也就是2017年底或者2018年初的时候。

2018年6月：我去了西藏，将巴彦活佛、央金卓玛、陈振风、陈澜、陈墨的线索串联了起来。

……

那张字条上密密麻麻地记录了所有的时间线索，麦子看着字条，合上了笔记本，用手触摸着那幅画，她的脸上没有一丝的渴望，只有深深的失望和绝望。

"陈墨，我只是你母亲的替身吗？你杀掉那些女人，不过是失败的替身？或许最后你认为我也是个失败的替身吗？"

"陈振风，我只是你失去创作生命后延续你灵感的道具吗？你根本不爱央金卓玛，而我是什么？也是一个道具吗？"

"向霖，你竟然真的找到了几乎所有的故事！那么我呢？到底是什么？只是你编制整个故事的一个环节吗？"

麦子归于平静，她重新将笔记本放回工作台的抽屉，重新将那幅画原样放好。

她走到卫生间的镜子面前，看着镜子里的自己。

"向霖，或许你爱的是故事里的那个人，不是我，对吗？我会让你把整个故事写完的，这也许是我存在最后的意义，但是我想给你留下点什么。"

她目光变得柔和，轻轻地抚摸着自己的高高隆起的肚子，肚子里的胎儿好像感受到了母亲的悲伤，一阵剧烈地抖动着。

"孩子，你会见到你父亲的，你是我留给你父亲的礼物！"

……

晚上向霖给麦子做了她最爱吃的菜，他夹起一块红烧排骨放在麦子的碗里。

"老婆，试试我做的红烧排骨，应该不错！"

麦子笑着也给向霖碗里夹了一块。

向霖不知为何居然说了一声："谢谢！"

两个人都低头吃着饭，气氛居然有些尴尬了，向霖在想着自己是否应该跟她说起自己今天见过陈振风，他不确定是否麦子看到了，如果她真的看到了，不如自己说了的好。

"麦子！"

向霖刚打算开口，麦子就直接插话打断了他话题，麦子说道："向霖，你想写的那本书，为什么不写了。"

向霖一怔，举起的筷子停在空中，他片刻之后才有些呆呆地笑了笑。

"不想写了，我就想陪着你，其实那故事没有意义！"

麦子也笑了笑，说着："向霖，我想你写完那本书，给这个故事一个结尾，如果那本书完成了，我可以没有遗憾地重新去生活，一个只属于我们的生活。"

向霖抬头,看着麦子,露出有些疑惑的表情,他有些不知道如何回答,米饭在嘴里咽不下去。

许久他才开口问道:"你真的想我把那本书写完?"

麦子嗯了一声,笑着想要鼓励他:"我不想留下遗憾!"

向霖点点头:"好,这是我最后一本书,以后你就跟我过穷日子吧,我不想再写书了,但是我会努力养好你和孩子。"

麦子含着泪,笑着给向霖又添了一筷子:"老公,多吃点。"

……

夜深了,麦子已经在床上睡去,向霖给麦子掖好被子,然后回到工作台上,重新打开一个新文档,写了几行又删除,他回头看了看已经睡去的麦子,一时间竟然有些不知道自己为何而存在,到底是生活在现实还是故事中。

他一个人走到阳台,点燃一支烟,看着窗外迷蒙的灯火,突然觉得有一种想要跳下去感受飞翔的冲动,他将身体跨上阳台的栏杆,闭上眼,张开双臂,风吹起了他的衬衣,他回头看了看房间的人,一行泪水划过他的脸庞。

而躺在床上的麦子,用手拽紧被单,强忍着,不让泪水浸湿了枕头。

麦子突然想起了向霖曾经跟自己说过的一句话。

"麦子,我的心也不完整,如同你的心一样破碎,即使拼接在一起,也无法组成如钧瓷开片般的恒久美丽,麦子,当我害怕碰到自己内心伤口时,其实已经把你的心也捏碎了。"

第二天清晨。

太阳升起,城市慢慢亮起来,车流穿行,向霖趴在工作台上睡着了,他迷糊地醒过来,想起该给麦子准备早餐了,他摇摇头,模糊的眼帘中浮现的是一幅画,熟悉的画面,他突然惊醒过来，叫喊着，冲进房间，到处寻找，然而那个人就这样消失了。

向霖疯狂地在房间中寻找着，拉开房门就跑了出去。

他跑到街道上，看着早起上班的忙碌人群，看着马路上的车来车往，大喊着：

"麦子，麦子！"

"你在哪里，我错了！"

"你回来啊！"

所有的人都如同看一个疯子一般地看着他。

当他精疲力竭地回到房间中，向霖如行尸走肉般瘫坐在地上，用手捂住嘴，任由眼泪肆意地流淌，模糊着他的视线。

而那幅画就放在他曾经放着的位置，如此刺眼地放在那里，好像从未被挪动过位置。

"麦子，为什么？"

"麦子，为什么？"

向霖问的这个问题，他也许知道答案，只是他不愿意承认这个答案。

第五十二章　麦子留下的信

　　向霖就这样看着那幅《央金卓玛》的画发呆，那幅画在一整天的阳光变化中始终那么美，美得并不真实，时间就这样流逝着，直到整个房间变得暗了，直到整个城市的灯亮起，直到向霖的大脑陷入一阵麻木，直到他听不见任何声音。

　　突然整个房间的灯亮了起来，向霖呆呆地站在客厅中，他看到了放在工作台上的一封信，他走了过去，将信拿了起来，缓缓地展开。

　　向霖，我小时候听过一个故事，就是张云天爷爷的故事，可能这个故事你也了解了，但是我真的很羡慕信子奶奶。信子奶奶是一个伯爵千金，但是如此笃定地跟张云天爷爷回到中国生活，在那个小山村开办了诊所和小学，给村民治病，教孩子们识字，村民们都很喜欢她。但是后来抗日战争爆发了，不少村民的子弟参军死在了战场上，愤怒的村民当着张爷爷的面杀死了他深爱的人，全然忘记了当初那个善良的女人对他们的好。

　　张爷爷悲痛欲绝，将女人埋葬在红叶谷中，为了早日结束战争，他参加了新四军。经过了抗战、解放战争，他成了一名将军，但是在他们军的最后一场战役中，他对自己的战友说，让战友申报他战死，他要回到红叶村，做一个村民，守护自己的妻子,他做到了,用一生守护着他最爱的人。

所以我很渴望也有这么一个故事,我也渴望遇见一个可以守护我一生的人;所以当陈墨出现后,我如此笃定他就是我等待的人,我义无反顾地跟他走,我把所有的心给了他,但是在他的心中,我不过是一个记忆里替代的影子,一个最后无法和本体重叠,而要被杀掉的人。

可我也一样,到处找寻陈墨,找寻他的影子,我遇见了陈振风,在他身上寻找到了那熟悉的味道,但是我不确定,这是否真的就是我想要的那种爱情,然后我又遇见了你,其实第一眼我就认出了你,我知道你是那个作家,我知道你一定会被这个故事所吸引,是我引诱着你一步步进入这个故事当中,引诱着你去探寻我没有发现的真相,引诱着你进入我的陷阱,最后我自己成了猎物。

对不起,我不是故意的,向霖,我爱你,但是我不配拥有你的爱,我渴望幸福,但是我的身体和灵魂充满罪恶,我不配拥有幸福。

向霖,我能最后给你提一个要求吗?如果我死去了,能否将我埋在红叶谷,那个我心中故事开始的地方,那个一切故事埋藏的地方,我想睡在那里;不要来找我了,让我洗去所有的罪恶,我一定会给你留下最珍贵、最美好的那样东西。

向霖轻声读着麦子的心声,看着拿被泪水模糊了的笔迹,他的脑海中浮现出一幕幕的场景,那是他跟麦子所有的美好。

  三一美术馆的相遇

  酒吧的再次重逢

  江边的拥抱

  江南美院门口的相遇

两人的第一次接吻

秘密花园的亲密

第一次的分手

最后那段幸福的时光

他的双眼模糊了，泪水控制不住地滴落在信纸上！

"啊！"

向霖大吼一声，跪倒在地上，将头深深地埋在地面上，哭得颤抖不止，他知道自己真的失去麦子了，从这一刻开始，那个他爱的女人永远地离开了他。

他恨自己那片刻的犹豫。

他恨自己那矛盾和脆弱的内心。

是自己将麦子推开了自己的怀抱。

向霖昏倒在了客厅中，昏倒在《央金卓玛》的画下，他的脸上泪痕还没有干，而他的手中紧紧拽着那封信，放在自己的胸口。

……

当深夜来临的时候，一辆出租车停在向霖的公寓楼下，麦子从车上下来，看着向霖的房间，那里依然亮着灯。

麦子默默地任由泪水悄然滑落，她没有哭出任何声音来。

一幕一幕的场景也在她的脑海中徘徊着。

麦子在向霖不在家的时候打扫卫生，无意间在壁橱中发现了那幅画，她打开了那幅画，捂住嘴，脸上是悲伤和绝望的神情，忍不住流着眼泪。

麦子在窗口，看到向霖上了陈振风的车离开。

麦子躺在床上，转身看着阳台，跨上栏杆想要跳下去的向霖。

麦子在卫生间收集了一根向霖的头发，放在一个试管里。

向霖趴在桌子上睡着了，麦子拿出那幅画放在工作台旁边，然后流着眼泪写下了那封信，轻轻合上了门。

"向霖，对不起，我知道没有来生，但是我会给你留下今生最珍贵的礼物！"

出租车司机微微皱眉看着这个大肚子女人，按了一下喇叭："小姐，您还走吗？"

麦子回头拉开车门，车离开了，很快汇入了车流当中，消失在人海之中。

第五十三章　一本日记

一个月后。

一阵电话铃音响起，显示是王鑫的来电。

趴在工作台上的向霖猛地醒过来，伸手去拿手机，屋里有些昏暗，工作台上的闹钟显示为凌晨三点，当他把手机拿到自己耳边，手机的亮光照亮了他的脸，满脸胡须，蓬乱的头发，颓废的双眼，嘴唇有些干裂。

"王鑫，有消息了吗？"

王鑫的声音有些抱歉："对不起，兄弟，我们查了，没有麦子的出入境记录，也没有任何一家酒店的入住记录，甚至连医院的就诊记录都没有，按理来说不应该这样，我们真的尽力了。"

向霖满眼失望，声音消沉地说道："可是她的预产期快到了，她必须找到医院去待产啊？"

王鑫说道："如果是一些小的私立妇产科的医院，或许没有进入我们的检查网络，未必能查到。"

向霖还不死心："我去了红叶村找，也跟那边的人说了，如果她回去了，就会马上通知我，麦子是否还有其他的亲戚，可以让我去找找？"

王鑫说道："麦子有一个堂叔父，不过两家早在她父亲那个时候就没有联系了，我们也问了，她堂叔说，都不认识麦子，所以不大可能去找亲戚，至于朋友嘛，我们在美院调查过，麦子没什么认识的人。"

向霖最后带着希望问起了一个人，他甚至希望麦子真的跟他走了，至少麦子是安全的。

"陈振风呢？麦子有可能跟他在一起。"

王鑫回答道："这个可能性不会有，因为陈振风在麦子离家出走之前就回了洛杉矶，也就是那次主动见你之后，对了，有一个事情跟你说一下，就是有一个不错的私人侦探好像接了他的委托，暗中在帮他调查一些事情。"

向霖追问一句："是关于陈墨的事情？"

王鑫说道："应该没错，好像是在找自己的儿子。"

向霖继续说道："王鑫，你帮我再查查，有消息随时告诉我吧，我不相信她就这样失去所有的踪迹了。"

王鑫答应下来："我会的，不过有难度，你知道这算不上失踪案件，你和麦子没有结婚，也无法报失踪人口，我没有办法做全国协查，虽然我可以调动一些私人关系，但是这样很慢。"

向霖无奈地说道："我知道了，谢谢你。"

王鑫轻声说了一声："向颖说想过去看看你，她有些担心你的状况。"

向霖拒绝了："不用，你告诉她不用来了，我没事，最近一直在写新书，不想被人打扰，除了你的电话，其他的电话我根本不接。"

王鑫只好无奈地说道："好吧，你自己保重吧，有事随时给我电话。"

向霖挂断电话，看了看电子钟的时间，又看着继续点亮的屏幕和放在旁边画架上的画,将手放上电脑的键盘,继续敲动着。

……

向霖几乎连续两个月足不出户,除了拿外卖和丢垃圾,他都待在公寓中,书已经写了接近一半了,方小艾来过几次,看着向霖的样子有些心痛,也不多说什么,就是帮忙将冰箱添满,默默地把房间的卫生做了。

向霖就坐在工作椅子上,累了就往后一躺睡去,或者趴在桌子上眯一会儿,醒来就继续往下写,如果写不动了,就在阳台上抽抽烟,看看风景。

"叮咚!"

门铃响了!

"小艾,你自己开门进来吧!"

向霖在敲打着文字,头也不回地大声说着。

可是此时又传来一声"叮咚!"。

向霖眉头微微一皱,站起身来,晃动了有些僵硬的脖子,走到门口将门打开。

门口站着一个快递员,递过一个包裹问道:"您好,您是向先生吗?这里有您的一个包裹!"

向霖有些疑惑地接过包裹一看,上面快递的地址是红叶小学,快递人是张陆。

"请签个名。"

向霖拿出笔签好名,快递员撕下签名底单,向霖转身关门回来坐下。

将包裹打开,里面是一个老上海的旧笔记本,塑胶封面,浅蓝色,映着上海外滩的景色,已经有些泛白了,应该有不少时日了,这样风格的笔记本只在五六十年代生产过。

向霖正打算将笔记本翻开，此时手机响起，显示来电：张陆。向霖将电话接起来。

张陆问道："喂，向老师吗？包裹您收到没有？"

向霖说道："小陆，我刚收到，但是还没有看？"

张陆又说："这边笔记本是我爷爷在打扫房间的时候，发现以前陈振风住的老房间墙面上有一快砖松动了，在里面发现藏了这个笔记本，那地方之前被柜子挡着，所以几十年也没人发现。"

向霖一边听电话，一边用手随手翻开发黄的书页，居然是一本日记，上面的字迹写得极为秀美，一看就是女人的笔迹。

向霖问道："这东西是一本日记？"

张陆答道："对，我爷爷看了一眼，应该是陈建州将军的妻子，也就是陈振风的母亲韩素雅的日记，我爷爷没敢多看，就让我快递给你，上次你说要写一本书记录之前发生的事情，这本日记可能会有用。"

向霖随手翻开的几页，就已经让他惊呆了，他平复心情合上了日记。

"小陆，谢谢你，你也帮我谢谢张爷爷，对了麦子还是没有消息吗？"

张陆有些难过地回答："向哥，麦子姐没有回来，你也不必太担心了，如果有消息我一定马上告诉你。"

……

两人结束通话，向霖也没有马上打开日记，他走到洗漱间，看着镜子里狼狈不堪的自己，开始给自己刮了刮胡子，又洗了个澡，换了一身干净的衣服，用咖啡机煮了一杯咖啡，然后才端着咖啡，拿着那本韩素雅的日记回到沙发上坐好，轻轻地翻开了日记本。

整个故事的最后一块拼图出现了。

第五十四章　日记中的故事

那本日记不过一百来页，记录的是整个 1967 年的事情，但是在 8 月 4 日戛然而止。

1967 年 3 月 4 日　阴雨

建州被那些人追问一个人的消息，因为那个人在战争期间阵亡了，不知道谁告密，他们认为那个人隐藏身份，他真实的身份应该是曾经留学日本的另外一个人，他们认为那个人有可能是隐藏在国内的日本间谍，但是建州什么都不知道，他永远不会说任何事情，因为那个结果将是可以预见的结果，最坏的结果。

……

1967 年 4 月 9 日　阴

建州今天跟我提出离婚，让我写一封断绝关系的公开信，只有这样才能保护我和孩子，他宁愿自己去承受这一切，但是我不会答应的，曾经那么艰难的岁月我们都走过来了，未来无论什么样的结果，我们都能面对。

其实我知道真正连累他的人是我，我并不是父母双亡，由贫寒的叔父抚养长大的孩子，不过我早就跟那个家庭决裂了，如今整个家族的人早已不在国内了，不过这个秘密也许会连累到他，我该怎么办……

……

1967 年 5 月 12 日　晴

几天前我和建州商量将小风送走，送到一个朋友那里去，但是小风到了车站，被那些人抓住了，被打得几乎昏迷过去，建州气得拿起枪险些打死几个人，被人制服后他不愿意再说一个字，再写任何一封认罪的信，我们被人关在了一辆漆黑的军车里，被带到了很远的地方，等下车的时候，眼前是一片一望无际的原始森林，那一刻我真的以为自己和建州会死在那里，我恳求他们放过孩子，因为他是无辜的……

……

1967 年 6 月 1 日　晴

其实在这片林场生活也很好，工作是辛苦一些，但是好在并没有太过为难我们，我带着小风在林子里找寻野菜还有野果，还能挖到能吃的蘑菇，建州偶尔会打一些野味，我们总是偷偷地吃，今天小风抓到了一只兔子，他问我能不能养在家里，我看得出来，他很喜欢那只小兔子，建州打了一个兔子笼给他做六一的礼物，小风开心得跳了起来，我想日子总归越来越好，熬一熬就过去了……

……

向霖一篇篇翻看着日记,所幸记载的虽然有不幸的事情,但是他们一家三口在那个林场劳动的日子好像还是挺幸福的。

"到底发生了什么呢?"

向霖越发有些疑问,带着疑问继续往后翻去,事情在1967年7月发生了变化。

1967年7月9日　暴雨

……今天建州被关了起来,我去探视,他们也不允许,我不知道发生了什么事情,听说上面派了一个人下来,说是要清算建州曾经与日本间谍勾结的证据。晚上我偷偷去看了他,建州求我带着孩子逃走,因为关于那件事,他绝对不会说一个字出来,他跟我说只要去找那个人,那个人一定能照顾我和孩子,而我很害怕,我怕我逃走后,建州会有意外……

1967年8月3日　晴

……我终于等到了建州,可是他已经化成了一捧骨灰,我没有哭,没有当着他们的面哭,有人跟我说让我写一封信,宣布跟建州永远断绝关系,那个让人作呕的人甚至跟我说,让我改嫁给他,这样可以让我和小风过上好日子,我假意答应了,但是我找人打听了,就是他严刑拷打,就是他逼死了建州,我一定会为建州报仇的,但是在那之前,我要让小风先安全地离开……

……

1967 年 8 月 4 日　暴雨

……所有伤害建州的人都死了,我也该去跟他团聚了,再见了,我不想对这个世界说什么,但愿所有的悲剧都早日结束吧,我突然很羡慕那个人,那个我和建州都尊敬的人,他是一个忠于自己内心的人,我会带着建州的骨灰一起走的。
……

看到这里,向霖再也翻不下去了,他合上了笔记本,走到酒柜取出威士忌,给自己倒了半杯酒,一口喝下去,想让这烈酒的火暖和一下冰冷的心脏,这个故事在他的脑海中也曾经幻想过,但是看到那真实的一幕,又是另外一种感受。

第五十五章　陈振风的心理阴影

1967 年 8 月 4 日　夜晚

深夜的林场响起了几声枪响,四周惊飞几只沉睡的飞鸟,林场里的猎犬止不住地狂吠起来,山坡上几十户民居的煤油灯都点亮起来,村民提着灯,打着灯笼出来查看到底发生了什么事情,林场用猎枪打猎不奇怪,但是夜晚枪响的事情倒是很少发生。

"谁开的枪?"

"看看,是不是进了野猪!"

"出了什么事情!"

"去找一下林场的郝主任,让他过来看看!"

……

当那些人走进革委会的办公室,包括郝主任在内的五个人,都中枪倒在了地上。

韩素雅早已打好一个背包,带着幼年的陈振风跑出了林场。

在山间小路边,她蹲下来看着陈振风,目光中充满了担忧和不舍,但是更多的是决绝。

"儿子,听妈妈说,你沿着这条路走十公里,有一个火车货运场，有一辆编号 532 的货运列车是开往湖北的，你偷偷地溜进去，躲起来。"

幼年的陈振风有些害怕地问道："妈妈，你不跟我一起走了吗？"

韩素雅摇摇头，将手中的笔记本交给陈振风："我不走，我要陪着你爸爸，你去找张伯伯，就是我告诉你的那个张伯伯，拿好这个笔记本，以后你就是张伯伯的儿子了，记得吗？永远不要提起我和你爸爸，这是为了你的安全。"

"你要活着，为了我和你爸爸你要活着！"

幼年的陈振风哭着点点头，但是依然死死抓着韩素雅的手。

远处的山路上已经有人追来了！

韩素雅焦急地说道："快走，你不走，我们都会死在这里，妈妈和爸爸只要你能安全就好，快走！"

陈振风只好松开手，转身往山路跑去，他不停地跑着，远处传来几声枪响，他顾不得自己皮肤被杂草荆棘割开口子，也不顾自己洒落在风中的眼泪。

他只记得妈妈最后跟自己说的话。

"你要活着，为了我和你爸爸你要活着！"

不知过了多少个日夜，一个小叫花子来到了红叶村。

当张云天抱住他的时候，他才终于放声痛哭出来！

……

第五十六章　新书签售会

一年以后，长州市图书城。

图书城的大厅布置成了签售会场，巨大的背景板上写着：向霖新书发布会，都市悬疑爱情大作《默片时代》首发。

四周下垂巨幅海报，上面有"2019年最值得期待的故事，网络推荐新书排行榜第一位、年度销量排行榜第一位"等字样。

墙上贴满了新书的海报还有向霖的巨幅海报。

新书堆满了展台，很多人在排队抢购。

数百人围着活动现场，等待向霖的到来。

主持人从舞台下方登台，大声说道："各位读者大家好，我是主持人杨冰，有请年度最畅销都市悬疑爱情小说《默片时代》的作者，著名小说家向霖先生。"

现场书迷一片惊呼，很多人甚至举起了带着向霖名字的LED灯牌。

满脸胡子，显得有些沧桑的向霖挥着手从后台来到台前，到了舞台中间低头行了个礼，然后坐在舞台的沙发上，与主持人对面而坐。

书迷的外围，王鑫看着舞台上的向霖，脸上的表情有些奇怪。

"这小子，还真成了！"

主持人端坐好，带着笑问道："向老师，您的这本书被评为2019的年度悬疑小说，里面的故事很离奇，但是又显得非常真实，甚至不少读者都表示，里面很多地点都是在我们这个城市中真实存在的地点，我代读者问一个问题，这个故事中有真实的部分吗？"

向霖拿起话筒，带着轻松的语气笑道："嗯，大家如果看过我的前几本书大概可以了解，我确实有收集一些真实故事然后加入到小说故事当中的习惯，所以大家也称呼我为故事猎手，不过这次的故事纯属虚构，没有真实的部分，有点像都市童话吧，所以大家喜欢我很高兴，但是不用太当真。"

主持人从两人中间的茶几上拿起一本新书，翻开到最后一页，然后笑着问道："那么向老师，也有读者反馈说，这本小说的最后一章，您留白了，您在小说中留言的意思是说，故事还没有结束，说可能你会在一年内公布这个结果，毕竟我们看到你小说的主人公麦子只是失踪了，她和故事中的主人公林雨是否还能再相逢，能否给读者吐露一下呢？毕竟大家都非常渴望知道这个结局，想知道是一个圆满的幸福结局，还是一个大悲剧的结尾。"

向霖有一些悲伤，声音略微低沉地说道："可能我现在还没有想好这个结局，有时候我也在想没有结局也许是最好的结局，毕竟还有想象的空间，还有更多的希望。"

主持人合上书，有些遗憾，但是再度发问："向老师，这本书结束之后有什么计划吗？有没有构思下一本书呢？"

向霖想了想，抿了一下嘴唇，摇摇头："目前没有什么计划，可能去一趟西藏，还一个心愿吧，另外这本书很有可能是我最后一本小说，我打算封笔了。"

……

现场读者一片哗然，议论纷纷。

主持人见状，马上开始打圆场："其实大家不用太担心，我觉得可能向老师只是累了，需要休息一下，也许很快会有新的灵感，大家还可以继续期待，我还有最后一个问题想问向老师。"

向霖正打算站起来，听到这里又坐了下来，笑了笑说道："你可以问。"

主持人正了正嗓子，郑重地问道："向老师，为何这本书的名字叫作《默片时代》？"

向霖思索片刻，他在所有读者目光中环视了一圈，然后问了一句："你们中有谁独自坐在电影院里看完过一部默片吗？"

所有的人都默默摇头，主持人也露出些许疑惑的目光。

向霖继续说道："我看过，一个人，一座空荡荡电影院，电影中一个个没有色彩、没有声音的人，我只是一个看客，看不到他们的色彩，听不到他们的声音，像一个幽灵静静地凝视到结尾……"

向霖说完这段话，表情变得有些暗淡，他有一丝冰冷的笑划过嘴角，现场突然变得无比安静。

"就如同这本小说中的林雨一样，他就是那个独自坐在电影院里看默片的人，眼前的所有人带着黑白色的悲伤无声地演绎着属于他们的时代；但是林雨只是一个观看者、记录者；他无法参与，更不是整个故事的主角；那个时代上演的所有故事都与他无关。"

向霖说完最后一句话，深吸了一口气，没有人鼓掌，没有人发出声音。

访问结束了，开始了签名售书。

一个中年女性读者请求道："向老师，我很喜欢您的书，每本都买，尤其这一本，但是我请求您不要封笔。"

向霖笑着签上名，抬头表示感谢："谢谢，那你更要珍惜这本书了，也许真的是最后一本了。"

中年女性读者笑道："谢谢向老师。"

一个年轻的胖丫头问道："向老师，真的没有结尾了吗？我真的很希望麦子和林雨在一起。"

向霖也笑着回答他的问题："谢谢你，我也希望他们可以在一起。"

胖丫头请求道："向老师，我求你写个结尾吧。"

向霖笑着点点头："要给你签什么？"

胖丫头笑着说："送给最可爱的小圆子同学！祝你早日找到另一半！"

向霖看着那个打扮可爱的一百八十斤的女孩，微笑着签上名字。

向霖签名没有抬头对后面一个读者说："你要签什么？"

一个熟悉的声音说了一段让向霖熟悉的话："如果你想要自己的故事永远保存下来，最好的办法就是把自己的故事变成小说里的故事，把自己变成小说里的人。"

向霖听完，抬头一看，眼前一个古灵精怪的女孩端着两杯奶茶，将其中一杯放在他的桌子上

向霖惊讶道："刘靖怎么是你？"

刘靖耸耸肩笑道："我都说我是你书迷，你不相信而已。给我签，兹欠刘靖同学故事原型费一万元整，限期一年用十顿饭来还，向霖。"

向霖笑了，举起三根手指："三顿？"

刘婧做了个七的手势："七顿！"

向霖再次放开两根手指："五顿。"

刘靖做了一个 OK 的手势："成交!"

向霖摇摇头,苦笑着在书的扉页上写道:"兹欠刘靖同学故事原型费一万元整,限期一年用五顿饭来还。"

向霖将书推给刘靖:"满意了吧?"

刘靖挥舞着手里的书,挑衅地说:"如果五顿饭之内你被我拿下了,你可要愿赌服输!"

向霖眼睛微微一眯,脑袋一歪,有些可爱地摇摇头:"不可能。"

刘靖冷哼一声:"哼,走着瞧。"然后迈着轻松的步子离开了舞台。

第五十七章　麦子的死讯

签售会结束，向霖挥手告别读者："谢谢大家，希望大家喜欢这本书，我希望大家可以看到美好的东西，麦子的未来可能在你们每个人的脑海中！"

向霖回到后台休息，出版社的社长过来感激地握住向霖的手："向老师，非常感谢您今天能来，这书真的是太火了。"

向霖点头，又有些抱歉地说道："这是我最后一次配合你们的签售了，之后我可能会离开这里一段时间，抱歉。"

出版社社长也点头表示理解："向老师，我们理解，希望您回来之后，我们还可以约见一下，这次的书太畅销了，已经有十几家影视公司在洽谈电影和电视剧的版权改编，但是没有您的同意，我们也不敢谈。"

向霖摇摇头说道："算了吧，这本书我不想做影视改编，就这样吧。"

社长无奈点头："太可惜了，这么好的故事。"

……

所有人离开后，向霖一个人坐在休息间抽烟，有人敲了敲门。

向霖抬头一看，站在门口的是王鑫。

向霖用有些埋怨的口吻说道："你怎么来了？别说是来给

我捧场的，你从来没这个兴致。"

王鑫苦笑一下，脸色有些难堪，想了想才说："老向，我们找到麦子了。"

向霖神情突然静止，烟还叼在嘴里，他慢慢地站起来，放下香烟，却始终没有开口问。

王鑫看着他，也没有马上开口，一时间竟然静止下来。

过了好久向霖苦笑地轻轻问一句："她还好吗？"

王鑫没有马上回答，从口袋里拿出一支烟点燃，深深吸了一口烟，然后吐了口烟。

侧头看了向霖一眼，眼神中有些犹豫，向霖的眼中突然有些不安起来。

王鑫一龇牙，万分为难地说道："我就是叫你跟我一起去法医鉴定科见她，麦子自杀了，留了遗书和遗物给你，我过来找你就是因为这件事情。"

向霖的眼睛突然变得灰暗，他想哭，然后突然忍不住干呕起来，佝偻着身子，狂吼不止。

他的眼睛通红，双膝跪地，将头顶在地上，突然一口鲜血喷出来，喷出去很远，身体一歪晕倒在地面。

王鑫急忙快步跑过去，一把将他抱住狂呼："向霖，向霖，我去，妈的，去你妈的……"

王鑫冲着自己直扇几个耳光，心中懊恨不已。

……

一天后，法医鉴定科太平间。

向霖脸色苍白靠在墙上，墙的另外一边就是摆放麦子尸体的地方，向霖的神情已经看上去很平静了，而且平静得很可怕，只是一个小动作出卖了他，他不停地咬着大拇指的指甲，丝毫没有发现手指已经被他咬出了血。

王鑫站在他对面,看着他,几次想开口说些什么,但是他又停止了,只好将头低下去,干脆盯着地面看,脚上的皮鞋不断地敲打着白色的地面。

这时候法医出来,看到了王鑫,上前说道:"王警官,可以带人进来了。"

王鑫点头表达谢意:"谢谢你,陈医生。"

陈医生看了旁边的向霖一眼,轻叹一口气,摇摇头说道:"不用谢了,你们走的时候,过来找我签个字,好安排火化,因为死者没有亲人了,唯一指定的人就是向先生,而且向先生好像和死者还共同育有一子,现在暂时寄养在福利院,开了公安局的证明,去民政局那边办了手续,就可以接孩子走了。"

向霖本来有些呆木的双眼突然一亮,他猛然抬起头,眼神中有一种期盼,有些微微发颤地问道:"我和麦子的孩子?"

陈医生点头回答道:"对,我们在死者的遗物中发现了DNA鉴定证书,孩子确实是你的孩子,死者在投江之前将孩子送去了福利院,不过凭着这鉴定证书,你可以接回孩子。"

向霖捧着自己的脸,沿着墙坐在地上,肩膀一阵不规则地颤抖,闷着不让哭声传出来,但是泪水沿着手掌的缝隙流淌下来,完全无法停止。

……

停尸房,麦子被盖住白布,柔和的白色灯光照在白布和白墙上,很冷。

王鑫伸手想去揭开白布,手被向霖一把抓住。

向霖摇摇头:"别!"

王鑫回头看了他一眼,问了一句:"你不看一眼?"

向霖再次摇摇头,然后用食指指着自己的头,然后又指了指自己的心脏:"她在我这里!就好了。"

向霖突然含泪抿着嘴笑了:"我记得,我记得她的样子,永远都记得。"

王鑫收回了手,转身走出门,回头说道:"你陪陪她吧,不过向霖,你可是有孩子的人,我不许你做傻事,我和向颖绝对不给你带孩子,想都别想!"

向霖声音很平静地回答了两个字:"不会!"

停尸房中向霖一个人看着盖着白布的身体,灯光透过窗户投在台子上。

他想到了一个麦子跟自己描绘的场景。

一个在麦田里被举起的婴儿,金色的阳光透过麦穗,将麦穗的形状投在她的身体上,婴儿的哭声传来,金色的麦田随风摆动。

向霖闭上眼睛幻想着那个场景,缓缓地开口说道:"麦子,阳光透过麦穗给了你名字,我们的孩子就叫麦田吧,希望的麦田。"

那一刻,向霖是悲伤而幸福的,因为他终于明白了什么叫作永恒,至少麦子最后爱的人是自己,至少自己可以用余生去爱他们的孩子,这样的结局不会是最好的,但是至少给了向霖勇敢活下去的勇气。

麦子火化那天,王鑫、向颖、方小艾甚至刘靖都来了,他们都想陪着向霖送送麦子。

在麦子的棺木被推入之前,向霖在棺木上放了一本《默片时代》,然后亲自按下了按键,电动滑道将棺木引入焚尸炉,火光透过窗口映照着向霖的脸。

第五十八章 新生的结局（终章）

第二天，孤儿院。

护工将一个可爱的小男孩抱到向霖怀里，向霖小心翼翼地抱着孩子，孩子看着他的脸，笑得特别甜。

向霖在孩子的脸上亲了一口，轻身地呼唤着："儿子，你叫麦田！"

孩子的那双大眼镜闪闪地眨动着，如天使般明媚，那美丽的模样和麦子无比相像。

向霖突然在孩子的后背位置发现了一个胎记，他轻轻拨开孩子的衣服，那里赫然出现了一个麦穗形状的胎记。

向霖笑着流出泪来，他突然有些确信世间有轮回。

命运还是眷顾了他。

……

三个月后，向霖的家中。

向霖笑着逗着孩子，脸上洋溢着幸福，孩子的样子越发可爱了，向霖将孩子举高高，孩子嘎嘎地笑着，这个时候桌上的电话响起来，向霖抱着孩子接起电话。

电话边的声音："向先生您好，我是来取您快递包裹的，请问你在家吗？"

向霖："你上来吧。"

不一会儿，有人敲门，向霖将儿子放进婴儿车，过去打开门。

快递员笑着说道:"您好,联邦快递,上门取件。"

向霖从工作台上拿起一本包好的包裹交给对方。

向霖随即又拨通了刘靖的电话。

向霖:"刘靖,我要出去几天,你过来帮我带几天田田,东西我都准备好了,你记得别让他感冒了,多带他出去晒晒太阳,对了,你如果忙的时候,就让王鑫和向颖过来。"

刘靖:"好吧,我也几天没有见田田了,还挺想他的。"

向霖:"谢谢你。"

向霖挂了电话,看了看放在画架上的《央金卓玛》,上前用白布包好,放在包裹中。

……

傍晚的夕阳映照着麦田,有一个男人,背对着镜头,一步步走在麦田中,用手掌轻轻划过金色的麦穗,金色阳光将麦穗的影子投在他的身上,如一个孤独的麦田守望者,他穿过麦田的缝隙,远远地消失在视线中。

夕阳即将落下了,念青唐古拉山下。

夕阳下纳木错月牙湾的一个小山坡上,陀尼叶经的玛尼堆旁边,一幅被点燃了的油画,火光满满吞噬着少女美丽的脸庞,画面中金色的湖面终将化作焦黑色。

一张旧报纸随风吹来,落在燃烧着的油画旁边,被火点燃,封面的报道标题——著名旅美画家陈振风昨夜在纽约寓所吞枪自尽。

火焰的灰烬在夜空中飘散,如同当年飘过的哈达,如同纳木错金色的夕阳,故事永远不会有终结。